Gilbert Bordes

JÉSUS

TROIS JOURS AVANT SA MORT

roman

XO
EDITIONS

ISBN : 978-2-37448-468-6

Il faisait assez chaud en ce dimanche 10 nissan (31 mars) de l'année 3795 depuis la création du monde. Le vent soulevait des nuages de poussière autour des murs ocre de la ville. Les routes qui convergeaient vers les portes étaient encombrées de groupes bruyants se rendant à Jérusalem pour la semaine de Pâque. Malgré la domination romaine, les croyants venaient des douze provinces du monde juif, hommes et femmes de tous âges, enfants, pressés d'entrer dans la ville sainte et surtout d'y trouver une auberge ou une soupente pour passer la nuit. La poussière desséchait les gorges, ce qui faisait le bonheur des marchands d'eau et de vin. Les mendiants tiraient les voyageurs par la manche pour leur demander une pièce en bronze. Beaucoup récoltaient là de quoi vivre une année entière tant les pèlerins étaient généreux, même si après les dépenses de logement et de nourriture, ils devaient conserver quelque argent pour acheter l'agneau du sacrifice, des colombes ou de simples bibelots pour les plus modestes.

Près de l'enceinte et le long des allées, des soldats romains, appuyés sur leur lance, attendaient l'heure de la relève. Ils n'avaient pas grand-chose à faire, si ce n'était avoir à l'œil les groupes qui se saluaient ou s'invectivaient. Des bagarres éclataient fréquemment. Ponce

Pilate, procurateur directement nommé par Rome, administrait le pays. Il avait ordonné à ses légionnaires d'être intransigeants car il redoutait, comme chaque année, que des clans d'ordinaire rivaux s'unissent contre le pouvoir qu'il incarnait. Les zélotes, ces résistants à l'envahisseur, armaient des troupes prêtes à tout et capables d'assassiner les représentants de l'ordre romain. Aussi Pilate restait-il sagement dans son grand palais sous la surveillance d'une foule de soldats pendant cette semaine de tous les dangers. Les soulèvements étaient nombreux. L'armée se devait de les réprimer le plus cruellement possible et partout où les Romains avaient à sévir, les exécutions sommaires se multipliaient en attendant le retour au calme qui permettrait de crucifier les plus dangereux.

Quand arrivait le soir, les chaudes senteurs du printemps devenaient sirupeuses et la rumeur de la ville assourdissante.

Les tripots étaient bondés, les auberges qui ne pouvaient accueillir tout le monde servaient des repas à l'extérieur. Des cuisines de rue proposaient des mets simples, œufs bouillis, gâteaux de figues, dattes, fromage et morceaux de volaille accompagnés d'olives noires. Moutons et volailles encombraient la ville. Les abattoirs en plein air attiraient les chiens errants, les rats et des nuées de mouches. Il régnait une odeur fétide à laquelle on s'habituait très vite et qu'on finissait par ne plus sentir. Les pavés couverts d'une boue de sang, de détritus divers, d'excréments mélangés à l'urine étaient tellement glissants que les nombreux accidents faisaient la fortune des rebouteux ou thérapeutes. Les animaux du sacrifice étaient parqués sur les places, dans les cours, les jardins, les coins de rue et parfois dans les maisons.

Cette semaine de grande agitation faisait les affaires des petits commerçants et d'escrocs qui connaissaient les boniments capables d'attirer les curieux. C'était une des rares époques où les populations se mélangeaient, les riches venus des villes voisines, les miséreux, les voleurs et tous les belliqueux bien décidés à profiter de l'occasion pour se battre. Au petit matin, on ramassait les morts pour les emporter dans une fosse commune quand personne ne les réclamait.

Caelus, qui surveillait la porte de la Poterie, s'approcha de son voisin, Almus.

– C'est fini pour aujourd'hui.

– Non, je ne crois pas !

En effet, une rumeur arrivait des bosquets voisins et s'amplifiait. Au bout de la route blanche, un groupe d'hommes, de femmes et d'enfants formaient une longue file joyeuse. Caelus s'inquiéta qu'ils soient si nombreux.

– Qui sont-ils ? N'est-ce pas étonnant ?

Ils étaient cent ou plus qui chantaient et dansaient. Des jeunes gens, garçons et filles, se donnaient la main et formaient une ronde au son des tambourins.

– Des Galiléens ! dit Almus en se grattant le menton.

Il était grand et fort ; nouvellement arrivé à Jérusalem pour une durée de deux années, il ne réussissait pas à se faire au climat sec, à la chaleur, à la poussière et aux nombreuses factions qui s'entendaient uniquement pour s'en prendre aux Romains. Non, Jérusalem ne convenait pas au légionnaire Almus. Le vin était mauvais et les lieux de plaisir se fermaient dès qu'un groupe de Romains se présentait. Il rêvait de retourner à Rome pour retrouver sa femme Massia, honorer ses dieux et assister aux jeux du cirque.

– Bizarre ! répéta Caelus. C'est bien la première fois que je vois des pèlerins si joyeux.

À droite, la cime du mont des Oliviers flambait des derniers feux du couchant, comme si un incendie dévorait la crête des acacias. La troupe s'était remise en marche et avançait vers la porte de la Poterie. Parmi elle, Caelus remarqua beaucoup de femmes, des hommes de tous milieux, des pêcheurs reconnaissables à leurs robes courtes, leurs jambes nues et leurs visages burinés par le soleil, des laboureurs, des bergers, des artisans au corps déformé par l'effort et les gestes répétés. Quelques-uns portaient un habit de lin blanc, finement tissé, leurs visages clairs indiquaient que leur condition ne les contraignait pas à s'exposer des journées entières au vent et à la pluie.

Le groupe s'arrêta à la porte. Au centre, entouré de femmes, se tenait un homme de grande taille, lui aussi vêtu d'une robe de lin blanc d'une seule pièce. Quand on le regardait, le reste de la foule, la campagne autour, les murs de Jérusalem, la vallée du Cédron disparaissaient pour ne laisser que la silhouette lumineuse de cet inconnu.

– Qui est-ce ? murmura Caelus d'une voix tremblante.

Une femme se tenait à ses côtés et quelle femme ! Presque aussi grande que lui, semblable à une statue grecque. Ses traits fins, ses abondants cheveux bruns très longs cascadaient sur ses épaules jusqu'à ses reins. Elle était riche, à n'en point douter. Caelus remarqua dans la pénombre les formes parfaites de son corps, ses grands yeux clairs pleins de lumière, son large front blanc et son irrésistible menton qui terminait si bien le bas de son visage.

– Qu'elle est belle ! s'entendit-il murmurer.

Elle et l'homme faisaient un magnifique couple. On ne voyait qu'eux malgré ceux et surtout celles qui se pressaient autour. Caelus put observer longuement l'arrivant. Si la finesse de son visage frappait, on était surtout saisi par la force qui en émanait. Un peu long, couvert d'une barbe brune aux reflets dorés sous des cheveux qui tombaient sur ses épaules en larges boucles vivantes. Son front large et lisse, ses sourcils assez épais, mais en harmonie avec le haut de la tête, et le nez bien droit lui conféraient une majesté rare. Ses yeux étaient d'un bleu changeant, cette couleur d'un ciel de printemps qui hésite encore entre l'été et quelques giboulées. Caelus retenait sa respiration, comme si le moindre mouvement de sa part risquait de faire fuir ce qui ne pouvait être qu'une apparition.

L'homme faisait face à la porte encore ouverte de Jérusalem, comme s'il hésitait à entrer. Une autre femme, que Caelus n'avait pas remarquée jusque-là, se tenait un peu en retrait. Elle était plus grande que la moyenne et portait un voile bleu d'où dépassaient des mèches de cheveux blancs. Elle s'approcha de cet homme à la présence envoûtante.

– Jésus, je t'en prie, dit-elle, n'entre pas dans Jérusalem. Ils te tueront !

– Qui est-ce ? demanda Caelus en la désignant.

Les années n'avaient pas abîmé sa silhouette restée droite, presque fière, qui imposait une autorité à laquelle personne ne semblait insensible. Caelus pensa qu'elle était de la race des maîtres, ces Palestiniens nobles au regard si puissant qu'il baissait la tête en les croisant.

— Ta peur est fondée, mère, mais je ne puis faire autrement. C'est là que me conduit mon chemin.

— Tu veux provoquer Hérode, qui, en digne héritier de son père, veut faire disparaître à jamais la race du roi David ! Crois-tu qu'il ne va pas comprendre ?

— C'est Dieu lui-même qui me pousse, répliqua Jésus. Je ne m'appartiens plus, c'est lui qui me guide sur cette Terre pour que je répande sa parole !

Des prophètes qui sillonnaient les routes, il y en avait des dizaines. Pilate en condamnait régulièrement et les crucifiait pour l'exemple, mais il en resurgissait de plus belle. En quoi Jésus serait-il différent des autres ? Parce qu'il se disait descendant de David ? Parce qu'un ange lui avait dit dans un rêve qu'il était le Messie tant attendu ?

Marie se planta devant lui, plongea son regard dans le sien. Jésus se sentait un peu coupable de ramener au grand jour la cause d'une guerre fratricide qui avait anéanti la famille de sa mère.

— Mais Hérode t'éliminera pour ce que tu représentes. Il te tuera parce que son père n'a pas pu te tuer juste après ta naissance. Hérode, le perfide, n'en est pas à une mésalliance près. Il s'associera aux Romains, à qui il fait les yeux doux, pour t'éliminer. Et tu sais comment cela finira !

— Je sais tout cela, mère.

N'était-ce pas elle qui l'avait incité à quitter l'atelier familial où il remplaçait Joseph, mort accidentellement[1], pour prêcher des idées nouvelles et revendiquer le trône de David dont il était l'héritier naturel ? Marie n'avait jamais douté de la mission divine de ce fils conçu hors mariage. Elle le savait choisi pour un destin exceptionnel et, pourtant, devant la porte de Jérusalem, elle se demandait si le temps était bien opportun pour défier Hérode et les prêtres du Temple.

— Mon fils, si tu ne veux pas m'entendre, poursuivit Marie, écoute Madeleine, avec laquelle tu partages chaque instant, tu ne peux pas ignorer ce cauchemar qu'elle fait chaque nuit, depuis que nous sommes en marche pour Jérusalem.

Ce cauchemar, Madeleine ne cessait d'en parler. La belle femme brune avait vu celui à qui elle avait voué sa vie et sa fortune condamné par les prêtres du Temple et cloué sur la croix. Elle porta la main de Jésus à ses lèvres.

— Je t'en prie, n'entrons pas dans cette ville maudite. Allons chez ton ami Simon le Lépreux qui t'aime et te protégera. Sa fille, Marthe, est venue à notre rencontre cet après-midi pour nous dire que son père t'attendait avec impatience.

Une jeune fille, âgée peut-être de dix-huit ans, qui se pressait au côté de Marie, lança un regard suppliant à Jésus. Son visage rond et ses joues colorées conservaient quelque chose de l'enfance. Ses abondants cheveux d'un brun doré descendaient épars et légers.

— Jésus, mon grand frère qui m'a élevée après la mort de notre père, suis les conseils de notre mère et de Madeleine qui t'aiment plus que tout au monde. Nous ne voulons pas te perdre.

— Ne te mêle pas de cela, Salomé[2] !

Son arrivée avait déjà été annoncée dans toute la ville et la foule se tassait à la porte en criant « Jésus, roi des Juifs ».

Il avait l'habitude d'être accueilli de la sorte dans la plupart des lieux où il se rendait, mais à Jérusalem, c'était l'aboutissement de trois années d'une vie itinérante à prêcher une parole nouvelle que les gens simples comprenaient.

Plusieurs hommes faisaient cercle autour de lui. Les plus proches, ceux qu'on appelait les apôtres, et quelques autres. Jésus les avait choisis pour le seconder, pour l'épauler dans sa mission, et ils avaient tout abandonné pour le suivre. Venaient en premier ses frères, Joset, Jude, Simon et Jacques, qui dirigeait la communauté, puis Simon Pierre, André, Jean, le plus jeune, qui ne supportait pas d'être séparé de son maître, Philippe, Barthélemy, Thomas, Matthieu le Publicain, Jacques fils d'Alphée, Thaddée, Simon le Cananéen et Judas Iscariote. Ils formaient un groupe soudé. Madeleine subvenait à leurs besoins. Judas, grand et beau comme Jésus à tel point qu'on les confondait parfois, faisait office de trésorier et redistribuait aux pauvres les offrandes récoltées. Ils se contentaient de peu, mangeaient ce qu'on leur donnait, dormaient à la belle étoile ou dans des étables, profitant de la chaleur des animaux. Ils étaient heureux, portés par la foi d'une mission sacrée. « Drôle de vie ! pensait-on, pour le descendant de David, le futur roi de Palestine ! » « Il sera aussi le grand prêtre du Temple ! » insistaient ceux qui le connaissaient.

Face aux ovations de la foule, Jésus appela Jean. C'était encore un adolescent imberbe. Ses cheveux courts moussaient sur sa tête ronde. Il avait le regard vif et s'amusait d'un rien.

– Jean, lui dit Jésus, trouve-moi un ânon !

La très belle femme, celle que Marie avait appelée Madeleine, s'approcha de Jésus. Ils étaient si beaux l'un et l'autre, ils se ressemblaient, réunis dans l'incarnation d'une harmonie parfaite.

– Jésus, écoute ta mère, ne fais pas ça !

— Va, dit Jésus à Jean qui hésitait.

Jacques, qui avait posé sa main sur l'épaule de la femme aux mèches de cheveux blancs, se plaça devant Jésus. Bien moins grand que lui, il avait, comme son frère, ce regard clair et franc.

— Écoute notre mère, écoute Madeleine, écoute-moi ! Ce retour de David à Jérusalem doit se préparer. Hérode et les prêtres du Temple vont voir dans ce geste d'apparence ridicule une provocation. J'ai envoyé des émissaires en ville, ils m'ont rapporté de fort mauvaises nouvelles.

Jésus lui lança un long regard, différent de celui qu'il adressait aux autres.

— Jacques, tu es mon jeune frère et un peu mon fils, puisque je t'ai élevé après la mort de notre père. Écoute bien ceci : je n'ai pas entrepris ce long périple à travers les douze provinces pendant ces trois dernières années pour m'arrêter alors que je touche au but.

— On ne parle que de toi, poursuivit Jacques, et c'est de très mauvais augure ! Au Temple, Caïapha, le grand prêtre, s'est fait rapporter tes prêches qu'il juge blasphématoires. Jésus, ne te laisse pas griser par ta popularité. Et souviens-toi qu'Hérode Antipas vient passer la Pâque à Jérusalem. Ses esclaves s'activent pour préparer son palais. Avec son père, ils n'ont pas réussi à te tuer quand ils ont fait massacrer tous les enfants de moins de deux ans. Cette fois, tu ne lui échapperas pas !

— Je n'y peux rien, tout est voulu par Dieu lui-même, écrit depuis le premier jour de la Création.

— Hérode a fait décapiter Jean Baptiste, ton cousin. Tu es le second sur sa liste.

Un brusque coup de vent agita les robes, souleva les cheveux de Madeleine. Un enfant poussa un cri. Un mouton, pris de panique, fit un bond qui renversa son maître.

Jésus sourit. Il était de nature gaie et aimait la plaisanterie, la bonne chère, les réunions joyeuses et la vie terrestre. Sa présence subjuguait. Près de lui, misérables, malades, pauvres gens malmenés par la vie recouvraient la sérénité. Il suffisait de le regarder pour oublier les méfaits du monde et entrer dans une lumière tellement pure qu'elle rendait heureux.

– Alors, cet ânon, Jean ? Où est Jean ?

Marie voulut encore le retenir, mais il n'accorda aucune attention à la main de sa mère agrippée à sa robe. À la suite d'une blessure au pied droit, elle claudiquait et marchait en s'appuyant sur une canne faite d'une branche d'amandier, mais cela n'enlevait rien à sa prestance ; son attitude royale, au contraire, s'en trouvait renforcée. Elle ne regrettait pas d'avoir tout abandonné pour suivre son fils aîné. Un halo de mystère entourait cette femme qui, alors qu'elle était encore jeune princesse, avait été poussée dans l'extrême pauvreté. Malgré les persécutions d'Hérode le Grand qu'elle avait subies et le malheur qui s'acharnait, une voix profonde lui soufflait qu'elle avait été choisie par Dieu pour sauver le monde. N'avait-elle pas transmis le sang royal de David à ses enfants[3] ? Jésus, né de son ventre, portait l'espoir de tout un peuple, de tous les Hommes, en leur montrant la lumière céleste. Jamais Marie n'avait douté de cet enfant illégitime à travers lequel Dieu parlait[4]. Lasse de la guerre entre les deux lignées royales, elle aurait pourtant aimé terminer sa vie dans le calme de sa maison à Nazareth où elle avait vécu avec Joseph ses plus belles années, mais elle acceptait le sacrifice.

La foule était de plus en plus dense pour accueillir celui dont on parlait dans tout le pays d'Israël. On apercevait de toutes parts des légionnaires casqués, la main sur la poignée de l'épée, prêts à intervenir.

Le vent s'était calmé. Du sol et dans les rues étroites de la ville montaient des odeurs pestilentielles de charogne, de mauvaise cuisine, d'épices bon marché. Les tavernes ne désemplissaient pas. Beaucoup profitaient de cette semaine de prière pour goûter aux plaisirs de la vie, festoyer et fréquenter les bordels. Les avertissements feutrés des prêtres du Temple n'arrêtaient pas les pèlerins pour qui ce séjour à Jérusalem, préparé depuis des années, serait le seul de toute leur vie.

Jésus regarda autour de lui et s'impatienta.

— Alors, cet ânon ?

Jean arriva, essoufflé, tirant par la bride un petit animal gris au pas nerveux.

— Je n'ai trouvé que ce misérable animal, trop petit et trop maigre pour toi !

— C'est parfait ! dit Jésus.

Madeleine, qui avait compris le sens de cette démarche inattendue, s'avança vers l'homme qu'elle aimait et le supplia de nouveau.

— Je t'en prie, Jésus, ne fais pas cela. C'est une provocation !

En effet, dans sa prédiction, le prophète Zacharie n'avait-il pas affirmé que le messie descendant de David, épargné lors du massacre des Innocents, entrerait dans la ville monté sur un ânon ? Jésus s'identifiait ainsi au roi des Juifs annoncé. N'était-il pas de Nazareth, cette ville dont le nom signifiait « rameau »[5] ?

Madeleine avait appris par ses espions qu'Hérode avait prévu sa riposte si Jésus venait le provoquer dans la ville sainte.

– Je t'en prie, maître. Ils vont t'arrêter et te condamner ! insista-t-elle.

Jésus la regarda longuement. Elle était si belle, si douce et il l'aimait tant ! Il pensa à leur rencontre dans le village de Béthanie. On avait appelé Jésus parce que Lazare, un jeune homme, venait de mourir. Quand il arriva, une femme d'une grande beauté répandit sur lui un parfum précieux, lui lava les pieds, et les essuya avec ses cheveux. Leurs regards se croisèrent et Jésus sut qu'elle ne le quitterait plus jamais. Puis il entra dans la maison, se rendit au chevet de Lazare, qu'il toucha de ses mains brûlantes. Et Lazare se releva. Madeleine lui prit alors les mains et sentit dans ce contact que l'homme en face d'elle n'était pas comme ceux qu'elle avait approchés jusque-là, qu'il n'était pas un prophète ordinaire, un simple thérapeute, mais un être habité par Dieu[6].

– Maître, je t'en supplie ! répéta Madeleine en serrant les mains de Jésus.

Elle employait ce mot pour le désigner uniquement dans les occasions graves. Jésus n'y prit pas garde. Il demanda qu'on approche l'ânon. C'était vraiment une misérable bête, d'une maigreur squelettique. Jean, qui la tenait par la bride, était honteux de sa trouvaille et se mordait la lèvre inférieure.

– Je te dis que c'est très bien ! insista Jésus. Je ne pouvais pas espérer mieux !

Il demanda qu'on mette un vêtement sur le dos de l'âne au poil mangé par la vermine. Ensuite, il enjamba la bête et s'assit sur son dos. L'ânon encaissa le poids, fléchit, faillit tomber, mais finit par se redresser et marcher lentement. Jésus, les pieds touchant le sol, avait l'air ridicule sur cette monture de paysan. Jacques lui fit face et voulut l'arrêter au moment où il allait franchir la porte.

— Tu ne vas pas entrer dans Jérusalem sur cet animal ? Toi, le seigneur et maître, le descendant de David.

— Justement, répondit Jésus. Dois-je te rappeler la parole de Zacharie ? *Sois transportée d'allégresse, fille de Sion ! Pousse des cris de joie, fille de Jérusalem. Ton roi vient à toi. Il est humble et monté sur un ânon, le petit de l'ânesse !*

Le grotesque de sa posture ne le gênait pas. La foule hurlait sa joie. On jetait des rameaux d'olivier devant l'animal qui avançait d'un pas hésitant. Les mains se tendaient vers le Messie enfin trouvé ! N'était-ce pas un miracle que Jésus soit les deux à la fois, le descendant de David et un prophète destiné à diriger le Temple ? Dieu comblait son peuple en lui envoyant les deux Messies attendus réunis en un seul homme. Le lien sacré entre Yahvé et le peuple juif était plus fort que jamais !

— Vive le roi de Jérusalem et le Messie !

De la cour carrée du Temple, Caïapha, le grand prêtre, assistant à cet accueil, s'en prit à un esclave qui prenait trop de temps à son goût pour lui apporter un gobelet de vin au miel.

Un peu plus loin, de la terrasse qui surplombait Jérusalem, Hérode Antipas, accoudé sur la rampe en pierres blanches, observait aussi cette entrée triomphale. Son père avait donc sacrifié des enfants pour rien puisque celui qui se disait le roi de Palestine était bien là, monté sur son ânon, comme l'avait annoncé la prophétie. Dieu voulait-il lui faire payer ses nombreuses fautes et ses légions de crimes ? Sa race était-elle condamnée à disparaître ? Il porta sa main maigre à son long visage osseux. Il devait agir, mais n'était-ce pas déjà trop tard ?

Jésus avançait lentement dans la voie étroite qui prolongeait la porte de la Poterie. Il retrouvait l'odeur particulière qu'il avait sentie lors de son précédent séjour, sept années auparavant. Une odeur indescriptible de sueur humaine, de purin, mêlée à des fumets de cuisine épicée à la coriandre et au poivre gris. Il était ému par les femmes et les hommes qui se prosternaient de plus en plus nombreux sur son passage et criaient leur joie. Ses prêches avaient touché le cœur des gens simples, des humbles et des généreux. Il était donc sur la bonne voie. Des soldats romains passèrent près de lui et le dévisagèrent.

Il s'arrêta en face du monumental palais de Pilate. Deux tours carrées encadraient une première cour qui donnait sur un jardin dont on apercevait de la rue les citronniers et les buis taillés en boule. Plusieurs gardes armés se tenaient près de la haute porte en ogive. La clameur venue de toute la ville indiquait que le prophète annoncé depuis plusieurs jours était arrivé. Le procurateur romain ne comprendrait jamais rien aux Juifs et à leur religion.

Jésus poussa son ânon jusqu'à la ville basse, le lieu le plus pauvre où résidaient ouvriers, laboureurs, tanneurs et potiers… resté identique à ce à quoi il ressemblait avant la conquête romaine. Le long de venelles obscures et sales, des maisons en bois ou en torchis abritaient une population affamée. C'est là que se retiraient les éclopés, les mendiants. On y mourait sur le pavé, à la merci des rats. Hérode avait demandé à Pilate de raser le quartier et de construire des habitations saines en belles pierres, comme les Romains l'avaient fait dans une grande partie de la ville, mais le procurateur avait toujours repoussé le projet, car il craignait que la population hétéroclite qui y était retranchée ne se répande dans tout Jérusalem et y occasionne des troubles difficiles à contenir.

Dans ce quartier misérable, s'était rassemblée une immense foule, acclamant Jésus et criant de plus en plus distinctement : « Vive le roi des Juifs ! » C'était plus qu'une provocation, c'était une déclaration de guerre aux tenants du pouvoir. Jacques, qui secondait Jésus, comprenait que ce triomphe ne pouvait conduire qu'à la catastrophe.

— Tout ça n'est pas bon ! grogna-t-il.

Jésus fit comme s'il n'avait pas entendu. Depuis plusieurs jours, des bruits couraient qu'Hérode Antipas, tétrarque de Galilée et de Pérée, s'était même rapproché de Pilate pour mettre fin aux troubles provoqués par ce prêcheur qui ne possédait rien, mais se disait roi des Juifs, et galvanisait la population par ses paroles. Hérode Antipas régnait sur deux uniques provinces, maigre compensation que l'envahisseur romain lui avait laissé du royaume de son père, Hérode le Grand. Mais dans la ville de Jérusalem où le tétrarque n'avait aucun pouvoir officiel, il restait très influent.

Au Temple, où il passait la plupart de ses journées, Annas recula de la baie ouverte d'où venaient des cris et se gratta le menton, en proie à une intense réflexion. C'était un vieil homme encore droit, au regard perçant.

— Je n'ai pas oublié ce jour de Pâque où Jésus était à Jérusalem avec sa famille. Il avait douze ans et, s'étant égaré dans les rues, il était arrivé au Temple, comme guidé par Dieu lui-même, dit-il à l'esclave près de la porte. Il nous avait tenu tête à nous, les grands prêtres, comme aux docteurs de la loi, par sa connaissance des livres anciens et sa repartie. On en parle encore et on s'est longtemps demandé si Dieu ne parlait pas à travers ce gamin pauvre qui n'avait été éduqué que par son père, un simple charpentier !

Une marée humaine se pressait autour de Jésus. On lui présentait des enfants atteints des écrouelles pour qu'il les touche, les boiteux montraient leurs membres malades,

des femmes le suppliaient de leur permettre d'avoir un enfant. Jésus répondait à tout le monde, souriait. Sa seule présence suffisait à redonner espoir, à calmer les douleurs d'entrailles, à rendre heureux. Un vieil homme conduit par un adolescent s'approcha de lui. Il levait la tête à la manière des aveugles. Ses yeux blancs prouvaient qu'il avait perdu la vue depuis longtemps.

– Jésus, c'est bien de toi qu'on parle dans tout le pays ? Toi qui accomplis des miracles ? On dit que tu as rendu la vie à Lazare. Je t'en prie, rends-moi la vue.

Jésus le regarda longuement avec ce sourire généreux qui mettait de la joie au cœur. De sa main droite, il caressa le visage du vieil homme, s'attardant sur les yeux malades.

– Je vois ! s'écria l'aveugle qui tendait toujours les mains devant lui comme pour éviter les obstacles, je vois le monde, mais comme il est étrange ! Je ne l'avais pas imaginé ainsi ! Et ces hommes, ces femmes, c'est donc ça, les enfants de Dieu ?

La foule se tut tout à coup. Plusieurs personnes au premier rang se mirent à genoux. Face à ce miracle, ils murmuraient une prière. Dieu était intervenu devant eux, tout près. L'aveugle avait jeté sa canne, et s'étonnait de ce qu'il découvrait.

Jésus prit la parole :

– Tant d'hommes ont des yeux et ne voient pas. Leurs bons yeux les rendent aveugles au royaume promis qui est amour et charité.

Une ovation monta, immense, comme amplifiée par le ciel. On s'entassait, on se piétinait pour s'approcher de celui dont on ne doutait pas de la nature divine. Il rayonnait. Il semblait ne pas toucher terre.

L'aveugle se mit à genoux, les mains jointes. Il gardait la tête baissée, n'osant pas lever ses yeux neufs sur ce qui était pour lui une apparition.

Jésus, toujours sur son ânon, tendit les mains vers la foule à nouveau silencieuse.

– Je vous le dis, ajouta-t-il, ce monde de souffrances et d'injustices va disparaître. Un autre prendra sa place, celui de l'amour. Les pauvres n'auront plus faim, et les usuriers rembourseront ceux qu'ils ont spoliés...

Ses paroles changeaient des habituels discours. C'était la première fois que quelqu'un s'adressait ainsi à ces gens simples. Et le Dieu qu'il évoquait donnait de l'espoir même aux plus grands pécheurs, avec la certitude qu'ils ne seraient pas abandonnés. Des larmes de joie roulaient sur les visages, tant la voix de Jésus était harmonieuse, chaude à entendre, colorée comme la meilleure des musiques. Tous ressentaient un bonheur profond, tellement nouveau qu'ils entrevoyaient les collines colorées du paradis.

Il faisait chaud. Sur la colline, à droite de la porte des Esséniens, les palais neufs tranchaient sur la grisaille par leur blancheur éclatante. Le soir tombait pourtant, semant dans les ruelles les premières ombres. Les rats sortaient de leurs abris et couraient le long des murs à la recherche de morceaux de pain ou de viande grillée perdus par les pèlerins en goguette. Les moustiques harcelaient les visages nus. On ne pouvait pas séjourner sur les bords du Cédron sans se cacher sous un voile. De la rivière stagnante et sombre montaient des relents de pourriture et de vase aigre. C'était pourtant là que les plus pauvres venaient chercher une eau nauséabonde pour cuire leurs légumes et faire leurs ablutions. Le choléra tuait beaucoup, mais on avait appris à vivre avec les maladies et la mort toujours présentes.

Un groupe de femmes un peu à l'écart ne quittait pas Jésus du regard. L'une d'elles, sans doute une riche Romaine nouvellement installée à Jérusalem, semblait la plus absorbée. C'était peut-être l'épouse d'un de ces marchands qui avaient suivi les troupes d'occupation pour commercer avec l'Orient, et y acheter des épices qu'ils revendaient à Rome. Elle murmura à sa voisine :

– Qu'il est beau ! Ancilla, dis-moi, ne pourrions-nous pas le faire venir chez nous ?

Tout en parlant, elle jetait un regard admiratif sur le prophète qui bavardait avec de pauvres gens. Sa stature imposante, ses épaules, son torse magnifiquement sculpté témoignaient d'une force majestueuse, une hauteur inaccessible, vraiment royale.

– Procula, ce n'est qu'un Palestinien. On dit que son père était charpentier et qu'il va de village en village, entouré d'une escorte d'admirateurs qui chantent et dansent. On dit aussi qu'il est joyeux, qu'il aime plaisanter et qu'il raconte volontiers des histoires. On dit que près de lui, on oublie ses souffrances...

– Qu'il est beau ! répéta Procula.

Elle en savait sans doute plus sur Jésus car elle ajouta aussitôt :

– C'est tout ce qu'on dit ?

– Non. Il serait le Messie, le fils du Dieu des Juifs. Il fait des miracles. On dit qu'il peut apparaître à plusieurs endroits à la fois, et que ceux qui l'aiment ne tombent jamais malades...

– Et cette femme aux beaux cheveux bruns, tout près de lui... Quelle beauté aussi ! C'est sa femme, sûrement !

Ancilla semblait, elle aussi, bien renseignée à propos de Jésus dont on annonçait la venue depuis plusieurs jours :

– C'est Marie de Magdala, qu'on appelle Madeleine. Je ne pense pas que ce soit son épouse. C'est sa compagne ; elle ne le quitte pas, mais elle est femme de chair comme toi et moi, tandis que lui…

À cet instant, Jésus tourna la tête en direction des Romaines. Procula vit alors ses yeux clairs étrangement lumineux. Elle serra très fort la main de sa voisine, en proie à un tremblement intense.

– Il faut que je le voie de plus près !

– Laisse, lui recommanda Ancilla. Il est de la maison de David, le double messie, celui qui est Dieu sur terre et le roi des Juifs. Ils l'attendaient depuis si longtemps et voilà qu'il arrive monté sur un ânon. Que penserait ton époux, Ponce Pilate ?

Procula eut un mouvement d'épaules, comme pour montrer que l'avis de son mari ne lui importait guère. Elle se faufila, bousculant les vieillards et les enfants qui entouraient Jésus. Elle ressentit alors une intense chaleur envahir son corps, un bonheur léger qu'elle n'avait jamais éprouvé. Des pensées lumineuses lui montraient un de ces royaumes qu'elle avait imaginés dans son jeune âge à Rome. Elle avait épousé Pilate à la suite d'un marché entre sa famille et le procurateur, et avait été contrainte de le suivre à Jérusalem. Ce long voyage, ce dépaysement avaient enfin un sens.

– Jésus, dit-elle en tendant la main vers l'homme qui caressait la joue d'une vieille femme rongée par une maladie de peau, comme je suis heureuse de t'approcher.

Il lui lança un regard plein de douceur et lui sourit. Elle en fut illuminée.

Pourquoi avait-elle parlé de la sorte ? Quelle pensée avait soudain traversé son esprit ? La certitude que cet homme était trop beau et trop bon pour ne pas s'attirer une foule d'ennemis, celle de sa nature divine ? Elle avait beaucoup prié les dieux de Rome, mais c'était la première fois qu'elle en voyait un. Et elle en était émerveillée. Il lui semblait que son corps était tout à coup léger comme une fumée, et que son cœur débordait d'amour pour tous les Hommes. Elle leva les yeux vers le ciel couleur de cendres après le coucher du soleil et vide d'étoiles. Elle entendait les voix lointaines des prêcheurs à tous les coins de rue, mais l'arrivée de Jésus les avait occultées. Pilate et ses légions les laissaient en paix ; les prêtres du Temple se contentaient de leur faire payer le droit de s'exprimer car ils ne présentaient aucun danger. Ceux qui avaient l'audace de s'en prendre aux Romains, souvent des zélotes ou des Galiléens, étaient arrêtés et flagellés, mais Jésus était bien différent.

– Je suis là par la volonté de Dieu, notre père, je suis là pour apporter l'eau aux assoiffés, la lumière aux aveugles, le mouvement aux paralytiques.

Les prêtres du Temple, comme les docteurs de la loi, devinaient la subversion sous ses paroles généreuses, une incitation à la désobéissance, à la révolte contre un ordre qui les servait. Jésus n'était pas le premier à s'engager dans cette voie, mais sûrement le plus convaincant et le plus déterminé.

Procula, loin d'être sotte, entendait tout ce qui se disait au palais du procurateur et connaissait le danger qui menaçait Jésus. Elle avait beaucoup lu et étudié les auteurs grecs, cherchant une vérité, un sens au monde et à sa vie, une bonne raison pour supporter l'ennui quotidien, la médiocrité de son époux et cette envie d'un ailleurs qui se dérobait toujours. Elle avait écouté les prêtres du Temple, lu les traductions en grec des livres sacrés, mais n'y avait pas trouvé ce que son âme attendait, alors que les paroles de Jésus étaient une révélation qui coulait en elle avec la limpidité de l'eau de source. Elles n'exigeaient aucune réflexion, tombaient sous le sens au point que Procula se demandait pourquoi elle ne les avait pas elle-même prononcées plus tôt.

— Ils vont t'arrêter, lui souffla-t-elle quand elle fut tout près de lui. Hérode ne supportera pas que la foule t'acclame et te reconnaisse comme le roi d'Israël. Viens chez moi, je te cacherai, tu te feras oublier et ensuite tu pourras repartir. Tu gênes trop de gens puissants.

Jésus lui sourit de nouveau et lui prit la main. Procula crut défaillir. Son cœur battait à se rompre. Elle eut le sentiment que sa vie venait de changer du tout au tout. Elle se mit à genoux. Les larmes roulaient sur son visage rond encore jeune, malgré les petites rides aux coins de ses yeux.

Madeleine voulut profiter de cette alliée inattendue et se rangea du côté de Procula.

— Parmi tous ces gens que tu vois, il y a les hommes d'Hérode et du Temple, ainsi que des prêtres qui viennent t'écouter pour te condamner. Jésus, cette femme a raison. Tu ne dois pas rester ici !

Jésus avait vu les gardes se mêler à la foule et tenter de la disperser. Cela prouvait qu'Hérode le considérait comme un adversaire dangereux. Il n'oubliait pas ce que la famille du tétrarque avait fait subir à la sienne. Sa nature humaine prenait parfois le pas sur sa nature divine et il ressentait de la rancœur, de la haine même, pour ce roi de papier qui, pour se distraire, faisait mettre à mort des enfants d'esclaves. Il inspira profondément :

— Nous allons au Temple.

— Tu n'y penses pas !

Jacques avait surgi devant lui, tentant à nouveau de l'arrêter. Ses autres compagnons s'étaient massés à la porte du Temple pour l'empêcher de passer. Marie s'approcha de lui, ce qui le fit hésiter. Le Temple était pourtant le but de sa venue à Jérusalem. Toutes les grandes décisions se prenaient là. Plus qu'Hérode, les prêtres avaient tout pouvoir sur la ville sainte, et décidaient les lois dans l'intérêt des grandes familles. Jésus, futur roi des Juifs, devait désigner son ennemi par un acte fort auquel il pensait depuis longtemps.

Marie posa une main sur son bras.

— Jésus, réfléchis…

Elle n'était pas allée au bout de sa pensée, mais Jésus avait bien compris. À côté, Jacques le suppliait du regard. Il sentait aussi la présence de ses proches, ceux qu'il appelait ses apôtres et qu'il n'avait pas choisis au hasard. Tous l'aimaient comme on aime son roi à qui on donne sa vie. Il joignit les mains et baissa la tête, les pensées tournées vers Dieu. Il suivrait sa volonté, et à cet instant, l'ordre divin remplissait son âme.

— Je suis au service de celui qui m'a envoyé, dit Jésus en levant les yeux vers Marie. C'est tout le sens de ma présence en ce monde !

Marie n'eut pas la force de s'opposer à la volonté de son fils. Elle pensa le temps d'un éclair à sa conception dans des conditions qui lui arrachèrent une grimace et ensuite à ce rêve étrange qui lui avait semblé si réel. Un ange lui était apparu dans son sommeil ; elle se souvenait encore des détails de son visage, de sa robe blanche, de son sourire et surtout de son regard plein de bienveillance. Il lui avait annoncé que Yahvé l'avait choisie pour porter en son sein celui qui serait considéré comme son image sur Terre parce qu'il répandrait sa parole et ouvrirait aux Hommes le chemin de la réconciliation et du bonheur. « Tu l'appelleras Jésus, avait dit l'ange, et il sera le Messie que tous les hommes de bonne volonté attendent ! »

Elle pensa à ce passé indigne pour une descendante de David : la conception de cet enfant hors mariage avait fait d'elle une femme corrompue, mais qui fut sauvée du déshonneur par Joseph. Elle comprit alors que l'homme qui l'avait séduite était dirigé par Dieu lui-même[7].

La foule s'ouvrit devant Jésus se dirigeant vers la porte de l'immense bâtiment reconstruit par les Romains qui, durant la semaine de Pâque, était un haut lieu de commerce. On y vendait les moutons du sacrifice, des colombes, des volailles, des bijoux plus ou moins précieux que les fidèles devaient offrir à Dieu. Assis à des tables, des usuriers prêtaient de l'argent, prenant en gage un bijou de famille, une chaîne, une bague, ou demandant aux plus pauvres des journées de travail comme garantie. D'autres convertissaient les monnaies locales en monnaie de Jérusalem. Cet immense marché rapportait des sommes considérables aux prêtres.

Jésus entra d'un pas déterminé sous les regards curieux et inquiets. Entouré de ses apôtres, il marcha dans les allées, où le grand prêtre Caïapha avait multiplié les gardes. Quelques légionnaires se dissimulaient sous leur cape, car l'endroit était interdit aux Romains. Pilate n'aimait pas les religieux juifs, mais il devait respecter leurs rites, ce qui ne l'empêchait pas de surveiller tout ce monde de marchands. Il ne comprenait pas qu'on puisse adorer un seul Dieu, c'était pour lui la marque d'une pensée arriérée qui suscitait son mépris.

Jésus progressait dans les allées, rassurant les misérables qui échangeaient quelques pièces contre une offrande. Ils s'étaient privés pendant des jours pour économiser de quoi remplir leurs devoirs religieux. Jésus réconfortait aussi ceux qui ne pouvaient offrir que leur prière. « Dieu ne t'en voudra pas d'être pauvre. Offre-lui ton cœur et suis ses conseils, cela sera suffisant ! » La foule qui se pressait autour de lui gênait le commerce. Un des changeurs, qui tenait une table sur laquelle s'étalaient des pièces et des tablettes indiquant le cours des différentes monnaies, se dressa devant l'importun. C'était un gros homme, vêtu d'une robe grise tendue sur son estomac, au visage large, aux lèvres épaisses. Il le menaça :

– Écarte-toi ! Tu gênes ceux qui ont besoin de moi pour leurs offrandes !

– Je t'empêche surtout d'escroquer de pauvres gens persuadés que sans les offrandes, Dieu leur refusera le paradis ! Ton cœur est sec et dur comme tes pièces de monnaie ! répliqua Jésus.

– Je fais mon travail, s'emporta le changeur en cherchant du regard les gardes qui s'étaient approchés. Ta place n'est pas ici !

– Cette maison devrait être celle de Dieu, celle de l'amour et de la compassion. Vous en avez fait une assemblée de gredins, de voleurs et d'escrocs.

D'un geste vif, Jésus renversa la table. Les pièces roulèrent sur le sol, aux pieds des gens qui les ramassaient. L'homme menaça son agresseur, mais les disciples et les nombreux admirateurs du prophète le maîtrisèrent. Les gardes, sur un signe de leur chef, restèrent en retrait, comprenant que la moindre intervention de leur part pouvait entraîner une émeute.

Jésus se tourna vers la foule et, levant les bras, déclara :

— Je détruirai ce temple et le reconstruirai en trois jours pour en faire la maison de Dieu.

Les protestations des commerçants fusèrent. Ils appelèrent les gardes pour chasser cet enragé. Ce face-à-face avec les marchands et donc avec les prêtres qui organisaient ce commerce concernait tous les pèlerins. Beaucoup de prophètes avaient dénoncé leurs abus proférés au nom de Dieu, mais Jésus était le premier à s'en prendre physiquement à une organisation destinée à profiter de la crédulité des plus humbles.

— Vous ne devez plus vivre dans la terreur. Relevez la tête ! Tous les hommes sont égaux.

Il s'apprêtait à quitter le Temple sous les ovations quand une voix assez claire domina le tumulte.

— Est-il normal de payer l'impôt à Rome ?

Jésus réfléchit un instant et répondit :

— Il faut rendre à Dieu ce qui appartient à Dieu et à César ce qui est à César !

— Es-tu le Messie que nous attendons tous, le roi des Juifs ?

— Dieu m'a confié une mission, celle de racheter les Hommes. Dans son royaume, les riches aideront les pauvres.

— Et les voleurs ? cria une autre voix.

— Les voleurs repentis connaîtront eux aussi la félicité.

Jacques le tira par la manche. Un des dignitaires du Temple avait rassemblé une dizaine de gardes qui lançaient à Jésus des regards haineux.

— Viens, quittons ce lieu, lui souffla-t-il. Ils ne te laisseront pas agir contre leurs intérêts.

Jésus fit comme s'il n'avait pas entendu et se mêla à la foule, distribuant des paroles de réconfort. N'avaient-ils pas reconnu leur sauveur ? Leur guide qui allait enfin apporter la justice sur cette Terre et l'amour entre les hommes ? Les gardes attendaient l'ordre d'intervenir. Les apôtres restaient vigilants et entouraient leur maître pour le protéger. Quelqu'un s'écria :

– Remercions Dieu de nous avoir donné un roi : Vive Jésus, roi d'Israël dans la continuité de David le Grand !

Les applaudissements fusèrent, avec une telle force que les murs du Temple en tremblèrent. Dehors, ceux qui n'avaient pas pu pénétrer dans le lieu sacré s'étaient rassemblés sur la grande place des Gentils, faisant écho à l'effervescence de l'intérieur.

L'arrivée de Jésus avait chamboulé la vie bien organisée des pèlerins en cette semaine de Pâque ; les marchands des rues ne trouvaient plus de clients. On ne parlait que de lui, et chacun cherchait le raccourci dans les dédales de ruelles étroites et sombres pour se diriger vers l'endroit où il se trouvait. Le ciel gris, assez bas, enfermait la ville dans un huis clos, une pesanteur de l'air qui ne pouvait qu'apporter des catastrophes. Chacun était curieux de voir comment allait se conclure ce bras de fer entre un homme seul et le pouvoir absolu des prêtres, sans oublier Hérode.

– Il est venu monté sur un ânon, selon la prédiction, s'exclama un homme. Notre roi va nous délivrer des maux dont souffre le peuple juif.

Un autre, enhardi par l'atmosphère de contestation qui régnait depuis l'arrivée de Jésus, poursuivit :

– Hérode n'a-t-il pas trahi ? Lui, le roi de Galilée et de Pérée, n'a-t-il pas acquis la citoyenneté romaine, celle des envahisseurs ?

Ces propos furent aussitôt rapportés à Hérode dans son palais proche de la porte de la Vallée. Le tétrarque n'avait de son père Hérode le Grand que le regard froid, d'une fixité de serpent. Il était grand, maigre, osseux. Il avait l'art de se faire détester, mais régnait sans partage avec une autorité souvent cruelle sur les deux provinces que les Romains lui avaient laissées. Il aimait la souffrance ; les cris de douleur le ravissaient comme la plus douce des musiques. Il ne cédait devant personne, et ne pardonnait pas à son père de n'avoir fait qu'à moitié la purge qui devait éliminer tous les descendants de David. Trompé par Salomon, son plus proche conseiller, il avait laissé filer cette Marie de Nazareth et son époux Joseph. Salomon lui avait dit que Jésus, sa mère et Joseph avaient été tués par des voleurs pendant leur fuite en Égypte. Quand il apprit la vérité, Hérode fit crucifier son ami, méthode de mise à mort des criminels apportée par les Romains qu'il appréciait particulièrement, mais le mal était fait.

Et voilà que Jésus revenait le défier sous les fenêtres de son palais, dans sa ville. Ce n'était pas supportable. Il fallait agir.

La foule s'était lentement dispersée. La plupart des pèlerins s'inquiétaient du lieu où ils passeraient la nuit et erraient d'une auberge à l'autre sans grand espoir de dormir ailleurs que dans la rue où ils étaient des proies faciles pour les voleurs. On louait à prix d'or une cour, une place sous un escalier, le moindre recoin de jardin ou de masure pour se reposer en sécurité. Les retardataires se voyaient contraints de s'allonger aux portes des auberges ou sous un porche, dans le bruit infernal d'une foule en liesse qui n'était pas entrée dans la capitale dans le seul but de prier. Ils étaient souvent tellement fatigués qu'ils réussissaient à s'assoupir, malgré les coups de pied et les passants qui les enjambaient.

Le ciel était sombre. On allumait des lanternes aux portes des lieux de plaisir, les mendiants tendaient la main, d'autres, s'accompagnant d'une cithare, chantaient des rengaines locales, un chapeau posé à leurs pieds. On rencontrait aussi des jongleurs, des montreurs de serpents, et une multitude de prétendus prophètes qui prêchaient, commentaient les textes anciens pour une pièce en bronze, mais à cette heure tardive où l'on se préoccupait de manger et de s'amuser, les clients se faisaient rares. Les diseuses d'avenir se trouvaient généralement sur les espaces proches des remparts, en dessous du

Golgotha dont la silhouette sombre et les croix dressées indiquaient que quelques pas seulement séparaient les vivants des morts.

Jésus et ses partisans sortirent de Jérusalem par la porte Dorée et se dirigèrent vers le jardin de Gethsémani. Malgré l'heure tardive, une foule considérable l'accompagnait. La brume cachait les étoiles ; en quittant la ville où régnait une chaleur d'étuve, la fraîcheur de l'air surprenait.

Ils arrivèrent au village de Béthanie, sur le mont des Oliviers, où l'attendait Simon le Lépreux. Jésus l'avait sauvé de cette terrible maladie réputée inguérissable. Amputer le membre infecté n'avait servi à rien ; Simon s'était fait couper la main droite et la lèpre avait resurgi sur la gauche, mais, après la visite de Jésus, le mal avait disparu.

Sa maison avait été décorée pour faire honneur à son illustre visiteur. Sa femme et sa fille Marthe étaient descendues jusqu'à la porte de Jérusalem pour l'accueillir. Des esclaves semaient des branches d'olivier et de buis sur son chemin. Jésus conduisait son ânon par la bride, comme l'aurait fait un laboureur, mais son allure noble n'était pas celle d'un humble travailleur. Qui aurait pu imaginer qu'il était le fils d'un charpentier et que lui-même, pendant son adolescence, avait travaillé le bois et taillé la pierre ?

À dix-huit ans, Marthe était fort belle et les prétendants ne manquaient pas, car la fortune de Simon était considérable. Quand elle vit Jésus, marchant avec sa modeste monture, elle échangea un regard amusé avec sa mère. Simon leur avait parlé d'un prophète qui prêchait de village en ville, elles avaient imaginé un de ces misérables un peu fous, vêtus de braies, et mendiant leur pain. Mais que celui-ci était beau ! Et quelle élégance dans sa manière de marcher, dans la douceur de sa voix. Il inspirait le respect ; beaucoup de ses disciples qui avaient deux fois son âge semblaient lui obéir aveuglément. Elles s'approchèrent de lui, main dans la main, et lui souhaitèrent la bienvenue, le priant de bien vouloir excuser le maître qui se déplaçait difficilement à la suite d'une blessure au pied droit. Puis leurs yeux se posèrent sur la femme qui avançait près de lui. Les mèches blanches dépassant de son voile bleu indiquaient qu'elle n'était plus jeune, mais quelle silhouette droite et quelle force dans son regard ! Chacun de ses gestes avait une telle noblesse que Marthe n'osa lui parler. C'était assurément la mère de Jésus puisqu'il lui ressemblait. À côté, un peu en retrait, Madeleine, beaucoup plus jeune et très belle aussi, les intrigua. Elle portait un léger voile brodé qui ne cachait rien de ses grands cheveux noirs tombant jusqu'à sa taille. Quand elle regardait Jésus, ses beaux yeux clairs se remplissaient d'un profond sentiment qui n'échappa pas à Marthe. Enfin, la jeune fille remarqua aussi une adolescente qui avait à peu près son âge. Elle avait les mêmes traits réguliers et le même nez droit que Jésus.

– C'est sûrement Salomé, la jeune sœur de Jésus ! souffla-t-elle à sa mère.

Ils arrivèrent chez Simon le Lépreux qui avait marché jusqu'au bas de la colline où se tenait sa magnifique demeure, construite sur le modèle grec avec ses colonnades, ses terrasses, ses jardins. Soutenu par deux serviteurs, il leva son bras sans main quand il aperçut Jésus et ses disciples à la tête d'une longue procession. Le lépreux avait beaucoup grossi et vieilli. Son large visage était tailladé de profondes rides, ses yeux aux paupières rougies larmoyaient constamment. Il souriait de sa bouche édentée. Jésus répondit à son sourire, montrant ses dents très blanches, ce qui était rare chez les hommes de son âge et lui conférait une jeunesse d'apparence inaltérable.

– Sois le bien-bienvenu. Ma de-de-demeure, mes domestiques, mes es-s-esclaves sont à toi.

Jésus avait oublié la façon de parler de Simon ; le bégaiement de son hôte éclaira soudain son visage d'un petit air amusé. Il aimait beaucoup la compagnie de ce vieil homme cultivé qui parlait le grec, dont il lisait les grands auteurs. Généreux, Simon avait l'art de mettre les gens à l'aise. Ses domestiques le servaient avec amour et sa maison respirait une joie de vivre rare chez les hommes riches, préoccupés le plus souvent par leur commerce. Il vivait frugalement, n'ayant jamais oublié sa jeunesse misérable de fabricant de cordes. Jésus, qui soupçonnait les commerçants d'être des escrocs, avait toutes les attentions envers cet homme dur en affaires, mais qui n'hésitait pas à accueillir à sa table les mendiants qui frappaient à sa porte.

Il emmena Jésus dans une grande salle aménagée pour le banquet célébré en son honneur. Il avait fait venir des danseuses, des musiciens et des chanteurs. Jésus aimait l'ambiance qui précédait les fêtes, les domestiques qui allaient et venaient, ajustaient l'alignement des tentures, le bon emplacement des sièges. Il aimait l'empressement des servantes tourbillonnant autour de la table, et cette odeur de cuisine qui flottait dans l'air… Jésus, qui avait connu la vie ascétique des sages du désert, continuait pourtant à toujours apprécier la bonne chère, la musique et les chansons populaires. Il se laissait porter par les notes, les mets exquis et l'amitié, la saveur du partage ; il redevenait ainsi, pour un temps, un homme ordinaire capable de goûter aux plaisirs ordinaires. Il s'en justifiait quand on lui reprochait d'être accompagné par des jeunes qui chantaient et dansaient autour de lui :

– Dieu n'interdit pas aux hommes la joie et le plaisir. Dieu n'est pas contre le bonheur, bien au contraire, et c'est parce qu'il veut que tous les hommes soient heureux qu'il me demande de combattre ceux qui sèment la discorde et l'injustice.

Simon emmena Jésus et ses apôtres dans un salon tendu d'étoffes brunes. Une servante apporta du vin parfumé aux épices dont elle remplit des coupes en argent.

— Insta-talle-toi, mon ami, dit Simon en attendant que tout soit prêt. Ma mai-mai-maison tout entière est heu-heureuse de te re-recevoir. Il n'est pas-pas une servante, pas un esclave dont le vi-visage ne rayonne du bonheur que tu ré-é-pands autour de toi.

Jésus ne répondit pas. Un vague pressentiment lui soufflait que sa mission touchait à sa fin alors qu'il n'avait encore rien réalisé de la tâche dont il se sentait investi. Il regrettait tout à coup de n'avoir provoqué qu'un tout petit scandale au Temple, de ne pas avoir défié les prêtres et toute la clique de Caïapha qui empilait des sacs d'or grâce à la crédulité des pauvres gens.

— Écoute, dit le Lépreux, qui avait percé sa pensée, tu joues avec le feu. Cela déplaît à beau-beau-coup que la foule qui t'ac-c-clamait tout le long du chemin voie en toi le-le roi d'Israël. Les prêtres du Temple vont te com-com-combattre parce que tu t'en prends aux textes sa-sacrés qui les servent, Hérode Antipas te hait. Si son pè-père était fort, du moins droit dans ses erreurs, lui est perfide, sour-ournois et cruel. Il ne supporte pas que son pou-pouvoir soit remis en cause et multiplie les exé-é-cutions. Pilate n'éprouve que mépris pour les prêtres et pour Hérode, mais il ne sup-p-portera pas que tu viennes jeter le trou-trouble dans Jérusalem qu'il a bien du mal à te-tenir. Il sait que des espions rap-portent à Rome ses moindres faits et gestes et ne vou-voudra surtout pas être accusé de faiblesse ou de com-complaisance.

– Le vent ne cesse de déplacer les grains de sable et ce n'est pas pour cette raison que la montagne change de forme, répliqua Jésus, qui aimait parler par paraboles. Hérode est un tout petit personnage attaché à un pouvoir minuscule. Que peut-il contre la tempête qui menace ?

Simon le Lépreux gratta sa barbe blanche. Ses yeux enfoncés dans leurs orbites ne quittaient pas Jésus. Comment un homme si avisé, un esprit si brillant pouvait-il faire fi des dangers qui se précisaient autour de lui ?

– Les pre-pre-miers nuages que tu vois dans le ciel sont bien i-i-noffen-fensifs, mais ils annoncent souvent l'o-l'orage.

– Certes, mais Dieu est en moi. Et on ne tue pas Dieu !

Simon n'était pas de cet avis. L'ancien fabricant de cordes avait des épaules robustes sur un torse voûté. Il avait commercé avec les Grecs et les Romains et conservait un sens des affaires qui lui permettait de comprendre d'emblée l'avantage qu'il pouvait tirer de chaque situation. Concernant Jésus, il savait que jamais les circonstances n'avaient été aussi favorables que dangereuses. La foule était prête à le porter sur le trône de David, à en faire le roi des Juifs. Qu'attendait-il pour pactiser avec les Romains, pour les amadouer en employant la seule méthode possible, celle d'une apparente soumission ? Rome était très loin et Pilate suffisamment stupide pour entrer dans le jeu ! Le procurateur aimait la flatterie et serait honoré qu'un homme de l'envergure de Jésus le fasse manger dans le creux de sa main.

– Dieu m'a confié une mission, précisa Jésus, qui avait deviné la pensée de son hôte. Celle d'ouvrir les portes du paradis aux Hommes. Le dessein de Dieu est immuable.

L'apocalypse arrive, tous les grands prophètes l'ont annoncée et je la sens proche. Ce monde s'écroule, rongé par la lèpre du vice et l'appétit du pouvoir. Un autre va prendre sa place et c'est à moi d'en construire les fondations.

Simon éprouvait pour Jésus une reconnaissance infinie. D'un village à l'autre, on entendait le récit de ses miracles. Les prophètes, nombreux en ce temps troublé, prêchaient leurs idées d'organisation d'une nouvelle société au nom d'une croyance présente en toutes actions. Certains prédisaient la venue d'un Dieu vengeur qui allait précipiter l'humanité dans les ténèbres ; ceux, issus des zélotes, enjoignaient aux Juifs de se rebeller contre les envahisseurs ; d'autres, enfin, demandaient le durcissement des lois hébraïques. Jamais le Lépreux ne les avait pris au sérieux. Il ne se laissait pas abuser par leurs tours de passe-passe qu'ils présentaient comme des miracles. Jésus était bien différent. Personne ne se montrait insensible à la force qui émanait de lui, et à cette joie qui envahissait le cœur quand on l'approchait. Ses mots simples, ses paraboles que tout le monde pouvait comprendre, ajoutaient une grandeur universelle aux moindres événements, et faisaient que celui qui les entendait ne pouvait plus jamais les oublier.

La femme de Simon vint les prévenir que le repas était prêt. Ils passèrent dans une pièce assez vaste pour contenir une longue table où étaient disposés des bancs d'un seul côté. Au centre, des musiciens accordaient leurs cithares et tambourins. Des femmes vêtues de robes de satin attendaient qu'on leur donne l'ordre de danser.

Le maître fit asseoir Jésus à côté de lui. Ses apôtres prirent place à leur tour. Les servantes apportèrent les cruches de vin, l'eau et les premiers plats de perdrix rôties aux raisins secs. L'orchestre se mit à jouer et les femmes se déhanchèrent avec des gestes pleins de grâce puis s'enhardirent et se contorsionnèrent devant les convives. Jésus regardait le spectacle d'un air distrait. Et le temps passait, agréablement.

Soudain, il y eut un grand remous parmi les serviteurs. Un groupe d'hommes fit irruption dans la pièce. Simon se leva et ordonna à ses valets de les chasser. L'un des intrus s'approcha de lui, un vieil homme qui n'avait rien d'agressif.

– Ils viennent d'assassiner Jokanaan ! Ordre d'Hérode[8] !

– Jokanaan ? s'écria Jésus, surpris, se redressant à son tour.

– Oui, maître. Hérode Antipas a demandé qu'il soit décapité. Et les Romains ont laissé faire.

Jésus abaissa les yeux. Jokanaan était son ami. Ce sage déjà vieux allait partout prêcher l'amour entre les hommes et apaisait les souffrances par ses paroles d'espoir.

– C'est un aver-ver-tissement pou-pour toi, Jésus, dit Simon. Jokanaan a dit que c'était toi, le vé-vé-ritable Messie, et que tu étais ve-venu à Jérusalem pour être reconnu comme le roi des Juifs.

« Ils ont tué Jokanaan », répéta Jésus.

Avec son cousin Jean Baptiste, ce Jokanaan était l'homme le plus pur, le plus juste qu'il ait connu. Une lumière braquée sur les ténèbres humaines.

– S'ils ont tué Joka-ka-naan, ils te tueront toi au-aussi ! dit Simon.

Le vieil homme regardait Jésus, suppliant. Celui-ci leva la main et dit dans un silence pesant :

– La mort de Jokanaan ne sera pas inutile.

– Comment oses-tu parler de la sorte, s'emporta un jeune homme. Voilà que tu prends le parti de ce monstre qui tue et met au supplice son propre peuple ?

— Je ne prends pas le parti d'Hérode, répondit Jésus d'une voix calme. Je dis ce qui est.

— Dis ce qui te convient, reprit l'émissaire aussitôt applaudi par les autres. Nous ferons justice nous-mêmes. Pour la mort de Jokanaan, nous tuerons dix, vingt, cent gardes d'Hérode ! Le sang de ce juste appelle le sang des meurtriers !

— Et crois-tu que la mort de ces innocents apaisera notre peine ? répliqua Jésus.

— Innocents ? Comment peux-tu parler ainsi ?

— Tu te trompes, fit Jésus en haussant le ton. Les gardes d'Hérode que tu veux tuer ne sont pour rien dans la mort de notre ami. Ils sont seulement des serviteurs placés là par le hasard. On ne tue pas des esclaves pour se venger du maître, quel qu'il soit.

Simon ordonna à la délégation de se retirer, ce qu'elle fit non sans maugréer. Venus dans l'espoir d'obtenir l'aide de Jésus, ces hommes étaient déçus. Le Lépreux demanda qu'on hâte le repas. Il avait compris combien cette annonce avait touché son hôte. Il fit signe aux musiciens et aux danseuses de sortir à leur tour.

— C'est soir de deuil, dit-il à sa femme qui venait aux nouvelles.

À la fin du repas, Jésus gagna une aile de la maison assez vaste pour lui et sa suite. Madeleine, sa mère et Salomé étaient là. Marie le regarda longuement, Jésus joignit les mains et se mit à genoux. Sa mère fit de même, s'unit à sa prière, mais tant de choses hantaient son esprit ! Après la naissance de Jésus et le retour d'Égypte, elle s'était installée à Nazareth avec Joseph. Dans cette ville où se trouvaient des descendants de David, elle était considérée comme une princesse, ce qui ne l'empêchait pas de vivre humblement et d'être entièrement dévouée à sa famille, même si les prophètes la considéraient comme le maillon par qui arriverait le nouveau royaume juif. Jésus grandissait au milieu de ses frères et sœurs[9]. À douze ans, il travaillait avec Joseph, charpentier-bâtisseur, puis, Joseph mort, Jésus prit sa place à la tête de l'atelier. On finissait par croire que les prophètes s'étaient trompés.

Mais Marie n'oubliait pas son rêve prémonitoire, dont elle n'avait parlé à personne…

Jésus, les yeux fermés, les mains jointes, s'abandonna à une intense méditation. Les autres respectaient son silence. Enfin, il leva la tête et se tourna vers sa mère.

– J'ai vu une montagne, très escarpée, que je vais gravir. Les hommes devront comprendre que je fais ça pour eux parce que c'est mon destin.

Jésus se releva et se tourna vers Madeleine qui se pressa contre lui. Il aimait cette femme qu'il n'avait pas quittée depuis leur première rencontre chez Lazare. Mais leur relation était restée chaste. Jésus ne pouvait s'unir à une femme car son amour pour les Hommes était au-delà du désir et de la chair. Sa séduction, la beauté de son corps ne trompaient pas celles qui l'approchaient. Il existait entre elles et lui une telle différence qu'il était intouchable, que la moindre pensée charnelle semblait impossible. Il se comportait pourtant comme un homme ordinaire quand il prenait la main d'une vieille femme ou consolait un enfant, mais son autorité naturelle empêchait toute familiarité avec lui.

– Jésus, ne retourne pas à Jérusalem. Tu n'as pas fini de nous conduire sur la route du nouveau royaume. Ils vont te tuer, toi aussi !

– Ils ne me tueront pas parce qu'ils ne le peuvent pas ! répliqua Jésus, sûr de lui. Le glaive ne peut rien contre l'esprit. Jokanaan est mort ; son corps est mort, mais son âme nous inspire toujours.

Madeleine n'insista pas. Rien ne la prédisposait à devenir sa compagne de chaque instant, à partager les joies et les peines d'un être si distant. Sa fortune, ses mœurs faciles l'avaient tenue enfermée dans une prison de petits plaisirs et elle n'attendait rien d'autre de la vie. Jésus l'avait transcendée et, du jour au lendemain, elle avait tout abandonné pour lui, sa vie facile et sa famille, sans rien attendre en retour.

Jésus lui prit la main et sortit dans la nuit par la baie ouverte qui donnait sur le jardin. Ils s'éloignèrent en silence dans une allée transversale, tout au bruit de leurs semelles sur le gravillon. Une chouette hululait au loin. La rumeur de la ville apportée par un vent d'est arrivait jusqu'à eux, atténuée, presque agréable. La lune illuminait les massifs, les arbres et un petit étang où coassaient des grenouilles. Jésus s'arrêta et dressa la tête vers le ciel.

— Toutes ces étoiles ! murmura-t-il à l'oreille de Madeleine pressée contre son épaule. Quel homme peut lever les yeux vers le ciel sans y voir l'œuvre de Dieu ? Sa volonté est inscrite dans chacun de ces petits points brillants...

— Tout ça est vrai, répondit-elle. Mais ce n'est pas le plus important en ce moment. Tes ennemis ne sont pas les envoyés de Dieu ; mais du démon.

Un animal dérangé s'enfuit devant eux. C'était probablement une chèvre qui s'était éloignée de son troupeau, attirée par la lueur des torches disposées dans le jardin.

Jésus était tellement sûr de sa mission qu'il n'imaginait pas qu'elle puisse échouer.

— Les hommes sont en équilibre au bord de la falaise. Un pied sur la terre, un pied dans le vide. Un pied sur le sol parce qu'ils sont faits de la même poussière, un pied dans le vide parce que leur âme peut être éclairée par la lumière de l'infini. Ils restent libres de choisir et c'est cette liberté qui fait la grandeur et la détresse de l'humanité.

Ils firent encore quelques pas et s'assirent sur un banc. Le vent était frais, Madeleine tira son chandail de laine sur ses épaules. Elle était près de Jésus, seule avec lui ; des flots de bonheur coulaient dans son corps, gonflaient sa poitrine. Elle s'en voulut de garder ce sentiment pour elle seule, d'en jouir profondément. Il l'attira à lui, elle posa sa tête contre la sienne. Ils restèrent ainsi très longtemps, durant cette belle soirée de printemps, sans ressentir le froid qui montait. Ils étaient l'un à l'autre, d'une manière bien différente des couples ordinaires. Enfin, elle soupira.

– Des instants comme celui-là, j'en voudrais beaucoup d'autres, même si je sais que ce désir est péché. Tu vois, je ne suis pas parfaite. Sans toi, le ciel s'éteint, les étoiles perdent leur sens. Jésus, je t'en supplie, sois prudent… Imagine que Dieu t'abandonne, que tu te trouves seul face à tes ennemis ?

– Dieu ne m'abandonnera pas. Il n'abandonne jamais personne dans la détresse.

– Je fais des cauchemars, ajouta Madeleine. Je te vois souffrant le martyre, cloué sur une croix comme le plus vil des criminels…

– Cela ne se peut pas.

Il avait ainsi la certitude que Dieu, qui l'habitait et lui soufflait chacune de ses paroles, l'avait placé sur Terre pour conduire les Hommes vers lui et qu'il devrait consacrer toute sa vie à cette tâche. Il serait roi de Palestine, et réunirait les douze provinces dans un royaume nouveau qui deviendrait un exemple pour tous les peuples du monde. Parfois, des pensées furtives comme des corbeaux volaient au-dessus de sa sérénité. Ces volatiles du démon lui soufflaient que Dieu ne lui avait pas dévoilé toutes ses intentions, qu'il allait au-devant d'un destin aussi sombre que les cauchemars de Madeleine. Il les chassait, considérant que le manque de confiance était un réflexe humain indigne de lui.

– Quelque chose me dit qu'ils te tueront ! insista Madeleine. Tu es allé trop loin en renversant la table de ce changeur de monnaie. Tes prêches qui rassemblent les foules donnent des idées de révolte aux misérables. Tu fais peur aux prêtres du Temple parce que tu remets en cause leurs fortunes. Tu fais peur à Hérode parce que tu portes la rébellion. Les Romains, qui sont las de mater les insurgés, vont s'unir avec le tétrarque et le Temple pour te condamner. C'est ce que tu veux ?

Face à des arguments bien terre à terre, sa réponse devait être celle de l'homme qu'il était aussi. Il hésita. Ce qu'il portait ne pourrait se réaliser sans violence, sans guerre. Il savait que le monde ne changerait pas sans des flots de sang, de larmes et de souffrance. Cela le désespérait, mais il ne reculerait pas, c'était nécessaire pour terrasser le Mal.

– Je détruirai le Temple, j'appellerai l'apocalypse sur ce pays pervers, je ferai relever la tête aux humiliés et courber l'échine aux escrocs. C'est ma mission sur cette Terre et, pour cela, je dois accéder au pouvoir temporel.

Jésus avait toujours gardé à l'esprit ce que lui avait enseigné un vieil ascète du désert venu du lointain Orient et qui parlait au nom d'un certain Bouddha. Il lui avait montré que l'amour, la compassion étaient inscrits dans l'ordre de l'univers, et que sans cet ordre, les étoiles s'entrechoqueraient et l'univers se détruirait lui-même. Jésus avait vu là la supériorité du Bien sur le Mal, ces deux principes issus de la dualité du monde, d'un côté l'esprit, de l'autre la matière.

– Ceux qui gouvernent ne veulent pas perdre leurs privilèges. Et puis les autres, ceux qui chantent tes louanges, ont plus besoin de toi vivant que mort. Jésus, tu es trop jeune pour faire un martyr ! insista Madeleine.

– Tu ne peux pas tout comprendre, murmura-t-il. Je dois aller au bout de mon chemin.

À cet instant, Madeleine mesurait combien il était éloigné d'elle, intouchable, mû par cette force qui tenait les étoiles suspendues au ciel.

Le vent était de plus en plus frais. Jésus frémit. Madeleine attarda son regard sur la lune.

– Je me suis toujours dit que les anges habitaient sur cet astre. Ils sont heureux dans cette lumière dorée.

– Rentrons, murmura Jésus, il fait frais.

En arrivant dans la demeure de Simon, quelques personnes les attendaient, dont le maître des lieux et sa femme. Les disciples de Jésus étaient là. Jean, l'air enjoué, pétillant de jeunesse, Jacques, avec qui Jésus échangea un regard entendu. Marie était là aussi, et l'air grave qu'elle eut en voyant la silhouette de son fils se dessiner à la lumière des torches montrait sa détermination teintée d'angoisse. Jésus lui prit les mains, elle lui sourit.

Puis, sans un mot, il se retira dans la chambre qu'on lui avait préparée. Madeleine l'accompagna, suivie de Jean. Le jeune homme avait obtenu du maître le privilège de dormir près de lui, sur le sol à côté de la couche qu'il partageait avec Madeleine. Le couple vivait ainsi, inséparable et dans une chasteté acceptée.

Le lendemain, lundi, il faisait beau. Le vent s'était calmé dans la nuit et une auréole de brume couvrait la cuvette de Jérusalem. Sur le mont des Oliviers, gardiens de bétail et laboureurs allaient aux prés et aux champs. La saison avançait plus vite que les autres années et les blés commençaient à montrer leurs épis verts. Les bergers, eux, avaient beaucoup à faire. Les troupeaux de moutons arrivés des alentours pour le sacrifice de Pâque grossissaient leurs propres cheptels et il fallait les nourrir. La nuit, les animaux marqués au charbon étaient parqués dans des enclos provisoires, et surveillés par des esclaves.

Jésus se leva de très bonne heure, comme à son habitude. Tout le monde dormait dans la vaste demeure, même ses disciples pour qui il avait réservé deux grandes salles. Il enjamba Jean qui dormait sur une couverture en peau de mouton, pelotonné comme un chat, puis sortit en retenant ses pas pour ne réveiller personne. Il inspira profondément la fraîcheur de l'air. Des flamants traversaient le ciel en direction de la mer Morte. Jésus s'émerveilla un instant de la couleur des nuages au levant, puis s'éloigna dans le sentier qu'il avait emprunté la veille avec Madeleine. Marie était assise sur un banc, sous les branches basses d'un cyprès. Elle poussa son voile bleu qui cachait sa tête et se tourna vers lui.

– Je me dis parfois que je suis faible et fragile. Et j'ai peur, comme une mère a peur pour son fils qu'elle sait en danger.

Jésus la regarda longuement. Les rides de son visage, au lieu de l'enlaidir, lui conféraient une dignité, une grandeur qui appelait le respect. Elle était le dernier maillon d'une longue lignée et avait dû supporter la guerre qu'Hérode le Grand puis Antipas lui avaient faite. Elle avait survécu, mais pas sans blessures qui ne se refermaient pas. Jésus pensait à son enfance, à Joseph, à ses frères. Joseph était un robuste artisan, taiseux, qui ne disait pas dix mots par jour. À l'atelier, les ouvriers le respectaient, ce qui ne les empêchait pas de se moquer de lui dans son dos. N'avait-il pas épousé Marie enceinte d'un autre homme ? Certains prétendaient l'avoir souvent vue en compagnie de ce légionnaire nommé Pantera[10] et qu'elle ne semblait pas apeurée quand il la prenait dans ses bras.

Jésus avait souffert de cette situation. Enfant, il était considéré comme un bâtard et il avait dû souvent jouer des poings pour se défendre contre les bandes de garnements qui ne manquaient pas une occasion de le moquer. Cela lui avait valu ce corps bien fait et musclé, raffermi ensuite par les travaux de construction avec Joseph.

Après un long silence, Marie inspira profondément et murmura :

– N'était-ce pas une faute que de provoquer ceux qui ont le pouvoir de te juger ?

Elle attarda son regard sur sa barbe en désordre, ses cheveux qui roulaient sur son visage. À cet instant matinal où le soleil éclairait l'horizon, la distance qui le séparait des autres s'estompait. Marie en oubliait sa position de descendante de David pour devenir une femme ordinaire tournée vers une faute connue d'elle seule et qui semblait la hanter encore après tant d'années. Elle pensa soudain à sa sœur, qui s'appelait aussi Marie et vivait dans une maison voisine[11]. Enfant, Jésus jouait avec ses cousins et ses frères. Puis, à la mort prématurée de Joseph, il devint le chef de famille à qui revenait toute la responsabilité de l'atelier et de sa fratrie.

Marie était à bout de force. Le voyage dans la pluie et la froidure, sur des chemins qui n'en finissaient pas, le repos, au hasard d'une grange ou d'un abri naturel taillé dans les rochers, l'avaient exténuée. Le doute s'était glissé en elle, et ne cessait de la tarauder. Une voix, sûrement celle du démon, lui répétait qu'elle était une mère comme les autres et que Jésus n'était qu'un prêcheur comme il y en avait tant et à qui les textes sacrés avaient tourné la tête.

Elle pensait à cette vision de l'ange lui annonçant que d'elle naîtrait le sauveur du monde. Ce rêve n'était-il pas la marque de sa prétention de princesse pauvre ? Son père Joachim l'avait assurée que selon ses calculs, le roi, le Messie attendu, naîtrait de son ventre ! Quelle n'avait pas été la déception de Joachim quand il apprit que Marie était enceinte ! Il l'avait chassée…

Jacques et les autres apôtres attendaient Jésus près d'une table recouverte de dattes sèches, d'amandes douces, de pain, de vin sucré au miel et d'autres mets agréables au début de la journée. Simon le Lépreux lui proposa de prendre place à côté de lui. Jésus mangea rapidement. Son silence les étonna car il aimait parler et échanger en toute occasion. Jacques le surveillait du coin de l'œil. Simon, à la fin du repas, posa familièrement une main sur son épaule :

— J'ai fait un cauchemar ! Ils te coupaient la tête, comme à Jean Baptiste[12] !

Jésus se leva et se tourna vers Jacques.

– Nous y allons ! dit-il.

– Réfléchis, insista le lépreux. Pen-pense à ce que m'ont rap-porté mes espions…

– Justement, je ne pense qu'à ça.

Le Lépreux était perplexe. Quel était le but de Jésus ? Monter sur un ânon pour entrer dans Jérusalem n'indiquait-il pas sa volonté d'être reconnu roi ? Alors, pourquoi parcourait-il les chemins, pour aller au plus près de ceux qui ne possédaient rien ? Un roi avait besoin d'une armée, pas de disciples qui commentaient les textes sacrés !

Jésus s'éloigna sans un mot. Jacques lui emboîta le pas, suivi de près par Jean tout ébouriffé. À la sortie, un groupe d'enfants les attendaient. « Jésus ! » crièrent-ils en chœur. Il leur sourit. Garçons et filles se mirent à chanter et danser dans une ronde joyeuse.

La nouvelle qu'il avait passé la nuit chez Simon le Lépreux s'était répandue dans la campagne et les villages voisins. Des groupes arrivaient par les routes et les sentiers, et se rassemblaient sur son chemin. Jésus les saluait, leur souhaitait la bienvenue.

Il prit la tête de cette foule en liesse. On s'agenouillait à son passage. Bientôt le cortège fut si important que le chemin ne pouvait contenir tout le monde et beaucoup marchaient dans les prairies voisines. Une clameur montait jusqu'au ciel d'un bleu limpide, annonçant à plus d'une lieue la présence de celui qu'on appelait le Messie et le roi des Juifs. Hérode, dans son palais, ruminait sa colère.

La porte de Jérusalem était encombrée de croyants venus des quatre coins des douze provinces. Des bergers tenaient en laisse, attachés par une patte, les moutons dont ils avaient la garde. Ça puait le crottin, les épices que proposaient les nombreux marchands, la friture de poisson des auberges et des échoppes installées sous un paravent de toile ou parfois fait d'une simple peau de chèvre. L'arrivée de Jésus embrasa Jérusalem. Tous voulaient l'approcher, le toucher, certains que le moindre contact avec sa robe blanche parsemée de traînées de poussière guérirait leurs maux et effacerait leurs soucis. Pilate, qui assistait à la cohue depuis son palais, comprenait bien qu'une révolte fomentée par Jésus ne pourrait être contenue sans grande effusion de sang, ce qui n'était pas pensable en cette semaine sainte. Pourtant, il suffisait d'une étincelle pour mettre le feu à cette poudrière humaine prête à tout. Le procurateur appela Tullius, son secrétaire et homme de confiance.

– Fais mettre des légionnaires à tous les carrefours et dans les rues. Il faut que les gens les voient pour comprendre que nous ne tolérerons aucun débordement.

Il savait bien que c'était insuffisant. Tant que Jésus s'en prendrait aux marchands du Temple, dont beaucoup étaient des escrocs, ce n'était pas très grave, mais qu'adviendrait-il s'il montait les Palestiniens contre les Romains ?

– C'est désormais Jésus le maître de Jérusalem ! dit-il à Tullius.

– Certes, répondit le rusé Tullius, mais il peut faire notre jeu.

– Ah bon ? s'étonna Pilate en adressant un regard étonné à son secrétaire qui s'apprêtait à sortir.

– Si nous nous opposons aux prêtres et à Hérode, il peut se ranger de notre côté. Il suffira de l'apprivoiser.

– Que racontes-tu là ? On dit qu'il fait des miracles, qu'il ressuscite les morts. Son pouvoir est infini. Jésus veut ceindre la couronne de David et réunir le peuple juif. Que pouvons-nous faire pour l'en empêcher ?

– Je ne pense pas qu'il faille lui barrer la route. Si nous le laissons monter sur le trône de David, il nous en sera reconnaissant. Je l'ai fait observer par des hommes de confiance. On pourrait croire que c'est un illuminé qui parle au nom de son dieu, mais il sait ce qu'il fait. Il dit à la foule crédule ce qu'elle aime entendre. Crois-moi, c'est un fin politique qui a ses raisons pour s'opposer au Temple. Mais je n'ai jamais vu d'homme insensible aux honneurs et à l'or. Nous pourrons l'acheter.

– J'ai du mal à te croire ! répondit Pilate qui pensait aux propos de Procula, sa femme.

Jésus se dirigea vers le Temple et entra sous les acclamations. La bousculade était telle qu'il fut très vite impossible de commercer. Les animaux affolés se lançaient dans la cohue, renversaient les gens, les piétinaient. Des cris fusaient. Jésus tendit les mains vers la foule qui se tut :

– Voici la maison de Dieu, et qu'en avez-vous fait ? s'écria-t-il. Vous en avez fait un repaire d'escrocs !

La populace applaudit. Il s'approcha d'un étalage qui regorgeait de poulets, pigeons, colombes, paniers de fruits, statuettes en buis, couronnes de laurier tressées et de tas de bibelots, colliers de coquillages, perles et bracelets en métal… Plusieurs personnes visiblement très pauvres étaient là, leur petite bourse à la main, cherchant une offrande à leur portée. Jésus s'adressa à un homme au large visage couvert d'une barbe grise.

– Comment oses-tu escroquer ces pauvres gens, profiter de leur foi pour vendre aussi cher ce que tu as eu pour presque rien ?

L'individu, grand et fort, se leva et fit face à Jésus. Il l'attrapa par sa robe et le secoua.

– De quoi tu te mêles ? s'écria-t-il en se tournant vers la foule. Je paie mon impôt et je ne dois rien à personne, surtout pas à toi !

D'un geste violent, Jésus repoussa l'homme qui renversa la table, répandant la camelote par terre et libérant les oiseaux qui s'échappèrent à tire-d'aile. Puis, cédant à sa fureur, Jésus renversa les tables voisines. Dans la cohue, des marchands voulurent s'emparer du trublion qui parvint à tous les écarter. Il était fort et montrait à cet instant qu'il n'était pas qu'un doux rêveur prêchant la paix. Il avait le sang vif. Ceux qui, pendant son enfance, le raillaient avaient mesuré la dureté de ses poings et, plus tard, alors qu'il avait une quinzaine d'années, quand un berger de Nazareth avait parlé de sa mère comme d'une traînée, d'une femme sans vertu, il l'avait roué de coups. Sa nature humaine était violente et il avait appris à la dominer, mais ce matin, face à ces marchands qui abusaient de pauvres bougres au nom de Dieu, il n'avait aucune envie de se contenir. Ses proches, Pierre, Jacques, et Matthieu, tous de solides gaillards, pêcheurs habitués à manier les lourds filets, laboureurs ou bûcherons, imitèrent le maître, renversant les étalages et frappant les marchands qui s'opposaient à eux. Les gardes du Temple, malgré les appels à l'aide, restèrent en retrait. Caïapha, le grand prêtre, avait donné des ordres en ce sens : Jésus montrait qu'il était un fauteur de troubles, ce qui le condamnait d'avance. Il ne pouvait espérer meilleur argument pour enfin se débarrasser d'un révolutionnaire et montrer que celui qui parlait d'amour semait la haine.

Puis Jésus monta sur une des tables restées sur leurs pieds et leva les bras vers la foule. Ses disciples l'entouraient, formant un cordon pour assurer sa sécurité. Les curieux s'entassaient dans le Temple pour écouter ce prêcheur qui remettait en cause ce qu'on leur avait enseigné comme immuable, l'ordre dans lequel les hommes devaient accepter leur condition, les pauvres au service des riches et les prêtres dominant la société tout entière. Il se dégageait de lui une telle force que les gens de Jérusalem le pensaient capable de résister aux plus puissants, à Hérode le cruel, et à l'envahisseur romain. Il incarnait l'unité retrouvée d'un peuple mis à mal par les factions, les divisions et surtout les intérêts particuliers. Un espoir merveilleux en cette semaine de Pâque !

Les questions fusaient autour de Jésus qui répondait aux uns et aux autres. Il avait retrouvé son sourire et son calme.

– La maison de Dieu doit être ouverte à tous les Hommes de la Terre ! dit-il.

Soudain, au milieu de la foule, il aperçut, protégée par ses gardes du corps, la Romaine avec laquelle il avait parlé la veille.

– C'est Procula, la femme de Pilate ! dit Jean qui avait une oreille partout, se faufilait comme une fouine et entendait toutes les conversations.

Un bossu demanda à Jésus de l'aider à supporter ses douleurs. Celui-ci posa sa main sur son épaule, en un geste familier, puis abaissa la tête dans une attitude de concentration intense. Le visage du malade s'éclaira d'un large sourire. Il se redressa et prit la main de Jésus, la pressant contre lui.

– J'ai senti une douce chaleur monter à travers mon vieux corps et je n'ai plus mal.

Puis il ajouta en tendant le doigt vers Jésus :

– Voici le Messie que nous attendons tous, celui qui va rétablir le royaume de Dieu en Israël, celui qui va régner sur notre peuple et le rendre heureux !

Un peu en retrait, Procula souriait, face au prodige. Jésus demanda à l'homme de se relever. Il n'était plus bossu.

– Tu as cru, lui dit-il. C'est là ta force.

On apporta à manger à Jésus et à ses apôtres, des morceaux de viande grillée, du pain et des pâtisseries au miel et aux amandes. Les gens déposaient leurs offrandes à ses pieds sur la table, ces mêmes offrandes qu'ils réservaient au Temple. Rassemblés dans un coin, les envoyés du grand prêtre se concertaient et laissaient faire.

— Cet homme doit mourir !

Joseph Caïapha parcourut de son regard pesant l'assemblée du Sanhédrin réunie d'urgence dans la salle de la Pierre taillée. Pas un des soixante-douze prêtres ne manquait en ce lundi 11 nissan de l'an 3795. Caïapha avait une quarantaine d'années. C'était un sanguin ; son visage rouge et bouffi dévoilait ses abus de vin au miel et d'agneau farci aux olives noires. Obèse, il se déplaçait difficilement et des serviteurs étaient souvent contraints de le porter de sa maison distante de moins de trois cents foulées du Temple. Ses joues tombantes et son crâne chauve faisaient de lui un vieillard prématuré sans autorité et on se demandait toujours pourquoi l'ancien procurateur romain Valerius Gratus avait confié cette charge à un homme qui avait perdu une grande partie de ses moyens. Ceux qui connaissaient bien Caïapha savaient que cette apparence cachait un homme au caractère d'acier et tout dévoué à la cause de sa caste. Il avait su se concilier Pilate – du moins le croyait-il – et jamais le Temple n'avait été aussi prospère.

Il se tourna enfin vers son beau-père, Annas, fils de Seth, un homme de grande taille, au nez aquilin et au regard d'aigle. Cet ancien grand prêtre dépossédé de sa fonction avait conservé toute son autorité et son influence.

– Ce n'est pas un crime de condamner à mort un homme pour la sauvegarde de tout un peuple ! Même Hérode le dit.

Un remous suivit cette affirmation. Cela faisait plusieurs semaines qu'on débattait sur ce Jésus qui mettait en péril la survie même du peuple juif. Caïapha savait que ce fauteur de troubles comptait quelques partisans chez les prêtres, dont Joseph d'Arimathie et Nicodème, tous deux docteurs de la loi, mais il était loin de faire l'unanimité.

– Qu'avez-vous attendu pour le faire mettre à mort ? cria un prêtre en se levant de son siège. Cela n'a-t-il pas été résolu et voté lors d'une assemblée il y a deux mois ? Il a fallu que vous attendiez la semaine de Pâque pour vous décider ?

Caïapha tenta de l'apaiser.

– J'entends ce que tu dis, Gedalha. C'est vrai que ce n'est pas le moment, mais Jésus nous a échappé jusqu'à ces derniers jours. Cette fois, nous le tenons et les chefs d'accusation ne manquent pas. Il a blasphémé notre sainte loi.

Gedalha au premier rang secoua la tête, montrant qu'il n'était pas d'accord.

– Tout le monde savait qu'il était à Ephraïm, du côté de Béthel ! cria-t-il. Ce n'est pas le bout du monde, c'est à peine à une journée de marche de Jérusalem !

Annas, qui se tenait sur un siège plus bas à droite de Caïapha, se leva. La foule des prêtres se tut. Il faisait déjà chaud dans cette pièce trop petite pour contenir tous les membres du Temple. L'édifice possédait une autre salle où l'on pouvait se réunir, mais elle était encombrée par les marchands et leurs étalages. Annas tendit les bras, sa main maigre aux doigts tordus ressemblait à une patte d'oiseau.

— Écoutez-moi, dit-il de sa voix un peu haute. C'est moi qui me suis opposé à ce qu'on poursuive Jésus. Il était entouré d'une foule d'amis, ce n'était pas le moment. Que pouvons-nous lui reprocher ? Ses paroles ? Il lui arrive souvent d'affirmer le contraire de ce qu'il a dit la veille.

— Je ne suis pas d'accord ! hurla Caïapha. Voilà trois années qu'il ne cesse de multiplier les blasphèmes contre notre religion, qu'il monte la population contre nous. Il serait un agent payé par les Romains qu'il ne s'y prendrait pas autrement. Si on le laisse faire, dans moins d'un siècle, on ne parlera plus du peuple juif. Cet homme doit mourir au plus vite afin de faire taire ses milliers de partisans qu'il ne faudra pas hésiter à passer au fil de l'épée.

— N'a-t-il pas déclaré : « Je détruirai ce Temple et je le reconstruirai en trois jours ! » ajouta le voisin de Gedalha. Mais qui est cet homme qui se croit tout permis ? Le Messie ?

Caïapha se redressa lentement en s'appuyant sur le rebord du meuble devant lui, inspira et déclara :

— Je vous l'ai dit, cet homme doit mourir et il mourra avant une semaine. Il a commis les crimes auxquels on s'attendait et qui dévoilent sa nature perverse. Il va mourir ici, à Jérusalem, dans la ville sacrée. Le Temple et le peuple juif doivent montrer par cet acte fort qu'ils ne cèdent à aucune pression. Car Jésus n'est pas de notre côté.

Une voix au fond de l'assemblée s'emporta :

— Il fait des miracles, il a redonné vie à Lazare, personne n'a oublié qu'il a tenu en échec les docteurs de nos lois alors qu'il n'avait que douze ans. Comment cela serait-il possible s'il n'était pas inspiré, que dis-je, envoyé par Dieu ?

Annas se leva de nouveau pendant que Caïapha, qui supportait difficilement la position debout, s'assit lourdement.

– Ce que tu affirmes là n'a aucun sens ! reprit Annas de sa voix aiguë qui ressemblait un peu à celle d'une femme, mais conservait un côté tranchant et autoritaire. On dit tout et son contraire sur cet individu qui, en trois années, est devenu l'homme le plus populaire de la Palestine, et rassemble des milliers de gens à chacun de ses prêches. Vous comprenez qu'un acte mal préparé risque de nous mettre tout le monde à dos.

– Laissez-moi rire ! N'importe qui sait qu'il est le fils adoptif de Joseph de Capharnaüm. Un charpentier !

– Et un prêtre ! ajouta Annas. Ce dénommé Joseph a été autrefois attaché au Temple. Mais ce n'est pas le véritable père de Jésus[13].

– Marie était enceinte quand Joseph l'a épousée. Elle est de la race de David et a fui en Égypte avec Joseph pour sauver Jésus quand Hérode le Grand a fait mettre à mort tous les jeunes enfants de Judée ! dit un homme.

– De la race de David ? s'étonna quelqu'un d'autre.

– Oui, le sang de David coule dans les veines de ce Jésus. Il peut être le Messie.

– Mais enfin, un bâtard ! Tu veux faire un Messie de cet homme né d'on ne sait quel malandrin ?

– On murmure que son père serait un légionnaire romain, un certain Tiberius Julius Abdes Pantera, un Juif devenu citoyen romain et engagé dans l'armée. Il a quitté la Palestine depuis longtemps.

– Le fils d'un Romain, quelle horreur !

– D'un traître, tu veux dire ! asséna Gedalha.

— À sa naissance, poursuivit Nicodème, une étoile nouvelle s'est allumée dans le ciel, comme pour nous avertir de l'arrivée du Messie.

Annas se tourna vers la droite, où se tenait un groupe proche de Nicodème et de Joseph d'Arimathie. Il devait éviter que ces partisans de Jésus prennent la parole. La seule manière d'obtenir toujours un vote en faveur de ce qu'il proposait était de les appâter avec des charges et des honneurs. Certains étaient très dispendieux et l'or ne les laissait pas indifférents. Il devait surtout se méfier de Nicodème, qui avait été longtemps son rival. C'était le moment de convaincre les indécis.

— C'est vrai, les écrits ne manquent pas pour parler de cette étoile mystérieuse, présentée souvent telle une annonce divine, admit Annas. Mais nos astrologues ont observé le ciel et fait des calculs. Il se trouve que la conjonction de deux planètes, Jupiter et Saturne, a provoqué cet éclat particulier. Il n'y a là aucune annonce divine.

— Et la résurrection de Lazare ? N'est-ce pas un miracle indiquant que Jésus est le Messie ? reprit Joseph d'Arimathie.

— Une enquête a aussi été faite et a conclu que Lazare n'était pas mort mais dans un état de mort apparente, comme on peut l'être après avoir avalé un breuvage qu'on fabrique dans la région de Magdala.

— Certes, mais ceux qui le boivent respirent et leur cœur continue à battre ! Ils se trouvent dans un état de sommeil profond...

— Rien ne prouve que le cœur de Lazare ne battait plus ! trancha Annas. Jésus est un escroc qui sait profiter de toutes les occasions pour donner l'illusion des miracles. Et les gens racontent n'importe quoi. Tu ne vas quand même pas prêter foi à des affirmations d'illettrés prêts à suivre le premier beau parleur et qui ne savent rien de la science !

– Mais ce n'est pas le seul miracle, ajouta Josué, proche de Joseph d'Arimathie. On dit que sa mère Marie était vierge à sa naissance !

Un éclat de rire suivi de propos grivois monta de l'assistance. Les prêtres échangeaient des remarques en se gaussant.

– Arrête, Josué, s'écria Caïapha de sa voix puissante. Nous ne sommes pas dans une assemblée de tailleurs de pierres pour raconter des fadaises de la sorte. Tu sais comme moi que c'est impossible.

– Non, ça ne l'est pas. Lorsque Joseph a constaté que Marie était enceinte, il l'a épousée pour lui éviter d'être lapidée comme le sont les filles perdues qui forniquent hors mariage. Puis il s'est rendu à Bethléem, où Jésus est né dans une étable parce qu'il ne trouvait pas de place dans les auberges de la ville. Je me suis rendu sur les lieux. La matrone qui a assisté Marie dans l'accouchement était morte, mais j'ai pu parler à une de ses servantes.

– Et alors ?

– La matrone qui l'a accouchée était formelle, Marie était vierge !

Caïapha se gratta le menton et dit sur un ton n'acceptant aucune réplique :

– De tels propos montrent bien que la supercherie ne date pas d'aujourd'hui. Jésus est né sous le signe du mensonge et poursuit son œuvre dictée par le diable. Marie n'était pas vierge puisqu'un enfant ne peut naître sans la semence d'un homme[14].

Les conversations prirent de l'ampleur dans l'assemblée. Chacun y allait de son témoignage. Une telle n'avait-elle pas enfanté après avoir pris un bain dans l'eau d'une baignoire qui avait servi à un homme ? Et le diable avait tant de tours dans son sac ! On disait que le vent pouvait engrosser une fille dévêtue. Samuel ben Hérah s'écria :

– J'ai entendu dire par un rabbin de cette ville qu'une fille d'un village voisin a accouché d'un enfant à tête de loup. C'est sûrement dû à l'intervention du démon.

– Je vous en prie, cessez ce genre de bavardage inutile ! s'écria Annas de sa voix pointue qui dominait le brouhaha. Tout ce qu'on peut affirmer, c'est que Jésus est le fils d'un Romain et un dangereux révolutionnaire. De lui ne peuvent venir que de nombreux malheurs.

Annas se moquait bien de la manière dont Jésus avait été conçu. Il n'en était pas moins fils du diable. Il l'avait fait suivre par ses espions qui s'étaient mêlés à la foule rassemblée lors de ses prêches et lui avaient rapporté l'enthousiasme de ces hommes, jeunes ou vieux, pêcheurs ou marchands aisés, de ces femmes subjuguées par sa beauté, de ces enfants qui chantaient.

– Il répand le bonheur autour de lui, comme le printemps apporte des parfums de vergers fleuris ! lui répondit Élie. On ne peut s'empêcher de l'aimer. Il sourit tout le temps, il raconte des histoires souvent drôles. Il aime rire. Aussi pauvres ou riches découvrent-ils avec lui une façon de vivre, pareille à celle des oiseaux trouvant leur nourriture au gré de leurs déplacements. Ils laissent tout, l'établi ou les filets de pêche, et se mêlent à cette foule de plus en plus nombreuse qui va d'une ville à l'autre, heureuse de marcher vers le paradis, insouciante du lendemain. Oui, maître, ce n'est pas un prêcheur comme les autres !

– A-t-il une femme ? lui demanda Annas en jetant sur Élie un regard exaspéré.

— Jésus n'est pas un homme ordinaire. Il impose un tel respect qu'on n'ose l'approcher. Les femmes voient en lui un roi intouchable, l'image même de David. Sa voix envoûte. Les épouses de tel ou tel grand commandeur quittent le foyer pour le suivre. Il suffit qu'il pose ses yeux bleus sur l'une pour qu'elle ne pense plus qu'à lui, mais pas comme une femme peut penser à un homme, non, elle est à lui car il est le Messie, Yahvé sous une apparence humaine.

— Tu te trompes, répliqua Nicodème. Le Messie n'est pas Yahvé, il est son envoyé sur Terre. Il est homme, inspiré par Dieu. C'est le prophète des prophètes.

— Je répète ma question : n'est-il pas marié ?

— Il est toujours accompagné par une femme qui doit être son épouse. Une certaine Marie de Magdala qu'on appelle Madeleine. Elle est si belle ! Ils forment un couple magnifique !

— Fait-il payer les gens ? demanda Annas, qui cherchait une raison de condamner cet homme décidément différent des autres. Tu ne vas pas me dire qu'il parcourt les chemins depuis plus de trois années pour rien !

— Si, il ne possède rien. Et c'est la règle pour ceux qui l'accompagnent, ils doivent se démunir de tout bien. Ils ne possèdent que leurs vêtements et leurs chaussures. Ils dorment au hasard et mangent ce que les gens leur offrent !

— Et on les nourrit !

— Oui, les gens lui donnent à manger parce qu'il leur parle d'une vie meilleure, d'un monde où tout serait facile et leur dit que, pour l'atteindre, point n'est besoin de guerre ou de conquête, il suffit d'aimer les autres.

— C'est bien ce que je pensais ! Un illuminé. Et vous voulez en faire le roi d'Israël !

Peu convaincu par ses observateurs, Annas avait voulu se rendre compte par lui-même. Il avait quitté son palais de Jérusalem et était parti pour une quinzaine de jours. Il avait marché par tous les temps à dos de mulet, dormant dans des auberges de hasard. Chaque fois, il avait questionné ceux qu'il rencontrait à propos de Jésus et avait obtenu la même réponse : « Il dit que son Dieu est amour, pardon. Il dit que dans le royaume qu'il leur promet, les souffrances seront apaisées ! »

Annas ne comprenait pas qu'on puisse croire de telles sottises. Avec un Dieu de pardon et d'amour, Jésus n'incitait-il pas les crapules à proliférer ? Il disait aux gens ce qu'ils souhaitaient entendre pour mieux les dominer, pour mieux les asservir et les utiliser à ses fins.

Annas avait croisé la route du prêcheur et s'était mêlé à la foule enthousiaste. Sa popularité était en effet immense. Les portes s'ouvraient lorsque le cortège, empli de chants et de danses, passait près d'une ferme ou d'une échoppe. On apportait de la nourriture, on faisait des cadeaux au maître qui ne les prenait jamais. On s'agenouillait devant lui. Les malades s'étaient pressés sur son chemin et il les avait consolés en posant sa main sur leur front. Souvent, ces pauvres bougres, réchauffés par ses paroles et sa voix si agréable à l'âme, s'étaient relevés soulagés, comme guéris.

Quand le soir arrivait, la troupe s'arrêtait dans un village, ou un groupe de fermes. C'était la fête. Alors, Jésus parlait et les gens l'écoutaient avec ravissement. Mais dans ces paroles bienfaisantes, Annas avait bien perçu la menace pour la société de Jérusalem. Sous ses apparences de douceur, de générosité, Jésus appelait le peuple à la révolte.

– Cet homme est nocif ! hurla Annas, repensant à ce qu'il avait vu. Je ne comprends pas qu'il ait pu échapper à Hérode le Grand. Il va falloir terminer le travail.

– S'il est passé au travers de la guerre qu'Hérode a menée contre les descendants de David, c'est qu'il existait une volonté affirmée de Dieu, s'écria Nicodème. C'est une preuve que Jésus est bien le Messie !

– Ou c'est un stratagème du démon qui cherche à précipiter notre peuple dans la souffrance des enfers.

Quelques applaudissements fusèrent. Caïapha attendit que le calme revienne dans l'assemblée, puis, cherchant l'attention de tous, il parcourut du regard les prêtres assis en face de lui, dont beaucoup suaient abondamment en ce suffocant début du mois d'avril.

– Mes espions m'ont fait savoir que les Romains envisagent de se servir de Jésus pour affaiblir notre peuple. Une arme inespérée pour détruire la résistance. On m'a rapporté avoir vu Procula, la femme de Pilate, tenir la main de Jésus ! proclama-t-il.

– On dit Jésus insensible au charme des plus belles femmes ! cria quelqu'un.

Annas sourit avec dédain et souffla quelques mots à l'oreille de son gendre, puis se tourna vers l'assistance.

– Jésus égare tout le monde avec ses beaux discours. Mais nous avons des mouchards dans son entourage proche. Et nous savons qu'il est exactement comme les autres hommes.

– Pourquoi serait-il différent ? poursuivit Caïapha. Il est à Jérusalem. La foule des gens venus des provinces voisines, le bruit de la fête sont propices à une arrestation. Nous savons que Jésus viendra célébrer la Pâque avec ses proches disciples qu'on appelle les apôtres. Ils sont douze, comme les provinces d'Israël. Ce sont les futurs gouverneurs qu'il nommera quand il sera roi. Nous devons donc l'arrêter et le juger.

– Et quel sera le motif ?

– Blasphème ! Il a dit qu'il détruirait le Temple. Il a opposé le cinquième livre aux autres livres de la Thora. Cela suffit.

– Nous l'arrêterons dans la plus grande discrétion, ajouta Annas. Je vais aller trouver Hérode qui saura convaincre Pilate d'appliquer la sentence du Temple.

– N'as-tu pas dit que les Romains voulaient se servir de Jésus pour détruire notre peuple ?

– Certes, mais Pilate est un niais qui gobe toutes les mouches passant près de sa bouche. Il est sensible à l'or.

– N'est-il pas un des plus riches de Rome ?

Caïapha secoua sa lourde tête aux cheveux courts.

– Il est très riche en effet, par sa femme, mais pas suffisamment pour son ambition. Il rêve d'un triomphe à son retour à Rome, et cela coûte beaucoup d'or.

La nuit tombait sur Jérusalem qui grouillait de pèlerins. On y parlait plusieurs langues, l'hébreu et ses nombreux dialectes, le grec, le latin, et malgré l'obligation de se recueillir, les nombreuses bagarres se terminaient souvent dans le sang. Les prêtres du Temple avaient le droit de justice pour les affaires religieuses, mais l'exécution des peines était strictement partagée : le Temple pouvait ordonner la flagellation limitée à vingt coups de fouet, seul Pilate pouvait requérir des peines plus lourdes, notamment la peine de mort. Les autorités juives étaient libres d'édicter leurs lois dans la mesure où elles ne contrevenaient pas à celles de Rome, dont Pilate était le représentant. Hérode Antipas conservait les privilèges hérités de son père Hérode le Grand en Galilée et Pérée, mais il était contraint d'obéir à Rome.

Hérode, le tétrarque, était ce soir-là de très mauvaise humeur. Cet homme d'une quarantaine d'années menait une vie oisive et luxueuse. Hérodiade, la femme de son frère Philippe qu'il avait épousée en secondes noces, lui avait donné le goût de la politique et de l'intrigue. En arrivant dans son luxueux palais près de la porte de la Vallée, il avait donné l'ordre qu'on chasse les importuns des rues voisines. Des gardes délogeaient les vagabonds, la plupart ivres, disséminés dans les immenses jardins entourant sa demeure, avant de leur donner une vingtaine de coups de fouet puis de les relâcher dans la ville basse.

Alors que le soleil descendait derrière l'orgueilleux palais des Hasmonéens, Antipas ne parvenait pas à chasser de son esprit ce qu'il avait vu l'après-midi. Il décida de rendre visite à Marie de Salathiel, que tout le monde connaissait ici. Il avait hésité car on pouvait s'étonner que ce grand personnage sorte ainsi de ses jardins si agréables au printemps pour rendre visite à une femme à la réputation sulfureuse. Mais il était inquiet. Il n'avait pas vu Pilate depuis son arrivée, comme le voulaient la coutume et la bienséance. Hérode avait appris de son récent voyage à Rome les rumeurs qui couraient, des soupçons de complots qui le rendaient prudent. Que tramait le procurateur, dont il connaissait l'esprit retors ? Hérode s'était chargé de le dénigrer auprès de l'empereur, mais Tibère l'avait écouté d'une oreille distraite. Pilate l'aurait-il doublé ? Hérode savait que son trône dépendait de Rome, et voilà qu'on parlait de plus en plus de ce Jésus, descendant de David, qui embrasait les foules. Et c'était là, la question essentielle.

Marie de Salathiel avait fréquenté la cour d'Hérode le Grand dont elle avait été la maîtresse. Sa mémoire pouvait être d'une grande utilité pour le tétrarque.

Il appela Pashacah, qui lui était attaché depuis son avènement après la mort de son père, et lui ordonna de l'accompagner avec une cohorte de gardes jusqu'à la maison de Marie. Hérode était grand et maigre. Son visage osseux, son nez fort, sa barbe aux reflets roux le rendaient singulier. Il portait la toge blanche barrée d'une bande rouge rappelant qu'il était aussi citoyen romain et s'exprimait volontiers en latin.

Il faisait presque nuit. Marie, avertie par ses serviteurs, vint au-devant de l'illustre visiteur. La vieille femme, née avec une jambe plus longue que l'autre, boitait, mais de tout son être émanait une force à laquelle personne ne pouvait rester insensible. Son regard fixe d'oiseau de proie montrait sa détermination. Héritière d'une des plus anciennes et plus riches familles de Jérusalem, elle avait toujours refusé de se marier, ce qui ne manquait pas d'étonner. Mais son sens de la politique, sa proximité avec les familles les plus puissantes lui valaient un traitement de faveur.

— Que me vaut l'honneur de ta présence à une heure si tardive ? demanda Marie de Salathiel en portant la main à ses cheveux qu'elle laissait libres alors que la coutume incitait les femmes à se couvrir la tête pour paraître devant un étranger. As-tu envie de partager le repas d'une vieille femme alors que je te sais plutôt amateur de jeunes beautés ?

Hérode salua Marie et s'assit sur un siège qu'une esclave approchait. Il passa sa main sur son front ridé et dit :

— Je partagerai ton repas avec plaisir !

— Alors viens. Nous sommes déjà en retard et j'aime manger à heures fixes.

Elle lança un regard amusé à son hôte. Elle avait compris le but de sa visite, mais le laissait tergiverser, se racler la gorge en cherchant ses mots.

— Je veux te parler d'un événement qu'on m'a rapporté et de l'atmosphère un peu particulière de cette période précédant Pâque.

— Jésus ? demanda la femme en scrutant Hérode qui abaissa la tête.

— Oui. Il est arrivé dimanche soir à Jérusalem, monté sur un ânon, entouré d'une multitude de disciples qui chantaient ses louanges. Il a été acclamé dans la ville par une foule en délire qui le reconnaît comme le roi des Juifs.

Du bout des doigts, Marie détacha une patte de la caille rôtie couverte d'une sauce onctueuse aux figues, la porta délicatement à sa bouche et en détacha la chair du bout des incisives. Elle avait gardé de belles dents bien rangées, une rareté à son âge. Certains considéraient que c'était un privilège du ciel, d'autres qu'il s'agissait de la marque de Satan.

– Mes serviteurs, mes esclaves, tous ont quitté ma maison cet après-midi après qu'il eut chassé les marchands du Temple. Poussée par la curiosité, je me suis aussi rendue sur la place. Il sortait du Temple, avec ses habituels compagnons et entouré d'une foule enthousiaste. Il dominait tout le monde par sa taille supérieure d'un coude à celle des plus grands hommes de cette ville. Il est si bien fait, si beau ! Aucun sculpteur grec ne pourrait réaliser un visage aussi parfait avec ses yeux couleur du ciel, ses grands cheveux formant des boucles lourdes de lumière. J'ai moi-même été prise par un charme que je n'ai jamais ressenti auprès de tous les hommes qui ont croisé ma vie. Et on sent comme une vague d'air chaud qui te prend au ventre et monte jusqu'au cœur. Oui, à l'écouter, à le regarder, j'ai senti la présence de Dieu.

– Qu'est-ce que tu me racontes, femme ?

– Goûte ce nouveau vin et dis-moi ce que tu en penses.

Marie s'essuya les mains au tissu que lui tendait une esclave. Elle prit une deuxième patte de caille.

– Dans ces oiseaux, seule la chair des pattes est bonne. Les filets, bien que plus charnus, sont fades et farineux !

Du bout des dents, elle détacha à nouveau délicatement la viande des os minuscules, puis leva les yeux sur Hérode.

— C'est une vieille histoire que tu n'as sûrement pas oubliée, commença-t-elle. Le bruit courait qu'un miracle avait eu lieu à Bethléem. Marie, fille de Joachim, de la tribu des Juda et descendante de David, venait d'accoucher d'un garçon. Ton père l'a appris ; cet enfant était une menace pour toi et ta descendance. Une étoile très brillante avait annoncé la naissance de ce Jésus qui serait le roi de Palestine. Alors, il a décidé qu'on mette à mort tous les enfants de Bethléem de moins de deux ans. Tu te croyais tranquille, mais Joseph et sa famille avaient fui en Égypte. Si je te rappelle tout cela, c'est pour que tu réagisses au plus vite.

— Qu'est-ce qu'il faut que je fasse ?

— Tu ne peux pas attaquer Jésus de front. Cela te serait reproché par le peuple qui ne t'accepterait plus comme roi. Tu dois faire agir les autres, en les guidant en sous-main.

— Et les Romains ?

— Ils se moquent bien de tes prétentions. Tu es roi parce qu'ils l'ont voulu. Mais ils ne chercheront pas à te contrarier pour une si petite chose. En revanche, Pilate ne supporte pas les grands prêtres Annas et Caïapha. Eux ont tout intérêt à faire disparaître Jésus parce qu'il remet en cause leur pouvoir et leurs fortunes. Tu peux donc leur confier le travail, mais il ne faudrait pas que Pilate, qui change sans cesse d'avis, s'y oppose.

— Comment l'en empêcher ?

Marie réfléchit un instant. Elle savait tout ce qui se passait à Jérusalem et dans la plupart des grandes maisons. Elle commerçait avec les Romains, mais n'avait jamais renié son appartenance au monde juif. Pourtant, elle se méfiait d'Hérode Antipas, qui régnait par la terreur. N'avait-il pas fait crucifier un millier d'opposants et égorger femmes et enfants pendant qu'il banquetait au son des cithares et des tambourins ? Marie redoutait surtout sa femme, Hérodiade, cruelle, perverse, et sa fille Salomé qui avait fait décapiter Jean Baptiste parce qu'il avait refusé de partager sa couche.

Et puis elle avait croisé le regard de Jésus.

– Le peuple tout entier est prêt à acclamer Jésus comme roi des Juifs et en tant que Messie, dit-elle. Il te faut faire vite et provoquer un événement éclatant, qui bouleversera le peuple. Une condamnation que tes opposants n'oublieront pas de sitôt.

– Je te remercie ! fit le tétrarque en vidant sa coupe de vin et se levant.

– Tu me quittes déjà ? s'étonna Marie. Ne veux-tu pas que je te parle de Pilate ?

– De Pilate ?

Marie éclata d'un petit rire et s'essuya de nouveau les mains. Hérode se disait qu'elle était encore belle femme, et qu'il pourrait la courtiser de nouveau. Son visage restait lisse avec une peau claire et lumineuse. Pourquoi ne s'était-elle pas mariée ? La rumeur courait à Jérusalem qu'elle avait eu un fils avec un prêtre et qu'elle l'avait fait égorger quelques jours après sa naissance. Il se rassit.

– Que veux-tu me dire sur Pilate ?

– Pilate ? Ce gros rat qui ne pense qu'à manger et dormir ? Il ferait bien de surveiller sa femme ! Il ne doit pas oublier qu'elle a dix ans de moins que lui et qu'elle est très belle.

– Je sais, je sais ! admit Hérode, évitant le regard de Marie de Salathiel.

Il connaissait bien Procula à qui il avait même fait la cour, mais cette magnifique Romaine n'était pas sensible à son charme. « Trop maigre ! » avait-elle dit à son amie

Ancilla. Sa fortune n'avait rien à envier à celle de Pilate. Alors pourquoi avait-elle épousé cette stupide outre graisseuse ? C'était un mystère. Hérode l'avait fait surveiller par plusieurs esclaves de confiance car il la soupçonnait d'être la maîtresse de Marcus Bonnius, un capitaine des gardes, un superbe Galiléen naturalisé romain qu'elle aurait rencontré à Jérusalem. Mais cela ne suffisait pas à expliquer pourquoi elle était venue s'enterrer ici. C'était un mystère que les espions d'Hérode n'avaient pu éclaircir.

— J'ai toujours pensé qu'ils étaient fort mal assortis ! ajouta Hérode en remerciant la servante qui remplissait sa coupe. Il est très bon, ton vin de Corinthe.

— Procula n'aime pas les hommes et les jeux de l'amour, précisa Marie. Elle aurait fui Rome pour une histoire qui aurait pu la conduire à l'écartèlement, malgré sa fortune. Elle a épousé Pilate parce que cela n'a aucune importance pour elle.

— Pilate ne supporte pas qu'on lui résiste et il fait crucifier pour un regard de travers. Un homme qui se comporte de cette manière ne peut être qu'un faible. Mais qu'il est bon, ton vin !

Marie sourit et porta la coupe à ses lèvres. Comment Hérode pouvait-il parler ainsi de Pilate ? Il n'avait rien à lui envier pour la cruauté. Chacun savait à Jérusalem qu'une de ses distractions préférées était de faire égorger de jeunes esclaves pour jouir de leurs cris d'agonie et du sang qui giclait.

— Mon vin ? fit Marie, comme si elle sortait d'une profonde réflexion, j'y ajoute un peu de miel, des épices, de la coriandre et je le coupe avec un peu de vin de myrrhe. C'est ce qui donne ce léger picotement sur la langue ! On dit que Procula a été touchée par la grâce de Jésus et qu'elle passe ses journées près de lui.

— C'est donc Procula qu'il faut éliminer en premier, ajouta évasivement Hérode.

— Pour ce travail je te fais confiance, seulement n'oublie pas qu'elle est toujours entourée de ses gardes muets et qu'ils savent se battre.

Hérode sourit à son tour. Il venait d'avoir une idée qu'il allait confier aussitôt à Hérodiade la perfide, que rien n'arrêtait quand son intérêt était en jeu : Pilate aimait sa femme, qui pouvait devenir une monnaie d'échange.

— Je sais tout cela. Penses-tu que Jésus est le véritable Messie ?

— Le peuple l'acclame. Il t'a échappé une fois et, si tu n'y prends garde, il t'échappera une deuxième fois et tu ne pourras pas l'empêcher de prendre ton trône.

Hérode se leva à nouveau pour prendre congé. Il avait trouvé ce qu'il cherchait. Il enverrait un de ses espions auprès de Pilate pour l'informer du comportement de sa femme. Jésus serait condamné par le Temple et Pilate, qui avait autorité de justice, ne s'opposerait pas à son exécution. Procula allait servir sa cause.

— Où en est-on des révoltes ? demanda Marie évasivement, car ces événements la laissaient indifférente.

— Elles sont nombreuses. Les Romains réussissent à les contenir en crucifiant beaucoup, au point qu'on manque de bois pour fabriquer les croix. C'est une guerre d'usure et les légions sont fatiguées, mais ils font face.

— Cela te plaît, Hérode. Personne n'ignore que tu as pactisé avec l'envahisseur.

— N'exagère pas, Marie. Je fais en sorte qu'ils ne nous interdisent pas d'appliquer nos coutumes.

— Et si le peuple hébreu se rassemble autour du descendant de David, poursuivit Marie, cela lui donnerait le courage de combattre et la force de vaincre. Ceci ne t'a pas échappé, je suppose ?

– On ne peut pas faire confiance à Jésus. Ses propos sont confus et souvent contradictoires. Et je le sais du côté des Romains. Il faut donc, comme tu viens de me le conseiller, agir avant qu'il ne soit trop tard.

Marie n'était pas dupe : Hérode parlait surtout dans son intérêt. Il était prêt à tout pour sauver son trône fantoche que les Romains pouvaient briser quand ils le décideraient.

– Alors que proposes-tu ? demanda Marie pour le pousser à dévoiler ses projets.

Hérode savait qu'en parlant à cette vieille femme solitaire, il parlait à tous les hommes importants de Jérusalem. C'était là aussi le sens de sa visite.

Une fois dehors, il fit signe à son escorte.

– Chez Pilate, ordonna-t-il.

Marie frappa dans ses mains. Un jeune esclave entra dans la pièce et s'inclina.

– Fais venir Aram. J'ai besoin de lui parler.

Quelques instants plus tard, un gringalet aux joues creuses et au regard ardent s'inclina devant sa maîtresse.

– Tu vas prendre autant d'hommes qu'il te faudra et tu surveilleras Jésus. Il ne faudrait pas que cette vicieuse d'Hérodiade le fasse assassiner dans un coin de rue.

Aram s'apprêtait à sortir quand Marie l'arrêta :

– Et surtout, tu ne parles pas de moi. Tu ne me connais pas. On me croit du côté d'Hérode. Déguise-toi en mendiant, c'est la meilleure manière de passer inaperçu.

Il faisait nuit quand Jésus et l'immense foule qui l'accompagnait rentrèrent chez Simon le Lépreux. Des torches avaient été allumées tout autour de la maison et dans le grand parc où ses disciples furent admis. Des tables couvertes de victuailles les attendaient : du pain, des œufs, des fruits secs, des morceaux de viande baignant dans une sauce onctueuse et du vin. Simon ne regardait pas à la dépense. Il invita Jésus et ses douze apôtres à partager son repas dans une pièce tendue d'étoffes de soie aux couleurs vives. C'était encore la fête et, ce soir-là, Jésus se laissa aller au charme des chanteurs, des musiciens et des danseuses au corps habillé de crêpe qui laissait deviner leurs formes parfaites et la pointe de leurs seins colorée en rouge. Le visage ravi de Jean qui se tenait près de lui le rendait heureux. Jean était encore un adolescent et les beautés du monde le remplissaient d'étonnement. Il n'était pas insensible au charme des femmes, cela Jésus l'avait remarqué mais n'avait fait aucune remontrance. Jean était un être pur, touché par la grâce divine, et il évoluerait lentement, comme lui-même l'avait fait.

La soirée fut joyeuse. Chacun y allait de sa petite histoire. Judas, avec qui on le confondait parfois, écoutait, mais ne souriait pas. Une lourde appréhension le minait depuis quelques jours.

— Le maître était un garçon robuste, dit Joset, âgé de deux ans de moins que Jésus. Nous étions beaucoup d'enfants. Avec nos frères et nos cousins, nous formions une belle bande… Jésus, lui, ne reculait pas devant les coups des mauvais garnements qui nous attaquaient.

Puis Jésus parla des ascètes rencontrés dans le désert pendant sa retraite de quarante jours. Il avait vécu avec eux et éprouvé leur dure discipline. Comme eux, il s'était nourri de sauterelles et de baies sauvages.

— Ces hommes qui viennent de très loin, du côté du soleil levant, pensent que notre corps est semblable à celui des animaux et détourne l'âme de la lumière la plus pure, celle qui permet de comprendre l'œuvre de Dieu et d'atteindre sa béatitude. C'est cette lumière que j'apporte au peuple de David et à tous les Hommes de la Terre.

— Tu dis aussi, ajouta le lépreux, que-que si on te ta-a-pe sur une joue…

D'un geste, Jésus l'arrêta et sourit :

— Si tu as un animal furieux en face de toi, tu as le devoir de te défendre par la force. Et quand il y en a plusieurs, les animaux comme les hommes ne pensent plus par eux-mêmes.

Par ces paroles, Jésus ne venait-il pas de justifier la guerre, les luttes fratricides entre provinces et factions qui endeuillaient la Palestine ? Il conclut :

— Les coupables sont ceux qui portent le premier coup.

Jésus raconta encore l'histoire de cet homme qui après avoir trop bu lançait son filet sur la berge et s'étonnait de n'attraper que des cailloux. Il avait la manière des détails qui font rire et de semer la bonne humeur dans l'assistance. Près de lui, Jacques ne cachait pas son admiration. Comment ce grand frère, né du même ventre que lui, pouvait-il ainsi passer de la gravité la plus solennelle à la légèreté, de l'enseignement divin à la plaisanterie qui mettait un peu de joie au cœur, aussi légère qu'une violette du printemps ? Jacques avait une dizaine d'années de moins que Jésus, ce grand aîné qui avait remplacé son père mort trop tôt. Il existait ainsi un lien particulier entre les deux hommes. Tout le monde savait que Jacques était le disciple que « Jésus aimait[15] ». Les trois autres fils de Marie n'en étaient pas jaloux. Jacques était le petit dernier qu'ils avaient protégé eux aussi et qui, malgré l'âge qui les séparait, était le plus proche de l'aîné et le centre de la famille.

Le repas était bien avancé quand une femme se présenta à la porte de Simon le Lépreux. Le corps enveloppé dans une robe sombre, la tête couverte d'un large châle cachant son visage, elle demanda aux domestiques qui surveillaient l'allée d'appeler Marie de Joachim, mère de Jésus.

– Qui es-tu ? demanda le portier.

– J'ai besoin de parler à Marie. C'est urgent ! précisa-t-elle sur un ton impérieux.

L'homme fit un signe à un jeune garçon qui s'éloigna en courant. La femme attendait ; on devinait dans l'ombre ses accompagnateurs, tous des hommes à la forte corpulence habillés de manteaux en peau de chèvre. Cela n'étonna pas le portier. À cette heure, et avec l'affluence des pèlerins dans la région, il était dangereux pour une femme de s'aventurer seule en dehors des murs de la ville.

Une silhouette arriva, elle aussi drapée dans une robe sombre. Elle était très droite et sa démarche indiquait une personne de haut rang. Malgré la pénombre, les torches mettaient du feu dans ses yeux. La visiteuse ne fut pas surprise. Marie n'était pas n'importe qui. Sa noblesse imposait le respect.

– Pourquoi veux-tu me voir, Romaine ? demanda Marie.

– Je suis là en amie, répliqua l'autre. Je suis Procula, la femme de Pilate. Il faut que je te parle, à toi seule, c'est très important et urgent.

– Viens.

Marie invita la Romaine à la suivre dans l'allée qui conduisait à des bains où le maître des lieux aimait se détendre. Procula marchait en silence, intimidée. Comment parler d'égale à égale à cette femme qui semblait lire dans ses pensées et avait porté Jésus dans son ventre ? Enfin, elle osa :

– Je suis venue pour Jésus.

Elle avait l'impression de parler dans le vide, d'être stupide et eut soudain la certitude que ce qui se passait était écrit depuis longtemps. Elle se mit à genoux.

– Pardonne-moi. Je suis tellement faible.

Marie se pencha, lui prit les mains. Procula ressentit une vague de chaleur l'envahir, son cœur se mit à battre si fort qu'elle en eut le souffle coupé.

– Tu as eu raison de venir me trouver.

Il y eut un silence. Un oiseau de nuit poussa un cri strident qui les surprit toutes les deux. Le vent très léger apportait des odeurs mêlées de la ville en contrebas.

– Je l'ai vu entrer dans Jérusalem monté sur un ânon. Je l'ai vu ensuite au Temple renverser les tables des changeurs et chasser les marchands. J'ai surtout vu qu'il est très beau, qu'il parle juste et qu'il m'apporte la joie et l'espérance. Tout cela je l'ai vu et puis…

Son souffle s'était accéléré. Marie attendait, elle avait compris que cette femme avait été conquise par Jésus et qu'elle devait l'écouter.

— Et puis... ajouta Procula, j'ai croisé son regard. Alors j'ai été touchée par la grâce de Dieu. Ma vie lui appartient.

— Viens t'asseoir sur ce banc à côté de moi ! dit Marie en la prenant familièrement par la main, personne ne pourra entendre ce que nous disons.

Marie s'assit. Procula voyait dans la pénombre le visage parfait de la mère de Jésus, sa peau claire qui lui donnait l'aspect irréel d'une apparition. La jeune Romaine restait debout, hésitant à s'asseoir.

— Viens, je te dis !

— J'ai des oreilles un peu partout dans Jérusalem, poursuivit Procula, qui s'assit. On m'a rapporté ce qui s'est dit au Temple. Les soixante-douze prêtres ont décidé de condamner Jésus. Ils vont l'arrêter et le juger.

— Qu'en pense Pilate, ton époux ?

Procula frémit, secoua vivement ses épaules comme pour échapper à une étreinte détestée.

— Hérode lui a rendu visite à cette heure tardive. J'ai entendu leur conversation. Pilate considère Jésus comme un rêveur, un fou inoffensif, mais Hérode saura le convaincre.

— Que faut-il faire, à ton avis ?

— Jésus doit fuir. Toi seule peux le décider. Je peux tout organiser. Je connais beaucoup de gens à Rome. Le trône d'Hérode ne tient qu'à un fil. Tibère lui-même ne serait pas opposé à remplacer ce monstre cruel par un souverain avec qui l'empereur pourrait envisager un avenir paisible.

Procula se sentait mal à l'aise assise près de Marie, comme écrasée par sa force. Elle se releva.

— Mes hommes peuvent le capturer et l'enfermer, ajouta-t-elle.

– Non, trancha Marie, on n'enferme pas le Messie.

Elle se dirigea vers la maison où le repas se terminait. Une silhouette vint se placer près d'elle.

– Tu m'espionnais ? s'emporta-t-elle en voyant le visage de Jean dépasser de sa capuche. Tu as donc tout entendu ?

Elle sourit, montrant par là qu'elle ne lui en voulait pas. Jean était partout, entendait tout. Entièrement dévoué à Jésus, le jeune homme avait l'instinct qui le conduisait toujours où se tramaient les complots.

– Oui, j'ai tout entendu, avoua-t-il.

– Je vais parler à Jacques et à Judas, ajouta Jean. Ce sont les plus éclairés de nous tous. Et nous verrons ce qu'ils en pensent.

On entendit des éclats de voix au bas de la colline où s'arrêtait le jardin de Simon le Lépreux, des bruits de lames qui s'entrechoquent, puis le silence revint, angoissant.

Jean disparut dans la nuit.

Le mardi matin, alors que le soleil se levait, Jésus glissa hors de sa couche sans réveiller Madeleine, qui après une nuit d'insomnie avait trouvé le sommeil avec le chant des premiers oiseaux. Il se dirigea vers l'étang. Des fumerolles s'échappaient au-dessus de la surface immobile. Il écouta le silence et inspira profondément. À cet instant, il mesurait le bonheur d'être vivant, de sentir le bon air du matin sur son visage encore engourdi.

Il retourna à la maison où les servantes avaient préparé le repas du matin. Jésus salua sa mère et sa sœur. Marie, songeuse, le prit dans ses bras avec une tendresse qui l'émut, car ce n'était pas dans ses habitudes. Un peu en retrait, Salomé appela ses frères, Joset, Jude, Simon et Jacques. Toute la famille était devant lui et le regard que chacun lui adressait indiquait leur désapprobation. Même Jacques, le plus convaincu de tous, à qui Jésus ne cachait rien, restait sombre. Ce fut lui qui exprima la pensée générale :

— Tu ne dois pas retourner à Jérusalem aujourd'hui. Je t'en prie, reste ici, tranquillement. Ce n'était pas une bonne idée d'entrer dans la ville où tes ennemis t'attendent.

— Je ne peux faire autrement. C'est ici que doit naître le nouveau royaume. Ici que notre peuple détourné depuis longtemps de ses devoirs essentiels doit retrouver le chemin de son unité.

– Tu veux faire la guerre ?

– Non, mais je dois m'opposer à ceux qui combattent notre peuple et notre foi.

Jacques n'insista pas. Il savait son frère têtu, ne reculant devant aucune menace. Et son assurance était communicative. Jésus précisa :

– Nous devons faire le repas de Pâque à Jérusalem, et nous le ferons.

– S'ils t'ont arrêté avant ?

– Nous aviserons le moment venu ! répliqua Jésus en se tournant vers ses apôtres qui se tenaient à l'écart.

Ils étaient tous là, même Jean, les cheveux hirsutes et le sourire malicieux. Il lui fallait si peu de chose pour se réjouir. Le regard de Jésus alla des uns aux autres, s'arrêta sur Pierre, le plus solide de tous, pêcheur d'une quarantaine d'années qui avait affronté la mer démontée, et avait toujours eu assez de force pour vaincre le vent et les vagues. Puis il regarda Judas Iscariote… Un sauvage qui fuyait volontiers les foules et se mettait en retrait du groupe. Il parlait peu. Son visage était parcouru de contractions, indiquant un être en proie à une perpétuelle tempête intérieure. Jésus l'aimait pour ce combat qui l'épuisait. Sa famille avait été décimée par des soldats romains, son père tué dans les pires conditions, sa mère et ses sœurs violées. Lui avait réussi à survivre, car alors âgé de trois ans, il avait pu se faufiler dans le tronc creux d'un arbre. Mais il n'avait rien oublié.

Jésus lui proposa de faire quelques pas en sa compagnie. Les autres avaient l'habitude de ces tête-à-tête. Le trésorier du groupe gérait habilement l'argent de la communauté et personne ne manquait de rien. Judas voyait ainsi des sommes rondelettes passer entre ses mains. Il en rendait compte à Jésus qui lui faisait confiance.

Le maître entraîna l'Iscariote dans le jardin. Ils s'approchèrent de l'étang et Jésus contempla un instant les ronds que faisaient les poissons en gobant des insectes à la surface.

— Je connais ton tourment, Judas. Je t'ai vu serrer les poings pendant que je saccageais le Temple et menaçais les escrocs. Tu as en toi des envies de meurtre.

Judas ne pouvait entendre une telle parole sans que sa sensibilité excessive le fasse se prosterner aux pieds de Jésus. Lui prenant les mains qu'il porta à ses lèvres, il avoua d'une voix tremblante :

— Je ne t'ai jamais menti et je ne vais pas commencer en ce nouveau jour. Tu sais que je lutte contre la boue qui m'habite et qu'il faudrait peu de chose pour faire de moi le pire des hommes !

— Ton enfance te tourmente, Judas, même si tu n'en parles jamais. Je sais que ta famille a été détruite par un groupe de soldats romains, et que l'envie de vengeance couve en toi.

— Je suis un misérable, indigne de ta générosité. Le démon m'habite et je redoute chaque instant de lui céder.

Judas se releva lentement. Les larmes roulaient sur ses joues et se perdaient dans sa barbe brune.

— Sache que celui qui n'a pas connu la tentation ne connaîtra jamais la vertu, dit Jésus.

Il prit le temps d'observer Judas qui s'était avancé vers l'eau et suivait du regard le vol d'une libellule dont les ailes transparentes brillaient au soleil. Quel grand homme il serait si la haine qui brûlait en lui ne le dévorait pas !

— Judas, tu es celui à qui j'ai le plus parlé parce que je connais les sentiments de fiel qui te détruisent.

Débarrasse-toi de ce venin et tu verras le jour plus clair que jamais, et tu comprendras que l'avenir peut-être lumineux pour toi.

— Il ne le sera jamais tant que mon peuple sera asservi par des brutes qui vénèrent des dieux à l'image des hommes et de leurs travers[16].

— Ce n'est pas en faisant la guerre que le monde va s'améliorer, lui rétorqua Jésus.

Judas haussa le ton, ce qu'aucun autre apôtre n'aurait osé faire face au maître :

— Tu crois qu'on va chasser des tyrans en baissant humblement la tête devant leurs injustices ? La seule chose qui les intéresse et que fait si bien ce maudit Pilate, c'est de nous diviser, de nous monter les uns contre les autres. Hérode et les prêtres du Temple y trouvent leur compte. Et ils vont se servir de toi, maître, pour justifier leurs actes. Ils t'accuseront d'être un révolté, un blasphémateur, et ils te condamneront. Quand tu seras mort, la vie reprendra comme avant avec les Romains qui favorisent les familles dominantes et feront de notre peuple un peuple vaincu et sans avenir parce que privé de son âme.

Le raisonnement de Judas n'était pas faux. N'était-ce pas dans ce sens que Jésus prêchait la croyance en un seul Dieu porteur d'amour et effaçant toutes les différences entre les hommes ? Il voulait rassembler les Juifs et leur redonner confiance dans l'avenir. Les douze provinces alors réunies sauraient se dresser contre l'envahisseur, son peuple deviendrait un exemple pour tous les peuples du monde.

— Je dois porter la couronne de David pour conduire notre peuple vers la félicité.

— Justement, reprit Judas, tu dois te garder contre tes ennemis et attendre patiemment l'opportunité.

— Personne n'osera s'en prendre à moi, répliqua Jésus. En cette semaine de Pâque, on ne peut pas arrêter les gens dont le crime se résume à quelques tables renversées. Les prêtres ne me toucheront pas parce qu'ils savent que le peuple est avec moi, que des milliers de gens me font confiance. Je te parie qu'ils vont tenter de me ramener à eux, de m'acheter !

— Non, Jésus. Tu vois les autres avec ta générosité, alors qu'ils sont haine et cupidité.

Jésus n'ajouta rien et repartit vers la maison où sa mère l'attendait, pensive. Marie avait élevé Jésus dans l'espérance qu'il fût le Messie. Son rêve prémonitoire devint une réalité quand Jean Baptiste et Jokanaan le reconnurent comme tel. Fuir les persécutions d'Hérode en Égypte avait trouvé tout son sens quand Jésus était entré dans Jérusalem monté sur un ânon. Mais aucun prophète n'avait parlé des conséquences d'un tel acte qui équivalait à une déclaration de guerre.

Salomé mesurait la force de cette mère si distante, si digne, et drapée de mystères. La jeune fille était vive et intelligente. Elle se sentait assez proche de Judas parce qu'il ressemblait à Jésus, tout en étant plus abordable, et qu'elle devinait les failles de son esprit.

— Nous partons en ville ! dit Jésus à ses disciples et aux nombreuses personnes qui avaient passé la nuit dans les écuries et les dépendances de la maison.

Salomé porta la main de son frère à ses lèvres, un geste d'affection qui ne laissait pas le maître indifférent.

Ils se mirent en marche vers la ville. Une multitude de gens les attendaient au bord du chemin et dans les oliveraies voisines. Ils étaient encore des centaines chantant et acclamant le Messie quand il franchit la porte de Jérusalem. La ville était en ébullition, ce mardi. Des gens affluaient encore des provinces voisines dans un flot ininterrompu. La clameur montait de toutes les rues.

De la terrasse de son palais qui dominait la ville, Pilate assistait à la scène sans se sentir vraiment concerné, Hérode ne l'avait pas convaincu. Antipas cherchait toujours le moyen d'abaisser ceux qui lui faisaient de l'ombre. Après tout, Jésus pouvait être un allié des Romains.

Un peu plus loin dans l'autre palais, beaucoup plus vaste que celui du procurateur, Hérode attendait le retour de ses espions disséminés dans la foule. Chaque fois que l'un d'eux revenait, ordre était donné qu'on le lui amène au plus vite. Les nouvelles étaient affligeantes. Le peuple dans sa grande majorité était prêt à se sacrifier pour le Nazaréen.

Il attendait une nouvelle importante qui n'arrivait pas quand Hérodiade entra. Grande et assez mal faite, elle avait des jambes longues, un torse court et une poitrine plate. Son visage osseux, les pommettes saillantes de ses joues et ses yeux noirs enfoncés dans leurs orbites ne cessaient d'attirer les moqueries des serviteurs, même si ceux-ci risquaient le fouet. Personne ne l'aimait. Elle avait la réputation d'être d'une méchanceté exacerbée par sa jalousie maladive qui la faisait considérer toutes les femmes du palais comme des rivales. Depuis longtemps, Hérode ne la regardait plus avec les yeux du désir. Il avait de quoi satisfaire son amour des femmes avec de magnifiques jeunes filles qu'une équipe à sa solde allait kidnapper dans les campagnes voisines. En revanche, il trouvait en Hérodiade une alliée d'une grande finesse politique. L'intelligence de son épouse était au service de ses travers. Elle était cupide, et sa fortune pourtant élevée ne lui semblait pas suffisante. Elle avait fait dépouiller plusieurs familles de Jérusalem, provoquant beaucoup de haine, mais cela ne la dérangeait pas. Tant qu'elle serait la femme du tétrarque, personne n'oserait s'en prendre à sa personne et elle avait une nuée d'espions grassement payés pour lui rapporter tous les complots qui la visaient.

Elle apparut sans se faire annoncer, de son pas sec et bruyant. Elle portait une robe bleue qui lui allait assez bien. Sa coiffure, composée de boucles et de tresses, rehaussait son visage en gommant un peu les excroissances des pommettes et le front étroit. Elle s'approcha de son époux qui scrutait la foule grouillant dans les rues et les places autour du Temple.

— C'est encore ce Jésus ! grogna-t-elle. Hérode, si tu ne fais rien, c'est lui qui va te remplacer.

— Je ne le crains pas ! dit Hérode d'une voix qui se voulait sûre.

Il claqua des mains ; une servante entra, portant sur un plateau une cruche de vin et des fruits secs. La chaleur montait, toujours anormale pour ce début de printemps.

— Nous aurons de l'orage dans les jours qui viennent ! ajouta le tétrarque en contemplant à travers la baie les nuages qui couraient dans le ciel.

— Crois-tu que c'est le moment de te préoccuper du temps qu'il fait ? As-tu vu cette foule amassée autour de Jésus ? Et dans toutes les provinces d'Israël, on ne parle que de ce descendant de David. Il n'a qu'un mot à prononcer pour que le peuple envahisse ton palais et te jette par la fenêtre. Car on te déteste, Hérode !

— Je sais, je sais, fit-il, évasif.

— Où en es-tu avec Procula ?

— J'attends des nouvelles qui ne sauraient tarder.

Hérodiade lui lança un regard presque méprisant et se versa un peu de vin très clair à la belle couleur lumineuse.

Elle prit une amande entre le pouce et l'index, la contempla en la tournant dans ses doigts, puis la croqua.

– Pilate ne pourra rien me refuser... murmura-t-il.

– Comment toi, le maître de cette contrée, n'as-tu pas honte de demander assistance à un domestique de Rome ? s'emporta-t-elle. Ta faiblesse te détruira.

– Que proposes-tu ?

– Certes, ces charognards du Temple vont trouver une bonne raison pour arrêter Jésus et le condamner. Pilate sera obligé de te suivre. J'ai approuvé ton initiative, puis j'ai réfléchi. Je me demande si c'est une bonne idée.

– Ah bon ? Que devrais-je faire selon toi ?

– Une arrestation, une condamnation en pleine Pâque devant des milliers de pèlerins n'est probablement pas une bonne chose, répliqua Hérodiade. On va faire de Jésus un martyr et tout le peuple se liguera contre toi parce qu'il comprendra que tu es à l'origine de ce qu'il considérera comme un régicide.

Hérode vida son verre et opina. Son épouse disait vrai :

– Il aurait été préférable de le faire assassiner discrètement, quand il se trouvait hors des murs de Jérusalem. On aurait invoqué le crime d'un fou et, peu de temps après, tout le monde aurait oublié ce prophète qui se dit roi d'Israël.

Au Temple, Annas et Caïapha entrèrent dans la salle d'audience, les prêtres se levèrent de leur siège. Les regards se fixèrent sur Annas qui conservait toute son autorité dans cette assemblée qu'il avait présidée pendant de longues années et qu'il continuait de diriger par l'intermédiaire de son gendre. Il prit sa place au premier rang parmi les autres, pendant que le gros Caïapha s'installait sur l'estrade du grand prêtre élu.

On parla d'abord de la Pâque et de l'atmosphère de contestation qui agitait les foules. On évoqua aussi les problèmes d'approvisionnement pour la multitude de pèlerins, plusieurs caravanes de vivres ayant été retardées par des groupes de manifestants. Puis Annas aborda le sujet que tout le monde avait en tête :

– Mes amis, commença-t-il, revenons à ce que nous nous sommes dit hier, nous avons la preuve que ce Jésus pousse la population à se rebeller, qu'il veut détruire notre pouvoir pour mettre le sien à la place, qu'il se nomme lui-même roi de Jérusalem et Messie. Et la foule ignorante acclame cet escroc. Nous pensions que c'était un illuminé comme il y en a tant d'autres, mais ce n'est pas vrai, il sait très bien ce qu'il fait. Et nous, que faisons-nous pour lutter contre celui qui veut nous éliminer ? Rien. Nous le regardons séduire et convaincre nos frères prêts à donner leur vie pour lui. J'espère qu'il est encore temps d'agir !

Tous se tournèrent vers Caïapha qui gardait la tête baissée, comme s'il était absorbé dans une pensée profonde. On attendait qu'il parlât, il se taisait. Serait-ce qu'il n'était pas d'accord avec son beau-père ? Cela ne se pouvait. Tout le monde savait qu'il avait les idées courtes et qu'il devait sa place au fait d'avoir épousé Marthe ben Annas.

Annas leva la tête en direction de la baie d'où venaient les cris d'une foule en liesse et se redressa. Il était très maigre mais très droit malgré son âge et attirait le respect par sa tenue, et la force qui se dégageait de son être.

– Vous entendez ? demanda-t-il en tendant la main vers le brouhaha de la rue. Il vient nous provoquer jusque devant la maison de Dieu.

Il se tut un instant, laissant les hourras pénétrer dans cette salle réservée aux délibérations des plus hauts dignitaires de Jérusalem, puis ajouta :

– Il est temps de voter l'arrestation de Jésus !

Cette affirmation provoqua un froid dans l'assistance. Les divisions étaient nombreuses parmi les soixante-douze. Jésus y avait des partisans, ce qui montrait l'ampleur du mal au vieil Annas. L'un des prêtres opposés à Caïapha précisa la pensée de son groupe :

– Jésus prêche l'amour. Il rassure les pauvres et apaise les malades. Sa parole envoûte et il pardonne les offenses. Le Dieu dont il dit que tous les Hommes sont les fils est aussi notre Dieu, mais il le présente d'une manière différente des anciennes écritures. Jésus dit que Dieu laisse les hommes libres de choisir leur chemin et ce qui compte, selon lui, c'est ce qu'ils ont au fond de leur cœur.

– Tout ceci est blasphème ! dit vivement Annas. Remettre en cause les écrits de la Thora, c'est nous renier nous-mêmes. Par ces beaux discours, Jésus tente de se concilier la foule ignorante, et de s'en servir pour son dessein beaucoup moins spirituel : prendre le contrôle de notre État, se faire reconnaître roi et s'allier avec les Romains.

Un prêtre se leva. Son ventre tendait le tissu de sa robe bleue et sa barbe grise collait en gros épis autour de ses lèvres grasses. La parole lui fut accordée.

– J'ai consulté les livres. Jésus ne peut pas être descendant de David. Ni sa mère, ni celui qui l'a élevé, Joseph, n'appartiennent à la lignée davidienne. Le roi David a engendré deux branches de descendants, mais leur trace se perd… Je peux affirmer sous le sceau du serment que Jésus ment, que son attitude est inqualifiable quand il se présente à la porte de Jérusalem monté sur un ânon. S'il nous accuse d'utiliser les textes sacrés pour nous enrichir, c'est qu'il veut prendre notre place pour faire la même chose !

Un bruit de foule s'éleva. Accuser les prêtres, les représentants de Dieu, d'avidité pour le pouvoir et de rechercher à s'enrichir avec les paroles sacrées était un comble inacceptable. Caïapha pensa que le moment était venu de trancher la question. Il se leva à son tour, reprit sa respiration. Il était toujours essoufflé et ses paroles hachées nuisaient à son autorité.

— Tant que Jésus sera de ce monde, nous risquons une révolution. Nous devons alerter les Romains de cette menace qui va remettre en cause le fragile équilibre entre tous.

— C'est juste, il faut faire vite. Il nous reste deux jours pour nous débarrasser de Jésus. Aussi, je propose au vote son arrestation discrète. Ensuite, nous le jugerons et tenterons de convaincre Pilate de faire exécuter la peine, ce qui ne sera pas très difficile. Je connais son point faible ! ajouta Caïapha, montrant par là qu'il réfléchissait à cette question depuis longtemps.

— Son point faible ? s'écria encore Hasahan, un prêtre de la famille des Hesnin plutôt favorable à Jésus. Mais vas-tu en dire un peu plus ?

— Permettez-moi de ne pas en parler pour le moment. Passons au vote. Qui est pour l'arrestation de Jésus afin que la Pâque puisse se dérouler dans le calme et la sérénité ?

La plupart des mains se levèrent. Seuls les cinq prêtres Hesnin, dont celui qui venait de prendre la défense de Jésus, s'abstinrent. Annas leur lança un regard courroucé. Il saurait les isoler pour qu'ils n'influencent pas les membres les plus faibles.

– L'arrestation de Jésus est donc votée à une écrasante majorité, déclara Caïapha en sa qualité de grand prêtre. Maintenant, il reste à déterminer la manière de le soustraire à ses admirateurs.

Par la baie ouverte continuaient les cris d'une foule en délire qui applaudissait les paroles de Jésus. Parmi elle, qui aurait pu imaginer qu'à moins de cent coudées de là un collège de grands vieillards qui représentaient la religion officielle venait de décider son arrestation dont chaque prêtre connaissait l'aboutissement ? Le ciel s'était couvert de lourds nuages sombres annonçant un de ces orages de printemps brefs mais parfois violents. L'après-midi tirait à sa fin. Les pèlerins erraient dans les rues à la recherche d'une taverne pour le repas du soir. C'était l'heure des marchands de pain et de vin qui arpentaient les rues, leur grosse malle en bois accrochée au cou par des bretelles de cuir. Les mendiants se pressaient à l'entrée des lieux de plaisir en tendant la main. La réponse était devenue quasi automatique quand l'un d'eux se faisait trop pressant : « Mais va donc demander à Jésus, il fera un miracle ! »

Un serviteur d'Annas fit irruption dans la salle du conseil. C'était habituel. Les prêtres recevaient ainsi leurs hommes de confiance quand ces derniers avaient une nouvelle importante à leur annoncer. L'homme, un peu bossu, chauve, fit un signe discret à Annas et approcha ses grosses lèvres violettes de l'oreille du prêtre. Il murmura quelque chose, le visage du vieillard devint radieux.

– Pilate sera obligé de nous suivre. Ne craignez rien !

Il se tourna vers son gendre tout ruisselant de sueur.

– Mon fils, va toi-même annoncer la bonne nouvelle à qui de droit ! s'exclama-t-il, radieux.

Les apôtres entouraient le maître et le protégeaient contre les curieux et les fanatiques qui se pressaient autour de lui. La journée avait été éprouvante et Jésus se sentait las. Il avait prêché pendant des heures, répondu aux questions des uns et des autres, et il avait soif et faim. Il voulait aussi retrouver le calme du jardin de Simon le Lépreux. Il n'était pas influençable, pourtant les mises en garde des uns et des autres avaient fait monter en lui le pressentiment d'un malheur qui lui nouait de nouveau la gorge, oppressait sa poitrine.

Il se dirigea vers une porte de la ville, accompagné par une foule bruyante. Cette année, la Pâque aurait un sens ! Avec l'arrivée de Jésus, Dieu montrait qu'il n'abandonnait pas les humbles. Les regards hostiles se tournaient vers les palais et les maisons cossues. Les riches allaient devoir rendre des comptes. La colère avait changé de cible : pour un temps, on oubliait les Romains pour se retourner contre les affameurs de leur propre peuple. Le nouveau royaume arrivait avec Jésus comme roi, qui saurait faire un partage équitable des générosités du monde.

Jésus sortit de Jérusalem et prit le chemin du mont des Oliviers. De son palais, Pilate se délectait de cette scène. Hérode et les prêtres avaient en Jésus un ennemi implacable ! Le tétrarque n'avait pas toujours été correct envers le procurateur. Lors de son dernier voyage à Rome, Antipas n'avait-il pas critiqué la gestion de Pilate et réclamé son remplacement ? Jésus pouvait être un allié et il le protégerait comme le lui avait demandé Procula.

La nuit tombait. Pilate, à cette heure, éprouvait la nostalgie de Rome. Il se souvenait des couchers de soleil de son enfance dans les jardins luxuriants autour du palais qui appartenait à sa famille de riches patriciens. Il jouait avec les nombreux enfants de la maisonnée sur lesquels, en tant que fils du maître, il avait tous les droits. Souvent, il faisait attacher l'un d'eux à un arbre et s'amusait à le fouetter. Les cris de sa victime le ravissaient, les mêmes qu'il entendait encore quand il faisait flageller un coupable.

Depuis quelques jours, des démangeaisons aux jambes l'agaçaient. Il en avait parlé à son médecin qui lui avait conseillé des bains enrichis d'une préparation secrète, mais les résultats se faisaient attendre.

On lui annonça la venue de Caïapha. Il s'en étonna car l'heure des visites était passée depuis longtemps.

Le grand prêtre arriva accompagné de ses gardes qui se rangèrent près de la porte. Pilate se leva de son siège pour l'accueillir et demanda qu'on apporte une collation. Caïapha était petit et tout rond. Sa robe trop longue traînait au sol, accrochant toutes les immondices. Il avait des gestes amples et pleins de prétention, mais, dans cette pièce encombrée, il prenait garde à ne renverser ni coffre, ni amphore, ni siège. Il laissa courir son regard sur les statues aux visages imberbes, aux cheveux courts et frisés. N'était-ce pas la marque évidente d'un peuple ignorant tout des règles de la bienséance ? D'un peuple de guerriers n'ayant jamais poussé sa réflexion au-delà de ses conquêtes matérielles ?

Après un rapide salut, Caïapha s'assit sur le siège que lui avançait un esclave. Pilate l'invita à boire du vin et commença par se plaindre de la chaleur excessive en ce début de saison. Le prêtre précisa que c'était l'annonce d'orages à venir, habituels à la période de Pâque, mais que le Dieu des Juifs, dans son immense miséricorde, empêcherait de déverser leur pluie et leur foudre dans les campagnes voisines. Et il leur dicterait d'épargner Jérusalem.

Comme il lui tardait que le prêtre s'en aille tant son odeur l'incommodait, Pilate entra dans le vif du sujet :

— J'ai surtout entendu les cris de la foule en liesse.

— C'est à ce propos que je te rends visite à cette heure tardive. Tu es le représentant de Rome à Jérusalem, et ton rôle, c'est d'y faire respecter les lois civiles. Tu as le droit de justice, mais il est bien précisé que les lois religieuses restent entre nos mains et que tu ne t'opposes pas aux condamnations venant d'un jugement du Temple.

— En effet, dit Pilate en se grattant le menton.

Il trouvait la barbe grisonnante de Caïapha tellement mal entretenue qu'il en ressentait des fourmis au visage. Son regard froid, ses lèvres serrées montraient un mépris qui n'échappa pas au maître du Temple.

— Jésus blasphème nos textes sacrés. C'est un crime absolu.

— Les ordres de Rome sont stricts : je n'ai pas à me mêler de vos affaires religieuses, ni même des prétentions de Jésus que beaucoup souhaitent voir monter sur le trône d'Israël. Je ne peux rien pour toi.

— Si, tu peux. Le Temple vient de décider l'arrestation de Jésus. Il sera jugé et condamné. Tu sais que l'exécution de la condamnation dépend de toi, de ta seule volonté.

– Je ne peux rien t'assurer, Caïapha. Il va falloir, avant de juger Jésus, que le Temple s'acquitte de l'impôt dû à Rome. Or, mes percepteurs m'ont dit que Jérusalem n'avait payé que la moitié de ce qui nous est dû.

Pilate était bien renseigné et savait que l'action de Jésus avait privé le Temple d'une grosse partie de ses revenus pendant la semaine de Pâque : les ventes d'animaux du sacrifice ou d'objets sacrés s'étaient déplacées dans les rues, de manière clandestine, dans les cours privées à l'abri des contrôleurs. Ces transactions échappaient à l'impôt dont le montant était fixé à l'avance.

Caïapha réfléchit un instant, but une gorgée de vin qu'il trouva fort mauvais, avala une datte, puis croqua une amande. Le bruit de ses dents broyant le fruit déplut à Pilate qui lui lança un regard dédaigneux. *Aucune grandeur chez ces gens*, pensa-t-il. *Ils vivaient dans des baraques de planches, dans la crasse, nous avons construit des maisons, des routes, nous avons même aidé leurs architectes à rebâtir le Temple. Que feraient-ils sans nous ?*

– L'argent de l'impôt sera versé demain matin ! dit Caïapha en se levant. Ensuite, rien ne s'opposera à notre collaboration. Nous allons condamner Jésus et tu pourras signer la sentence d'exécution de la peine.

– Qu'en pense Hérode ? N'est-ce pas lui le plus concerné ?

Caïapha comprit l'allusion de Pilate et son arrière-pensée.

– Hérode est avec nous. D'ailleurs, c'est lui qui m'envoie…

Pilate soupira. Si cela ne tenait qu'à lui, les religieux seraient tous emprisonnés et le Temple dédié à Jupiter plutôt qu'à leur Dieu dont il ne comprenait pas les lois.

– Il était à Rome récemment, ajouta Caïapha sur un ton dégagé. Il a insisté auprès de l'empereur pour que tu restes en place. Il m'a dit pourtant que Tibère n'était pas très content de toi.

Pilate soupira. Caïapha ne lui apprenait rien. Ses espions lui avaient rapporté que les Rapolius, une famille concurrente de la sienne, faisaient courir des bruits sur lui et que Tibère y prêtait une oreille de plus en plus attentive.

— Hérode a les moyens de faire plier tes ennemis et surtout de convaincre l'empereur.

Pilate baissa les yeux. La colère contractait son visage, mais il ne pouvait rien. Quand le grand prêtre fut sorti, il appela Tullius qui avait entendu la conversation, caché derrière une tenture.

— Ne crois pas un mot de ce que cette outre pleine de graisse vient de te dire. Mes renseignements sont bons. Tibère n'envisage pas de te remplacer.

Ce propos dit avec assurance par un serviteur de confiance ne suffisait pas à rassurer Pilate. Il connaissait Tibère et son esprit retors, son goût pour le secret et sa facilité à céder à celui qui savait le flatter. Tullius poursuivit :

— Mes messagers sont partis depuis quelques jours de Rome. Ils devraient arriver demain ou après-demain. Nous en saurons un peu plus, mais je t'en prie, maître, surtout ne fais pas confiance aux prêtres et encore moins à Hérode, qui est capable de toutes les forfaitures pour conserver son trône. À toi de crier plus fort que lui et de lui montrer que le maître, ici, c'est toi !

Un esclave entra vivement dans la pièce. C'était un grand Numide que Pilate utilisait volontiers dans sa cohorte de protecteurs quand il devait sortir de son palais.

— Maître, viens voir ! cria l'homme sur un ton affolé. C'est horrible.

Pilate suivit le Numide qui courait dans le couloir. À la sortie sud de son palais qui donnait sur une terrasse à colonnes, un escalier aux larges dalles de marbre descendait vers la place publique dite des Esclaves. Six têtes grimaçantes et sanglantes étaient posées à même le sol. Pilate, habitué aux scènes macabres, ne put s'empêcher d'avoir un haut-le-cœur. Tullius s'exclama :

– Les gardes muets de Procula !

Pilate était sous le choc. Ceux qui les avaient installées là signifiaient au procurateur que sa jeune épouse était entre leurs mains et qu'il devrait leur obéir s'il voulait la revoir vivante.

– As-tu vu qui a apporté ces têtes ? demanda Tullius à l'esclave.

– Non, répondit l'homme qui tremblait. Quand je suis passé ce matin, elles n'y étaient pas, et tout à l'heure, je les ai vues.

Pilate se ressaisit et ordonna à Tullius :

– Fais cerner les alentours du palais. Interroge tout le monde, les serviteurs, les esclaves. Et surtout, fais vite !

Il se demanda s'il existait un lien entre la visite de Caïapha et les têtes tranchées ? Le grand prêtre aurait-il manigancé la capture de Procula pour obtenir la condamnation de Jésus ? Si c'était le cas, Hérode, qui dirigeait tout cela de loin, le lui paierait.

L'orage qui avait menacé en fin d'après-midi s'était éloigné et le ciel brillait de milliers d'étoiles. La lune sur l'horizon baignait le mont des Oliviers d'une lumière bleutée qui permettait de suivre son chemin parmi les ombres démesurées. Jésus marchait en tête du long cortège qui l'accompagnait. Son silence montrait à ses disciples qu'il était préoccupé. Depuis qu'ils avaient quitté la ville, le maître était ainsi, allant la tête basse, oubliant parfois de sourire aux enfants qui venaient papillonner près de lui.

Il n'avait pas peur, mais il ne savait quel chemin choisir. Et Dieu, qui d'ordinaire éclairait son âme, le laissait dans l'incertitude. La mission sacrée à laquelle il se consacrait depuis des années pouvait-elle échouer par sa faute ? Devait-il se présenter comme le roi d'Israël ou fuir comme on le lui conseillait ? Les prophètes anciens ne disaient rien sur le déroulement des événements et l'inspiration lui manquait tout à coup.

En arrivant chez Simon le Lépreux, la foule se répartit dans les alentours. Il n'y avait pas assez de place pour tout le monde dans les jardins de son hôte, mais personne ne rechignait à l'idée d'une nuit à la belle étoile. Ils étaient près du prophète, du Messie enfin arrivé, et ils le suivraient jusqu'au bout, dussent-ils y laisser la vie.

Marthe, la fille du Lépreux, en compagnie de Marie, Salomé et Madeleine, l'attendait à la porte de la maison. Jésus eut le premier regard pour Madeleine dont les grands yeux étrangement clairs dans la pénombre exprimaient une angoisse qui le dérangeait. Elle lui prit le bras. Ce contact le rassura un peu. Il n'avait pas besoin de parler pour qu'elle comprenne ce qui l'inquiétait.

– La journée a été merveilleuse, précisa Jésus à l'intention de sa mère qui restait grave. La foule était tellement enthousiaste que je n'arrivais plus à parler. Ils étaient des milliers et ils sont encore des milliers à m'avoir suivi jusque-là.

– Hérode ne supportera pas plus longtemps que tu le défies sous ses propres fenêtres, dit Marie.

Madeleine s'approcha de lui, très grave.

– C'est un roi que les Palestiniens attendent, pas un martyr que tout le monde aura oublié dans quelques mois.

– Dieu ne montre-t-il pas son intention quand il t'a fait naître à la quarantième génération après David[17] ?

– C'est vrai, admit Marie, mais Dieu parfois laisse agir le démon et tu dois avoir la force et la clairvoyance de lui résister. C'est le sens de ta venue au monde.

– Garde confiance, mère. Les prophéties ne peuvent mentir.

Jésus tourna la tête vers ses apôtres et s'étonna :

– Où est Judas ? Je ne le vois pas !

– Il est passé chez un cordonnier. Il a cassé une sandale et veut s'en acheter une paire neuve. Tu sais comme il est coquet ! Il ne va pas tarder à nous rejoindre.

Jésus sourit.

– J'espère qu'il ne va pas dépenser tout l'argent nécessaire à notre repas de Pâque !

— Jésus, reprit Madeleine, le ramenant à sa préoccupation première, ils ont décidé de t'arrêter jeudi soir, pendant le dîner de la Pâque. Tu dois fuir.

— Comment le sais-tu ?

— J'ai payé des gardes du Temple pour me renseigner !

— Je ne fuirai pas ! dit-il sur un ton convaincu.

Fuir devant les prêtres, c'était accepter sa défaite ; c'était surtout renier Dieu qui l'avait placé à un moment précis de l'histoire du peuple juif. Le dîner de Pâque était un symbole important, ne pas y participer aurait été une faute impardonnable.

— Tout est écrit. Je ferai ce dîner à Jérusalem.

Il n'était plus le Jésus qui souriait aux enfants. Sa volonté le rendait intouchable. Marie trancha :

— Jésus suit le chemin de son destin. Et Dieu ne l'abandonnera pas.

Simon arriva, soutenu par deux serviteurs. Le visage du vieil homme s'éclaira. La seule vue de Jésus suffisait à lui redonner des forces. Avec lui, les tourments s'estompaient, la tristesse devenait joie.

— Jésus, il ne faut pas que tu fasses le repas de la Pâque à Jérusalem jeudi, ils t'arrêteront. Accepte de te cacher pendant quelque temps. Ensuite, quand les prêtres seront calmés, tu pourras revenir.

Il s'aperçut qu'il n'avait pas bégayé.

— Le fils de David ne peut pas fuir sa ville, répondit Jésus. Les prophéties sont en train de se réaliser. La preuve ? Ma mère à la quarantième génération après David et l'étoile qui a salué ma naissance ! Jean Baptiste et Jokanaan m'ont reconnu comme le Messie. Tous ces signes ne trompent pas.

En parlant ainsi, Jésus ne cherchait-il pas à se convaincre lui-même ?

Ce soir-là, il parut au souper, mais ne s'attarda pas à bavarder comme il en avait l'habitude. Il se dit très fatigué et se retira seul dans le jardin. Il marcha dans la nuit, les yeux levés vers le ciel étoilé. Une servante de Simon raconta qu'elle l'avait vu en compagnie d'un homme de lumière qui avait disparu aussitôt qu'elle s'était approchée.

Il avançait lentement. Les étoiles le fascinaient. Il savait que c'étaient autant de mondes lointains, semblables au Soleil et à la Terre. Dieu n'était pas un être comme beaucoup de ses semblables l'imaginaient. Il échappait à toutes les règles, tous les entendements ordinaires. L'approcher demandait de surpasser sa condition d'homme.

Il s'agenouilla sur l'herbe humide. Le souffle frais de l'étang caressait son visage. Il ferma les yeux et s'abandonna à une prière intense. Mais la lumière qui illuminait son âme en de telles circonstances avait faibli. Il lui sembla que Dieu n'était pas près de lui. Il en ressentit un profond désarroi, puis il se ressaisit, se redressa, décidé. Simon le Lépreux venait à sa rencontre sans l'aide de ses serviteurs.

– Ce que tu dis est vrai, les prophètes ne se trompent pas, mais pas un n'a dit quand et comment tu dois monter sur le trône de David. Ce serait une grave faute de te précipiter dans les griffes de ceux qui veulent ta perte.

Débarrassé de son bégaiement, Simon ne se lassait pas de parler.

– Que ne m'ont-ils arrêté plus tôt ? constata Jésus. Pendant toute cette journée, j'étais dans Jérusalem, il suffisait d'envoyer quelques soldats…

Ils marchaient. Simon s'essoufflait très vite. Il s'assit sur un des nombreux bancs qui jalonnaient l'allée. Le jour allait se lever, radieux ; les oiseaux chantaient sur les branches basses des amandiers en fleur.

– Non, ils ne t'ont pas arrêté parce qu'ils redoutent que la population se rebelle. Ils savent que les milliers de pèlerins sont venus cette année pour t'entendre prêcher. Ils t'arrêteront plus discrètement, par exemple pendant le repas de la Pâque.

– Personne ne saura où nous le ferons, mais ce sera à Jérusalem, trancha Jésus.

Ils reprirent leur marche. Jésus prit le bras de Simon pour le soutenir.

Marie avait vu Jésus s'éloigner. Elle n'avait pas dormi de la nuit et, entendant les serviteurs aller et venir dans la vaste maison, sortit à son tour. L'air était immobile. Les oiseaux s'égosillaient, l'humidité du matin renforçait les odeurs du printemps. Tout appelait à la joie, à la sérénité, à la vie. Marie suivit des yeux un geai qui apportait des brindilles pour construire son nid. Elle voyait là l'œuvre merveilleuse de Dieu ; elle éprouvait comme un picotement sur sa peau, une lourdeur, qui faisait de ce printemps un moment unique, relié à la création du monde. Elle avait le sentiment que sa mission n'était pas achevée, qu'au contraire, l'essentiel restait à faire.

Elle marcha dans le sentier en direction de l'étang et vit Jésus à genoux. Elle fit demi-tour pour ne pas le déranger quand un bruit attira son attention. Jean, qui l'avait suivie, brisa malencontreusement une branche sèche dans le taillis de lauriers roses où il se cachait. Il se montra, honteux d'avoir voulu l'espionner. Elle lui sourit ; le jeune garçon s'approcha, baissant la tête, confus.

– Viens, Jean, tu es malin comme le renard. Tu passes partout et entends tout. J'ai besoin de toi.

Il s'agenouilla, prit le bas de la robe bleue de Marie et le porta à ses lèvres.

– Prends cette bourse, dit Marie.

Il bredouillait, ne sachant ce qu'il devait répondre.

– Voilà ce que tu vas faire, tu vas aller au Temple, puis tu iras aussi rôder dans le palais d'Hérode. Tu distribueras ces pièces pour délier les langues et savoir ce que les prêtres ont décidé.

Le visage de Jean devint écarlate. La confiance de la mère du maître le touchait et lui donnait une importance dont il ne se sentait pas digne. Il aurait toutes les audaces pour rapporter les renseignements demandés. Il s'éloigna en courant.

La veille, le mardi 2 avril (12 nissan) en fin d'après-midi, le ciel s'était couvert, mais il faisait doux. Judas s'était éloigné des apôtres pendant que Jésus au milieu de la foule répondait aux nombreuses questions que des inconnus lui posaient. Il remarqua un groupe d'hommes qui lançaient au maître des regards haineux. Il s'approcha discrètement, quand un individu le bouscula. Judas était vif et toujours prêt à montrer ses poings. L'inconnu leva les mains à la hauteur de son visage. Il était filiforme dans sa robe grise. Une figure osseuse, des yeux globuleux.

— Mon maître souhaite te parler.

— Qui est ton maître ?

— Tu le constateras toi-même. Suis-moi.

Judas hésita. N'était-ce pas un piège pour l'éloigner de Jésus, ses ennemis ayant remarqué que lui seul, l'Iscariote, guidé par un instinct sûr, savait se trouver aux endroits d'où venait le danger ? Pourtant quelque chose le poussait à suivre cet importun.

— Je suis savetier, dit l'autre. Tes sandales sont usées. Je t'ai entendu parler d'en acheter une paire neuve.

Judas souffla à Jean qui n'était jamais loin :

— Dis au maître que je vous rejoindrai dans la soirée. Je pars avec ce cordonnier pour ma paire de sandales neuves que je n'ai toujours pas trouvée.

Ils traversèrent la foule en jouant des coudes. Judas se retourna une dernière fois avant de s'enfoncer dans une rue adjacente à la place et aperçut la haute silhouette de Jésus entourée d'une marée humaine. Il eut la certitude que rien désormais ne pourrait arrêter son élan, et que le nouveau royaume allait prendre la place de l'ancien.

Ils sortirent des ruelles du centre de la ville et se dirigèrent vers le quartier riche où se trouvait le grand palais d'Hérode, sur une colline proche du Temple.

— Mais où m'emmènes-tu ? demanda Judas soudain inquiet. Les prêtres auraient-ils décidé de m'arrêter ?

— Sois sans crainte, mon maître, Caïapha, souhaite simplement te parler.

— Je cherche un savetier et je n'ai rien à faire avec Caïapha ! répliqua vivement Judas en s'échappant dans une venelle voisine.

— Reviens. Je te garantis qu'il ne t'arrivera rien. Et tu pourrais y gagner une belle bourse en or.

Judas s'arrêta. Il aimait l'or ; le Galiléen, qui avait beaucoup souffert de la faim, gardait de son enfance un goût pour le métal précieux qu'il combattait avec force, sans toujours parvenir à lui résister.

L'homme sortit une bourse en peau de chèvre de sa poche, fit tinter les pièces qu'elle contenait et la tendit à Judas. Celui-ci s'en empara et vida le contenu dans le creux de sa main. Le contact avec l'or lui fut agréable. Il eut le réflexe de ne pas montrer son plaisir.

— Quarante deniers… fit-il. C'est peu. Pour cette somme, je suppose que Caïapha n'attend pas grand-chose de moi.

— Tu en auras dix fois plus si tu l'écoutes.

Judas hésitait encore avant de monter les marches du Temple. Cette promesse de beaucoup d'argent n'était pas gratuite. On attendait de lui un acte grave, une complicité et ce ne pouvait être que contre Jésus.

– Je refuse ! dit Judas. Tiens, reprends ta bourse.

– Attends, le grand prêtre souhaite te parler.

Ils entrèrent dans l'aile droite du palais. Caïapha y avait un appartement où il recevait des visites qui devaient rester discrètes. Ils suivirent un couloir aux colonnades romaines, et entrèrent dans une salle décorée de petites statues grecques.

Un homme descendait les marches avec la lenteur d'une oie. Il était gros et de petite taille. Sur sa tête énorme, ses bajoues rouges parsemées d'une barbe hirsute qui n'en cachait pas la couleur pendaient de chaque côté de son menton. Au sommet de son crâne, quelques cheveux semblables à des herbes sèches bougeaient à chacun de ses mouvements.

– Judas, te voilà enfin. Cela fait longtemps que j'attends de te rencontrer. Viens donc dans mon salon privé, dit Caïapha en lui indiquant une pièce voisine. Il y a du vin et de quoi te restaurer. Je suppose que tu as faim après une journée passée dans les rues poussiéreuses et malodorantes de Jérusalem.

Judas tergiversa. Le petit traîne-savate qui avait dormi dans la rue, chapardant une figue par-ci, un pain par-là, était sensible aux honneurs et à l'attention des puissants. L'invitation du grand prêtre l'honorait. Qu'allait dire Jésus quand il saurait qu'il avait rencontré le véritable maître de Jérusalem, son ennemi ? Judas avait beau lutter contre sa nature perverse, il ne savait pas lui résister chaque fois que l'occasion se présentait. Il entra donc dans le salon dont une fenêtre donnait sur la place des Femmes et, au-delà, sur les grandes rues de Jérusalem. Caïapha le fit asseoir près d'une table couverte de victuailles.

— Voilà, commença le prêtre, j'ai besoin de te parler sérieusement et tu es sûrement celui qui me répondra le mieux parmi les proches de Jésus.

Il but une gorgée de vin, fit claquer sa langue avec un bruit gourmand très désagréable. Bien qu'il ait très soif, Judas gardait la coupe loin de ses lèvres et attendait, fixant son interlocuteur droit dans les yeux, parce qu'il avait aussi le goût de la provocation.

— La ville entière est conquise par ton maître. On ne cesse de parler de ses miracles, de ses promesses d'un monde meilleur. Il séduit surtout les femmes, mais aussi des hommes qui jusque-là étaient réfractaires aux idées nouvelles. J'ai écouté son discours, cet après-midi, tout à côté du Temple et je le comprends.

— Jésus apporte la lumière aux hommes, celle d'un monde de justice.

— Penses-tu qu'il est le Messie annoncé par les Écritures ?

Cette fois, Judas n'hésita pas :

— Je le pense et j'en suis convaincu.

— Dieu lui est-il apparu ?

— Dieu n'apparaît à personne. Dieu est seulement une présence, une certitude, une force, celle de l'univers. Quand tu as réfléchi sur le monde, quand tu as trouvé des explications à tout ce que l'esprit humain peut comprendre, alors tu prends conscience que tu n'as achevé qu'une partie infime du chemin vers la vérité.

Caïapha se gratta la tempe droite. Judas précisa :

— Jésus ne fait que suivre la lignée des grands prophètes. C'est pour cette raison qu'il est le Messie.

— On m'a répété qu'il opposait le cinquième livre aux livres précédents.

— Il a relevé les contradictions qui ont été ajoutées par des gens que le mensonge servait.

— Jésus veut détruire la Thora.

— Non, Jésus ne réfute pas la Thora. Il la nettoie de ses erreurs et la complète.

Caïapha réfléchit un instant. L'homme qui se tenait en face de lui avait réponse à tout. Le grand prêtre décida alors de mettre en place le piège qu'il fomentait depuis plusieurs jours.

— Tu es persuadé que Jésus est le Messie. C'est bien, mais il faut le prouver à la face du monde, sinon, il y aura toujours des oppositions. Et moi, je suis le premier à vouloir te croire, mais il me faut une preuve irréfutable. Je ne peux pas m'engager dans cette voie si je risque de me tromper, ce serait trop grave pour notre peuple.

— La preuve ? C'est la certitude que tu ressens en toi quand tu t'approches de lui. Crois-tu que les foules soient uniquement constituées de simples d'esprit ?

— Non, bien sûr. Il faut montrer au peuple hébreu, aux Romains, au monde entier que la vérité se trouve en lui. Alors, la paix pourra régner sur ce monde. Jésus doit faire face à l'ultime épreuve qui l'obligera à dévoiler sa nature divine !

Judas se méfiait de ce gros prêtre constamment essoufflé. De quelle ultime épreuve parlait-il ? Jésus n'avait rien à prouver.

— Voilà ce que je te propose : nous allons mettre Jésus dans une situation d'où seul Dieu pourra le sortir.

— Je ne comprends pas ! dit Judas, qui se doutait très bien de ce que Caïapha avait imaginé.

— Nous allons l'arrêter.

Judas fronça les sourcils. Caïapha remarqua qu'ils étaient assez épais mais d'une courbe parfaite.

— Je te rassure, dit le grand prêtre. Je ne te demande pas de trahir ton maître. Au contraire, je te demande de m'aider, de nous aider, nous les ignorants, à ne plus douter de lui.

Caïapha se leva, marcha lourdement vers la baie d'où venait un air frais. Le tumulte de la ville se calmait lentement, mais les lumières éclairaient encore les rues qui ne désemplissaient pas.

— Oui, nous allons l'arrêter. Il devra répondre à nos questions. S'il est le Messie, nous en serons rapidement persuadés.

— Si tu l'arrêtes, il faudra m'arrêter moi. Si tu le condamnes, il faudra me condamner à la même peine. Mais ne compte pas sur moi pour t'aider.

— Nous pouvons le condamner, mais le droit de justice ne nous appartient pas. Son sort sera décidé par Pilate. Mais comme il est le Messie, Dieu ne laissera pas faire !

Judas se redressa et se dirigea vers la sortie. Ce qu'on lui demandait était impossible.

— Attends ! s'écria Caïapha en faisant signe à ses hommes qui se mirent en travers de la porte.

— Arrête-moi. Je préfère mourir dans les pires tortures plutôt que de trahir mon maître.

— Attends ! ajouta encore Caïapha avec un sourire conciliant, reviens t'asseoir. Je ne te demande pas ce que tu crois, bien au contraire. Je te demande de nous aider à montrer au monde que Jésus est bien le Messie. Ton refus serait-il la marque d'un doute ?

— Crois-tu que je lui aurais consacré ma vie si je doutais de lui ?

— Alors, il ne risque rien. Tu aides Jésus en nous permettant de l'arrêter. Tu éviteras beaucoup de guerres et de sang.

Judas réfléchissait, en proie à la tentation. Jésus ne lui avait-il pas dit qu'il l'avait choisi pour le seconder, pour l'aider à convaincre les hommes ? Il inspira profondément. Caïapha comprit que ses arguments avaient fait mouche.

— Tu n'as rien à perdre en éclairant les vieux prêtres que nous sommes. Puisque tu es convaincu, ton devoir c'est de nous convaincre aussi. Ne pas accepter ce que je te propose serait une faute envers Jésus et surtout envers Dieu.

— Pourquoi avez-vous besoin de mon aide pour l'arrêter ? Jésus ne s'est jamais caché, il a passé cette journée à Jérusalem, comme il y passera la prochaine...

Caïapha pensait à ce que lui avait rapporté un espion placé chez Simon le Lépreux et qui avait accompagné Jésus tout au long de la journée. Arrêter Jésus dans ces conditions était impossible. L'espion lui avait aussi rapporté que, par mesure de précaution, Jésus garderait secret l'endroit où il partagerait la Pâque avec ses disciples. Il ajouta :

— Nos gardes n'ont pas le droit d'arrêter quelqu'un à Jérusalem. C'est ainsi, les maîtres sont les Romains. Pilate, qui a le droit de justice, est d'accord pour l'arrêter et le soumettre à notre expertise.

— Et ensuite ?

— Pilate le relâchera car il ne veut pas que Jésus soit condamné.

— Supposons que je me sois trompé, répliqua Judas. Que Jésus, malgré ma conviction, et celle de milliers de personnes, ne soit pas le véritable Messie. Quel serait son sort ?

Caïapha eut un geste évasif de la main.

– Il sera remis à Pilate qui en décidera. Mais je te répète, il n'a aucune envie que Jésus soit condamné.

Judas pouvait-il accepter une telle proposition ? Était-il le rouage par lequel passait la volonté divine ? Jésus le lui avait laissé entendre à plusieurs reprises.

Caïapha frappa dans ses mains. Un homme très maigre, aux cheveux gris tombant sur ses épaules comme de lourds épis, entra, portant dans ses mains aux doigts tordus par l'arthrose une cassette en bois finement ciselée qu'il posa sur la table, à côté de la carafe de vin. Le prêtre en souleva le couvercle avec ses mains potelées et Judas découvrit des pièces d'or rangées en piles régulières. Son cœur se mit à battre. Il y avait là de quoi s'acheter des terres dans son village natal, de devenir un notable, d'avoir des domestiques, des esclaves, toute une maison où on l'appellerait « maître ». Puis, il se ravisa. Satan venait de le tenter une nouvelle fois, Jésus ne lui avait-il pas montré qu'on pouvait vivre en étant dénué de tout ? N'avait-il pas survécu dans le désert ? Il en avait conçu un bonheur profond, mais là, à cet instant en face de Caïapha qui lui lançait un regard amusé, il hésitait de nouveau. Et cette voix qui lui murmurait : *Jésus est un fou. Généreux, certes, mais c'est un illuminé. Et tu veux perdre du bon temps sur terre pour un illuminé ?*

Dans un effort qui lui provoqua une violente douleur à la tête, Judas détourna ses yeux de l'or et décida dans une grimace qui l'enlaidissait :

– Je refuse. Je refuse votre stratagème. Ce serait douter de Jésus, le véritable Messie. Ses nombreux miracles en sont la preuve.

Caïapha éclata d'un petit rire moqueur.

– Je t'attendais sur ce sujet. Peux-tu me dire quels miracles il a accomplis, et en as-tu été témoin ?

— Il a changé l'eau en vin aux noces de Cana.

— C'est la rumeur qui le dit, l'imagination des gens. Mais as-tu entendu cette autre histoire qui raconte que ces jarres de vin étaient cachées dans un coin de la cuisine et qu'on les a trouvées au dernier moment ?

Judas aussi avait entendu cette version. Et jamais Jésus n'avait reconnu l'un de ses miracles. Judas poursuivit :

— Il a marché sur les eaux !

Nouveau rire de Caïapha.

— L'eau était si basse que les cailloux affleuraient à la surface. Toi aussi, tu aurais pu marcher sur les eaux !

— Il a guéri des malades. Et c'est pour cette raison que des centaines de personnes qui souffrent affluent à Jérusalem pour le voir.

— Libre à toi de le croire. Je ne demande qu'à être convaincu. Mais pour cela, il faut qu'il réalise le miracle ultime, celui de sauver sa propre vie !

Un regard rapide aux pièces d'or, puis Judas avala une nouvelle bouffée d'air.

— On ne doit pas redouter la vérité, poursuivit Caïapha. Et cette vérité ne peut être révélée que par toi. Ce chemin qu'approuve sûrement Dieu, tu dois l'accomplir. Et cette cassette d'or sera pour toi. Il y a de quoi vivre dans l'opulence jusqu'à la fin de tes jours. Et si tu n'en veux pas, tu pourras faire le bonheur de centaines de pauvres.

Ce dernier argument minimisait les véritables raisons de Judas, celles qui lui seraient reprochées.

— Alors, voilà ce que je te propose. Tu vas retourner auprès de Jésus. Le souper de la Pâque est toujours le jeudi. Nous ne pouvons pas arrêter Jésus face à la foule, donc, après le repas, quand il quittera la ville, pour se reposer, le cordonnier qui est à moi t'attendra à la porte de la ville. Alors, tu le guideras, les gardes du Temple et les Romains suivront. Mais ils connaissent mal Jésus et ils pourraient se tromper d'homme dans la nuit. Tu prendras ton maître dans tes bras et ils sauront qui ils doivent arrêter.

La volonté de Judas vacillait encore, même si la vue de l'or le poussait à accepter. Il pensait aux paroles de Jésus, un soir que Judas se disait tourmenté par le démon : « Sache que celui qui n'a jamais été tenté n'est pas digne du royaume de Dieu. »

– Va, dit alors Caïapha en se levant et se dirigeant vers la porte.

En sortant du palais, Judas croisa le cordonnier qui lui sourit.

– Tes sandales seront prêtes dès jeudi soir, donc tu peux m'envoyer ton valet quand tu voudras à partir de la sixième heure de l'après-midi.

Judas, trop préoccupé, ne répondit pas. Il s'éloigna dans la rue encore encombrée de fêtards. Sur les places, des groupes ivres s'affrontaient. On parlait beaucoup de Jésus. Des hommes payés par les prêtres du Temple ne parvenaient pas à se faire entendre quand ils dénigraient celui qui se prenait pour le roi des Juifs. Mais Judas ne voyait personne. L'or du grand prêtre occupait son esprit ; il allait en parler à Jésus car il n'avait pas le droit de douter de sa parole. Mais le démon le poussait dans la pente : Jésus lui-même serait d'accord pour subir ce qui allait montrer sa véritable nature. Et ce serait le miracle ultime, celui qui allait convaincre le monde. Judas remonta en courant à la maison de Simon le Lépreux et trouva les apôtres réunis dans une pièce à boire du vin et bavarder de tout et de rien. Ils s'étonnèrent que sa commande de sandales ait pris autant de temps. Judas expliqua qu'il avait longuement marché dans les rues pour écouter ce qui se disait sur le maître. À son tour, il demanda où était Jésus. Jacques répondit qu'il était sorti.

– Le maître était préoccupé, dit Simon Pierre. Mes espions ont rapporté que les Romains ont décidé d'écouter les prêtres du Temple et de l'arrêter.

Judas eut la certitude que sa visite à Caïapha avait été rapportée à Jésus. Il hésita sur l'attitude à adopter et répondit :

– Moi aussi, j'ai pu apprendre quelques nouvelles. Il faut que je parle au maître.

– Tu le trouveras dans le jardin. Je crois qu'il est seul.

En effet, Judas vit Jésus, immobile, regardant le ciel étoilé à la frange de gros nuages qui apporteraient peut-être de l'orage avant le lendemain. La nuit était fraîche, les cigales et les insectes crissaient.

– Approche, dit Jésus sans se tourner, fixant toujours les étoiles lointaines.

Judas s'arrêta derrière son maître, très mal à l'aise. La pointe de ses doigts tremblait. Il bredouilla.

– Je me suis absenté pour commander une paire de sandales. J'en ai profité pour marcher dans les rues et mesurer combien la foule ne cesse de te couvrir de louanges. Cela ne doit pas plaire aux prêtres du Temple.

Jésus se tourna lentement vers Judas. Dans la nuit, ses yeux émettaient une lumière qui pénétrait jusqu'à l'âme du disciple préféré. Jamais Judas ne s'était senti si proche de lui. Il fut sur le point de lui avouer sa discussion avec Caïapha, mais il se retint, conscient de ne rien avoir décidé. Jésus, comme s'il lisait le fond de sa pensée, enchaîna :

– Le doute encombre les esprits. Les plus faibles y cèdent. Les forts ne dévient pas de leur chemin.

Judas resta un instant silencieux, les yeux baissés. Les paroles de Jésus étaient claires : il ne devait pas céder au grand prêtre. Ils firent quelques pas dans la nuit. Judas sentait la forte présence de Jésus, et il avait la certitude que rien ne pouvait être évité, que ce qui se passerait était inscrit dans la destinée du monde, prévu depuis la naissance de la première étoile. Indispensable comme chaque être humain et son imperfection, comme chaque insecte, ce moustique qui se posait sur l'avant-bras de l'apôtre, le cri lointain de cette chouette qui semblait s'adresser à lui et l'avertir d'une menace que Jésus, qui lisait dans les âmes, exprima :

– Dieu a fait l'homme libre de choisir son chemin. C'est la seule chose qu'il n'a pas voulu ordonner. Tu es donc libre de choisir ta route, et c'est pour cela qu'il faut réfléchir à chacun de tes actes et aux conséquences qu'il a pour les autres et pour toi.

Judas eut de nouveau la certitude que Jésus savait la vérité, qu'il avait été informé de la visite à Caïapha, ce qui n'était pas si étrange puisque Simon le Lépreux, comme tous les hommes importants, entretenait une cohorte d'espions qui voyaient tout, entendaient tout et le lui rapportaient. Il eut de nouveau la tentation de se confier, puis renonça. Il inspira enfin, ouvrit la bouche ; Jésus l'arrêta :

– Ce n'est pas aux autres de te dire ce qui est juste. As-tu trouvé des sandales qui ne blessent pas tes pieds ?

– Je dois aller les chercher prochainement chez le cordonnier.

Jésus s'éloigna sans inviter Judas à le suivre. Le jeune apôtre resta un long moment immobile, incertain, partagé entre l'envie d'aller se jeter à ses pieds et celle de laisser aller le destin car il avait le sentiment d'être le rouage d'un événement que rien ne pouvait arrêter.

De la pièce que Simon le Lépreux lui avait réservée dans sa maison, Marie regardait le chemin qui serpentait entre les oliviers au flanc de la colline. Malgré le beau soleil et la douceur de l'air, elle n'était pas sortie de toute la matinée de ce mercredi 3 avril (13 nissan). Madeleine l'avait rejointe. Les deux femmes ne s'étaient pas toujours entendues, mais depuis l'arrivée à Jérusalem, elles s'étaient rapprochées, dans le sentiment commun que Jésus était en grand danger. Ce fut Marie qui parla la première.

— J'ai envoyé Jean aux nouvelles. Il tarde. J'espère qu'il n'a pas rencontré Jésus.

Madeleine s'approcha de la croisée et regarda à son tour les serviteurs de Simon s'activer à tailler les massifs et désherber les parterres de fleurs qu'ils arrosaient plusieurs fois par jour. Malgré la différence d'âge, elles se ressemblaient d'une certaine manière. Toutes deux, la tête haute, ne baissaient pas les yeux quand on les interpellait.

Deux hommes montaient dans l'allée. Madeleine reconnut la silhouette du jeune Jean emmitouflé dans un manteau noir à capuche. Celui qui marchait à côté de lui était voûté, et peinait à suivre le pas décidé du jeune garçon.

— Voilà des nouvelles, dit Marie en allant ouvrir la porte.

Jean entra le premier, fit glisser la capuche de sa tête, découvrant ses cheveux en désordre. Il souriait, signe que sa mission était réussie. Avec son air bon enfant, il gagnait la confiance des plus méfiants. L'homme qui l'accompagnait restait en retrait. Madeleine aperçut, sous sa cape, son visage sombre et son regard d'animal sauvage.

– Ce qui se passe est très grave, dit Jean en se donnant un air important. Nos craintes sont justifiées.

– Que veux-tu dire ? demanda Marie en s'avançant si près de lui qu'il en fut gêné.

– Hérode a décidé de se débarrasser de Jésus, afin d'achever l'épuration commencée il y a trente-cinq ans. Ce sont ses mots.

– On le sait ! répliqua vivement Marie. Que peux-tu nous dire de plus ? Comment Hérode va-t-il s'y prendre pour accomplir son crime ?

– Il n'a pas eu beaucoup de mal à trouver des alliés. Les prêtres du Temple ont bien compris que Jésus est leur ennemi.

– Sais-tu comment cela va se passer ?

– Demain, pendant le dîner de Pâque. Quand tout le monde à Jérusalem sera occupé à festoyer en famille, les gardes pourront arrêter Jésus sans difficulté.

Marie fit un pas de côté, jeta un long regard à l'homme qui avait fait glisser sa capuche et montrait sa tignasse noire en épis lourds de crasse.

– Les prêtres n'ont autorité que dans l'enceinte du Temple. En dehors, c'est Pilate qui ordonne les arrestations. Rien ne pourra se faire sans l'aide des légionnaires, insista Marie pendant que Madeleine, silencieuse, semblait réfléchir.

Marie était au pied du mur et se savait coupable. N'avait-elle pas influencé Jésus en l'élevant dans la certitude de son avenir royal et messianique[18] ?

— Les légionnaires seront là pour arrêter Jésus, affirma Jean. Il ne faut pas en douter un instant.

— Comment le sais-tu ?

— Pilate ne peut pas faire autrement.

Jean, mal à l'aise, tourna les talons. Marie l'arrêta d'un geste autoritaire.

— Tu ne m'en as pas dit assez. Comment Hérode peut-il contraindre Pilate ? Cela ne se tient pas.

— C'est tout ce que je sais. Les valets ne sont pas très bavards. Hérode a menacé ceux qui parleraient de leur faire arracher la langue.

— Et au Temple, qu'as-tu appris ?

— Hérode est allié aux prêtres. Mais il faut que je parte ! dit Jean en trépignant. Je vous ai amené Aram, qui m'a assuré savoir des choses mais ne pouvoir les dire qu'en échange d'une protection. C'est un Galiléen du bord du lac de Tibériade, non loin de Magdala. J'ai pensé que Madeleine…

— Oui, dit Madeleine, je connais un peu la langue que parle le peuple au bord du lac.

— Tu ne dis rien à Jésus ! insista Marie.

— Et s'il me pose une question, je peux lui mentir ?

— Un tout petit mensonge. Tu lui diras que tu as été distrait par un montreur de serpents et que tu t'es attardé.

Jean n'attendit pas que Marie lui pose une autre question et détala à toutes jambes, tant il était pressé de rejoindre son maître. Aurait-il la force de lui cacher la vérité ? Il espérait surtout que Jésus ne se serait pas aperçu de son absence et qu'il ne poserait pas de questions.

Madeleine s'adressa à l'homme, qui paraissait très mal à l'aise, dans une langue que Marie ne comprenait pas :

– Aram, qui es-tu ?

Aram n'avait pas oublié le conseil que lui avait donné sa maîtresse, Marie de Salathiel, et affirma :

– Ce que je suis ? Un misérable qui tend la main pour avoir un peu de pain.

– As-tu faim ?

Il jouait à merveille le mendiant éploré. Il leva son visage maigre à la barbe hirsute, sourit montrant ses dents noires et déchaussées. Il n'était pas très vieux, mais avait tout du pauvre hère dormant dans la rue et ne mangeant jamais à sa faim.

– On va te faire servir un bon repas, dit Madeleine, mais dis-moi : que sais-tu, Aram ?

L'homme hésita avant de parler. Son regard apeuré allait de Marie à Madeleine.

– Personne ne te fera de mal. Désormais, tu pourras vivre ici, bien protégé.

– Je connais un passage secret pour entrer dans le palais de Pilate. Au bout du jardin, il y a un endroit où les valets viennent jeter les restes des repas. Des chats, des chiens et toutes sortes d'animaux s'y disputent les os. Ce matin, j'étais là, caché sous un laurier. Et j'avais très peur parce que je voyais Pilate avec son homme de confiance, un Romain aux cheveux blancs, qui marchaient dans l'allée. Il s'appelle Tullius, il est si grand et maigre qu'on peut le confondre avec un héron, fit Aram avec un sourire qui rida son visage.

– Qu'as-tu appris ?

– Tullius disait que Procula, la femme de Pilate, qui a été touchée par la grâce, et prête à donner sa vie pour Jésus, était entre les mains d'un groupe d'Esséniens. Ils accusent Jésus de vouloir détruire la religion juive, de vouloir changer les textes des anciens. Pour les Esséniens, c'est le démon.

Marie lança un regard interrogateur à Madeleine. L'homme restait sur ses gardes, visiblement intimidé.

— Sais-tu où est la prisonnière ? demanda encore Madeleine.

Aram secoua la tête.

— Je ne sais pas.

— A-t-il parlé d'Hérode ?

— Oui, fit Aram en baissant le ton comme s'il redoutait qu'on l'entende. Hérode agit en sous-main. Il aurait payé les Esséniens !

— Très bien, dit Madeleine, qui frappa dans ses mains.

Une servante arriva.

— Conduis Aram aux cuisines et fais-lui servir un bon repas. Avant, tu l'emmèneras au bain, qu'il puisse se laver, et fais-lui apporter de bons habits.

Aram se leva en remerciant ses bienfaitrices. Marie échangea quelques mots avec Madeleine, qui sortit de la poche intérieure de sa robe une bourse.

— Tu as là de quoi t'établir sur ta terre, dit-elle à Aram. Elle sera à toi si tu me dis où Procula est retenue. Quand tu auras mangé, tu reviendras nous voir.

Deux heures plus tard, Aram revint auprès de Marie et Madeleine. Vêtu d'une robe de toile fine, il semblait être un autre homme. Ses cheveux coiffés et sa barbe taillée le rajeunissaient. Et stupeur, il n'était plus bossu ! Les deux femmes se rendirent compte aussi qu'il n'était pas très âgé. Évitant de croiser leurs regards, il les remercia encore.

– Je trouve que ton dos s'est bien redressé ! constata Madeleine, qui se méfiait. Je me demande si tu es un véritable mendiant.

Il se prosterna, assura qu'il disait la vérité. Les deux femmes échangèrent un regard : elles n'avaient pas d'autre choix que de lui faire confiance.

– Quand tu auras les renseignements qu'on attend de toi, tu auras cette bourse ! dit Madeleine.

L'homme semblait gêné et se tourna vers la baie ouverte d'où venaient les bruits du printemps et des hommes qui travaillaient à planter des oliviers et des amandiers. Il paraissait mal à l'aise dans ses vêtements neufs.

– Je ne peux pas, dit-il en s'adressant à Madeleine. Avec cette belle robe, tout le monde va me regarder. Je vous en supplie, laissez-moi reprendre mes hardes pour que personne ne me remarque dans la foule, et je pourrai plus facilement vous servir.

Malgré la langue vulgaire qu'il employait, Aram avait une manière assez précise de s'exprimer, ce qui indiquait qu'il ne disait pas toute la vérité. Madeleine sourit :

– Eh bien, reprends tes vêtements pleins de vermine. Ceux-là t'attendront ici. Va vite et reviens avant la tombée de la nuit.

Aram décampa. Quelques instants plus tard, Marie et Madeleine le virent dans la descente qui conduisait à la porte de Jérusalem. De nouveau voûté, il marchait d'un pas incertain. Marie constata :

– Il ne sait pas que le destin du monde est sur ses épaules. Il va en pensant à la terre qu'il va pouvoir acheter, à la famille qu'il va fonder…

– Je suis certaine qu'il nous ment ! répliqua Madeleine. Mais nous sommes obligées de lui faire confiance. Et puis

Jean est trop malin pour se laisser abuser par un serviteur d'Hérode.

Marie attendit qu'Aram ait disparu derrière le bosquet qui se trouvait au bas du jardin pour s'éloigner de la baie et s'asseoir.

— Viens près de moi, dit-elle à Madeleine.

Madeleine hésita. Elle avait toujours ressenti la supériorité de Marie. Près d'elle, la compagne de Jésus était mal à l'aise, à une place dont elle n'était pas digne.

— Viens, je te dis ! répéta Marie en lui tendant la main.

Madeleine s'assit, le visage baissé. Marie l'observa un instant. Sa beauté, sa culture, son intelligence la prédestinaient à Jésus. Elle voyait dans la présence de cette femme de Magdala une preuve supplémentaire que le monde arrivait à son dessein ultime.

— Tu sais, commença Marie, j'ai longtemps pensé que tu étais habitée par le démon et qu'il se servait de toi pour entraîner Jésus à sa perte. Je sais désormais que c'est faux et que tu possèdes toutes les clefs pour l'accompagner et être reine des Juifs.

— Je n'en suis pas digne ! répondit Madeleine à voix basse.

Elle pensait à son passé, à son mariage avec l'horrible Ezekias qui l'obligeait à se prostituer auprès de ses jeunes amis. Elle avait gardé de ce temps une répulsion totale pour la chair. Marie, qui n'ignorait rien du passé de la jeune femme, précisa :

— Les intentions de Dieu paraissent souvent incompréhensibles et, pourtant, quand on y réfléchit...

Marie songeait à sa jeunesse et à ce beau légionnaire qui après tant d'années hantait encore ses rêves.

– Ma famille a d'abord été ruinée par Hérode le Grand, mais nous avons su résister. Il a confisqué nos biens, faisant de nous des pauvres parmi les pauvres.

Elle hésita. Pourquoi à cet instant éprouvait-elle le besoin de se confier à cette femme si différente d'elle mais qui partageait la vie de Jésus ? Parce qu'elle comprenait que le destin du Messie était entre leurs mains.

– Nous sommes toujours face au même mur. Hérode veut consolider son pouvoir qu'il tient des Romains et Jésus le défie. C'est maintenant que tout va se jouer, que le peuple juif va se donner un roi ou qu'il va perdre sa terre, sa nation, qu'il va errer pendant des siècles... Et l'avenir de notre peuple est entre les mains d'Aram, qui n'a pas plus d'importance qu'un insecte qu'on écrase sous la semelle.

Les deux femmes passèrent l'après-midi dans la pièce qui donnait sur le jardin et le chemin de Jérusalem, épiant les moindres passants. Le temps s'était arrêté. Malgré leurs prières, aucune lueur n'éclairait la nuit de leur esprit.

Salomé les rejoignit. C'était une belle adolescente avec les traits de Jésus, mais en moins déterminés. Marie vit soudain en elle la jeune fille qu'elle avait été et lui sourit.

– Je me dis que Dieu m'a confié une mission trop difficile pour moi ! dit Marie dont le regard allait de Madeleine à Salomé.

Celle-ci lui prit les mains. Madeleine resta en retrait, le regard toujours tourné vers le chemin qui se perdait entre les lauriers et les oliviers sauvages. Aram ne revenait pas.

– Il ne nous reste plus qu'à prier ! insista Marie.

Ce n'était pas une femme décidée à s'abandonner, bien au contraire. On sentait sa résolution dans la fermeté de sa voix qui incitait à la suivre.

– Si Hérode n’a pas réussi à supprimer Jésus dans la première année de sa vie, il ne réussira pas mieux trente-trois années plus tard, dit-elle comme pour rassurer Madeleine.

Ce mercredi 3 avril (13 nissan de l'an 3795 depuis la création du monde), Jésus ne se rendit pas à Jérusalem. Il avait besoin d'être seul pour réfléchir et parler avec Jacques, son frère puîné, qu'il considérait comme légitime pour perpétuer son mouvement[19].

– Je dois célébrer la Pâque à Jérusalem, dit-il à Jacques. C'est le sens de ma présence en ces lieux : le roi des Juifs ne peut être que dans sa ville à une période si importante. Hérode est à Jérusalem, j'y serai.

– Il va le considérer comme une provocation.

Jésus lui jeta un regard lumineux.

– Dieu a choisi son camp. Je lui fais confiance.

– Écoute, poursuivit Jacques, loin d'être convaincu, il y aura d'autres Pâques. Tu dois surtout te protéger pour tes disciples, pour continuer à prêcher et réformer le monde et notre religion mise à mal par ceux qui sont censés la défendre. Tes paroles ont conquis une multitude de cœurs, encore un effort pendant une année ou deux et tout Israël sera à tes pieds. Les dirigeants actuels ne pourront plus rien. Hérode n'aura d'autre issue que d'aller se cacher pour ne pas être lapidé par la foule ; les prêtres feront de même. Il restera les Romains, le mieux c'est de ne pas les affronter, de jouer leur jeu, car une fois le ver dans le fruit, il le dévore tout entier.

— Où est Judas ? demanda Jésus.

— Je pense qu'il est avec Jean et les autres. Ils attendent tes ordres.

— Il faut que je leur parle.

Il fit demi-tour, longea un massif de fleurs violettes à l'odeur entêtante, puis marcha jusqu'à l'orée d'un bosquet de figuiers et d'épineux. Les douze apôtres étaient là, assis dans l'herbe à bavarder. Jean arriva en même temps que Jésus. Il s'était attardé aux cuisines où les servantes n'étaient pas insensibles à la grâce de sa jeunesse. Jésus le scruta avec sévérité. Depuis quelque temps, l'adolescent que Jésus avait pris sous son aile et formé devenait un adulte qui éprouvait le besoin de montrer sa force, de plaire aux femmes. Il était devenu coléreux, s'en prenant aux autres pour un rien, comme s'il voulait s'affirmer face à des hommes mûrs.

— Jean, lui dit Jésus, je vais te charger d'une mission de grande confiance.

C'était le mettre en avant, et il ne demandait que cela. Le maître ajouta :

— Je t'en parlerai un peu plus tard.

Il se tourna vers Judas, assis dans l'herbe, pris par de sombres pensées. Le disciple ne put pas soutenir le regard de Jésus qui s'assit près de lui.

— L'herbe est humide, ce matin. C'est signe d'orages dans les jours qui viennent.

— Judas, tu me parais bien préoccupé, répondit Jésus. Que se passe-t-il ? Serait-ce le prix de ta paire de sandales ? Jean qui sait tout m'a confié que tu les avais payées le prix de deux paires ordinaires.

Judas ne répondit pas. Il gardait la tête basse, le visage contracté. Jésus observa longuement son disciple. Il était vraiment beau, les formes de son visage attiraient le regard. De légères crispations de la peau sous les yeux et les lèvres serrées montraient les forces contraires qui s'affrontaient en lui, le combat perpétuel dont il était le siège et qui l'épuisait.

— Si tes sandales te font mal aux pieds, il est juste que tu en achètes une autre paire, dit tout à coup Jésus, insistant sur ce fait insignifiant pour bien montrer la direction de sa pensée.

— Oui, maître, et j'ai puisé dans la bourse commune, comme je l'ai fait avec Jean quand il a voulu remplacer son ancienne robe trop petite et déchirée.

— Jean est devenu un homme fort, différent de l'enfant que nous avons récupéré il y a trois ans.

Jésus sentait l'embarras de son disciple le plus proche. Il lisait dans les pensées de cet écorché vif qui avait grandi dans un groupe de Juifs dissidents vivant sur les bords de la mer Morte, dans le Quoumrân.

— Alors, quel est ton tracas ? Depuis hier, je te vois sombre, ne suivant pas la conversation, répondant de travers quand je te pose une question. Parle, tu sais que je t'écouterai et que je ne te condamnerai pas.

L'occasion de libérer sa conscience était là. Jésus lui tendait encore la main. Judas entrouvrit la bouche. Un mot de son maître aurait pu changer le cours de l'histoire, mais Jésus garda le silence en observant intensément son disciple. Judas laissa passer cette ultime chance, il avait choisi, pourtant il insista :

— Beaucoup de gens ont intérêt à te faire disparaître. Je pense que tu as tort de rester ici. La Pâque est importante, mais personne ne t'en voudra pas d'avoir choisi de vivre pour attendre un moment plus opportun et te montrer en roi d'Israël.

— Non, je ne fuirai pas. Ce serait une lâcheté.

Quelle parole rassurante ! Judas eut la certitude que Jésus la prononçait à son intention. Son assurance valait toutes les garanties et permettait des incartades. C'était même une invitation à aller plus loin. La trahison devenait nécessaire pour faire éclater la vérité du Messie !

– Maître, fit Judas en prenant les mains de Jésus. Tous s'accordent à dire que nous nous ressemblons un peu, que nous avons le même corps robuste, certains croient même que nous sommes frères, et que nous partageons la même âme. Mais moi, je ne suis que ton reflet. L'image imprécise et très imparfaite que nous renvoie l'eau quand le vent en frise la surface. Je sais que ce n'est pas un hasard.

– Que veux-tu dire ?

– Je peux sauver le roi des Juifs. Hérode et les prêtres m'arrêteront, moi, et me condamneront. Ils ne se méfieront plus alors que toi, tu seras toujours là.

– Hérode ne m'arrêtera pas, il n'en a pas le droit, poursuivit Jésus. Seuls les Romains peuvent utiliser le glaive dans la ville.

– Hérode le demandera à Pilate. Il s'entend très bien avec lui !

– Je ne les crains pas ! Ne suis-je pas le Messie ?

– Justement, maître, tu dois vivre pour répandre ta parole !

Une nouvelle fois, Judas fut sur le point d'avouer sa rencontre avec le grand prêtre, puis se retint. Jésus lui-même lui avait montré le chemin : Dieu n'accepterait pas qu'il soit arrêté comme un vulgaire hors-la-loi.

– Viens, rejoignons les autres ! dit Jésus en se levant et passant sa main sur sa robe pour en détacher les brins d'herbe.

L'assurance de son maître suffisait à redonner confiance à Judas. Il retourna auprès des disciples qui discutaient et plaisantaient. Certains somnolaient. Il allait encore faire chaud. Jésus, debout, leur dit :

— La Pâque approche. Les dignitaires du Temple et Hérode n'accepteront pas que je fasse ce repas à Jérusalem. Comme les rues seront désertes, ils en profiteront pour m'arrêter. Je n'ai pas envie de leur donner cette joie.

— Rien ne nous oblige à rester à Jérusalem, répliqua Jacques.

— Non, c'est dans cette ville que ce repas prend tout son sens. Nous le ferons donc à Jérusalem, mais pour ne pas être dérangés, nous avancerons d'un jour puisqu'il y a deux sabbats cette année[20].

Les apôtres échangèrent des regards étonnés. Thomas se redressa. Il était assez fort et une malformation de naissance lui faisait pencher la tête sur le côté droit. Ses grosses mains de tailleur de pierres ouvertes devant lui montraient sa détermination.

— Maître, personne ne t'arrêtera. On est là, nous ! On saura faire face aux Romains. On ameutera la foule qui se battra pour toi.

— Thomas, je reconnais en toi le fidèle ami, dévoué jusqu'à donner sa vie pour moi. Mais tu n'en feras rien. Ma seule protection est celle du Très Haut. Te demander d'intervenir serait ne plus lui faire confiance.

Thomas bredouilla des excuses.

— Donc, reprit Jésus, Thomas, tu vas aller chez Joseph d'Arimathie qui nous prêtera une salle dans une maison qu'il possède dans la ville basse, près d'une fontaine. Avec lui, tu prépareras le repas de ce soir[21].

— Mais je n'ai pas d'argent ! dit Thomas en se tournant vers Judas, le trésorier du groupe.

– Tu n'as pas besoin d'argent, précisa Jésus. Joseph prendra tout à sa charge. Ce soir, nous rentrerons à Jérusalem séparés, éparpillés dans la foule. Moi-même, je me déguiserai pour ne pas être importuné. Nous suivrons un porteur d'eau avec une jarre sur l'épaule. Il nous conduira ainsi dispersés à la maison de Joseph. Nous y serons au coucher du soleil.

Jésus s'éloigna, laissant les apôtres étonnés par ce qu'ils venaient d'entendre. Le maître avait décidé de se cacher pour entrer dans sa ville, comme un voleur. Judas eut cette phrase destinée à les rassurer :

– Dieu ne veut pas laisser Jésus entre les mains de ses bourreaux, mais ce n'est pas une raison pour multiplier les imprudences.

Cinq heures après le passage du soleil au zénith, d'immenses clameurs montèrent de la ville. Marie, assise à l'ombre d'un énorme figuier, surveillait le chemin blanc. Elle commençait à désespérer : Aram n'était pas reparu. Avait-il décidé de s'enfuir avec la première bourse, préférant ce petit gain à la grosse somme promise qui l'aurait obligé à prendre des risques ? Salomé était assise près de sa mère ; Madeleine restait debout et tendait l'oreille au vent, comme une louve aux aguets. Elle semblait tout à coup vieillie. L'angoisse ridait son visage ; elle sursautait au moindre bruit et on la sentait sur les nerfs, prompte à réagir à la moindre remarque. Ses grands cheveux bouclés bougeaient sur ses épaules, un courant d'air rabattait des mèches rebelles sur son front, elle les repoussait avec des gestes nerveux.

Le vent avait bien tourné et rapportait les manifestations bruyantes de la foule tassée autour du Temple et du palais du tétrarque. Les pèlerins, par milliers, réclamaient

Jésus qui n'était pas apparu de la journée. Hérode, qui redoutait une révolte, avait envoyé un émissaire à Pilate pour lui demander de faire respecter l'ordre. Puis il avait envoyé ses hommes se répandre dans les rues, faire circuler les pires calomnies sur Jésus et payer des meneurs pour monter la foule contre lui.

– Ses prêches n'ont ni queue ni tête, confia-t-il à Chirhach, son esclave arabe. Il dit aux miséreux ce qu'ils aiment entendre. Il leur dirait que l'eau remonte de la mer vers les montagnes, ils le croiraient.

L'esclave lança un regard plein de lumière à son maître, répéta ce que lui avait entendu le matin même :

– Il dit que les femmes seront comme les hommes, les riches comme les pauvres, les esclaves comme les maîtres.

– Tu vois bien que c'est n'importe quoi. Depuis quand les femmes sont-elles les égales des hommes ?

– Depuis toujours, maître !

Hérode observa, d'un air suspicieux, son esclave.

– Tu mériterais que je te fasse fouetter. Depuis quand les esclaves sont-ils les égaux des maîtres !

– Depuis toujours, maître. Les esclaves ont une âme comme les maîtres et pensent comme eux. Jésus nous annonce qu'il n'y aura plus de maîtres ni d'esclaves, que tous les hommes seront égaux et auront les mêmes droits !

Hérode bouillait de colère face à tant de témérité chez cet esclave qu'il connaissait pourtant pour sa discrétion et son dévouement. Voilà que les paroles de Jésus l'avaient convaincu comme des milliers d'autres ignorants. Il hésitait pourtant à prendre des sanctions contre Chirhach, qui avait beaucoup d'influence sur le reste de sa maison. Puis il décida d'oublier l'incident.

– Va, et que je ne t'entende plus dire de pareilles sottises.

— Aram a dû rencontrer un problème, dit Marie. On ne peut plus compter sur lui.

— Il nous cache quelque chose, répliqua Madeleine. Je ne crois pas qu'il soit un homme démuni, car rien ne rend plus fidèle un mendiant que la promesse d'une grosse bourse pleine de pièces d'or.

Madeleine s'éloigna de son pas chaloupé, avec cette grâce qui n'appartenait qu'à elle, cette élégance qui venait autant de son éducation soignée que de sa personne. Chacun de ses gestes était délicat, harmonieux. On éprouvait du bonheur à la regarder.

Elle suivit un sentier entre les oliviers sauvages qui descendait en pente douce vers une petite pièce d'eau où Simon le Lépreux conservait des carpes achetées aux pêcheurs des environs. Le vieil homme passait ainsi des heures à observer les gros poissons évoluer dans l'eau, fasciné par leur aisance. Lui qui marchait difficilement se disait que Dieu avait donné un avantage aux carpes en les privant de jambes. Madeleine s'assit sur le banc de bois à l'ombre du taillis et laissa son regard flâner sur l'eau, suivant un poisson à la silhouette plus fine que les autres. Un homme voûté sortit du taillis. Madeleine ne cacha pas sa surprise. Aram s'inclina.

– Pardonne mon retard. C'est tellement difficile d'avoir le moindre renseignement. Pilate ne décolère pas et envoie ses espions aux quatre coins de la ville. Jusqu'à présent il n'a pas pu savoir où Procula est retenue prisonnière. Il a juré que s'il apprend qu'Hérode est le donneur d'ordre, il le fera mettre à mort comme le pire des criminels !

– Tu vas retourner en ville, ordonna Madeleine en lui tendant une petite bourse et dès que tu apprendras quelque chose, tu reviendras me le dire.

– J'ai appris que Pilate n'a pas d'avis sur Jésus. Il a même pensé prendre son parti et en faire un allié des Romains. Favoriser son accession au trône de David assurerait l'ordre que les légionnaires ont de plus en plus de mal à faire respecter. Mais depuis que Procula est prisonnière des Esséniens, il est comme fou.

– Il va donc faire arrêter Jésus ?

– Je le pense, à moins qu'on puisse délivrer Procula.

Madeleine caressa la bourse d'or dans sa poche. Aram pensait à ce que lui avait dit Marie de Salathiel : « Il faut sauver Jésus quoi qu'il en coûte. »

– J'ai pensé faire enfermer Jésus et ne le laisser sortir qu'après la Pâque, quand les esprits seraient calmés, dit Madeleine, mais on n'enferme pas le vent. Jésus a le pouvoir de déplacer les montagnes. Mais toi, avec l'argent que je vais te donner, et des hommes de confiance que tu paieras bien, tu pourrais le faire capturer et le conduire loin de Jérusalem, en le surveillant jour et nuit pour qu'il ne puisse pas s'échapper.

Aram s'était redressé et demanda d'une voix qui avait perdu l'accent geignard du mendiant :

– Et où faudrait-il le conduire ? Hérode a des oreilles partout, même dans le village le plus reculé, et il finira par le retrouver, car il ne veut surtout pas prendre le risque de le laisser en vie. Alors il le fera assassiner dans un coin sombre et personne ne saura ce qu'il est devenu.

— La foule de ses partisans le réclamera.

— Détrompe-toi. La foule est vindicative. Elle aura tôt fait d'oublier Jésus pour se donner à un autre prophète qui lui promettra de l'or.

— Si tu le faisais conduire à Rome ? demanda Madeleine. Personne n'irait le chercher là-bas. C'est le seul endroit où il pourrait être en sécurité.

À Rome ! pensa Aram qui s'imaginait riche dans la ville la plus importante du monde. *Pourquoi pas ?*

— Je vais voir ce que je peux faire, lui répondit-il. Mais il faut beaucoup d'or.

— Tu auras tout l'or que tu voudras.

Madeleine réfléchit un instant. Pourquoi faisait-elle confiance à Aram, cet inconnu ? Il pouvait empocher l'or et disparaître à tout jamais. Mais elle n'avait pas d'alternative et devait prendre le risque. Sauver Jésus restait sa priorité.

— Je dois te dire que le dîner de Pâque n'aura pas lieu demain soir.

Aram tourna un regard interrogateur. Ses yeux noirs se plissèrent.

— Tu veux dire que Jésus ne veut pas célébrer la Pâque ?

— Si, mais il se méfie et a décidé de le faire ce soir dans le plus grand secret, quelque part dans une maison de la ville basse, près d'une fontaine.

— Très bien, dit Aram.

Madeleine ne pouvait plus reculer. Jean lui avait expliqué comment les apôtres s'y retrouveraient et comment Jésus se rendrait au dîner en cachant son visage sous une capuche noire...

– Ce soir, au coucher du soleil, les disciples se mêleront à la foule, puis suivront un homme portant une cruche d'eau sur son épaule. Mais tu ne peux pas capturer Jésus en pleine ville. C'est une folie !

Aram marchait de long en large devant Madeleine avec l'assurance d'un homme qui n'est ni un mendiant ni un esclave ordinaire.

– Non, répliqua Aram, mes hommes attendront la fin du dîner cachés dans les rues voisines. Ils pisteront alors Jésus. Ils n'auront pas de mal à le reconnaître, c'est le plus grand et le plus beau.

– Il y a Judas qui est aussi grand et presque aussi beau…

– Non, Judas ne peut ressembler à Jésus que de très loin. Mes hommes attendront qu'il soit sorti de la ville et l'arrêteront sur le mont des Oliviers. Si ses disciples veulent intervenir, mes hommes sauront les dissuader.

– Et ensuite ? demanda Madeleine d'une voix retenue.

– Ensuite, c'est mon affaire. Le prisonnier sera emmené très discrètement. Quand il sera en sécurité, je te ferai signe.

À son tour, Madeleine avait le sentiment de trahir celui qui lui accordait son entière confiance. Mais comment faire autrement ? Comment le soustraire malgré lui à l'inévitable verdict des soixante-douze ?

– C'est d'accord ! dit-elle, mais n'en parle à personne, surtout pas à la femme qui était avec moi ce matin.

– Tu as ma parole.

Aram se fondit dans la nuit.

Quelques instants plus tard, il était au palais de Marie de Salathiel qui l'accueillit alors qu'elle s'apprêtait à passer à table.

— L'habit de mendiant te va très bien ! dit-elle en souriant. Maintenant, dis-moi tout.

Aram expliqua que Jésus ferait la Pâque ce mercredi soir et qu'Hérode et les légionnaires de Pilate allaient l'arrêter.

— Tu prends tous les hommes qu'il te faut ! ordonna Marie sur un ton décidé. Ils ne doivent pas arrêter Jésus.

Retors comme il l'était, Aram poussa Marie dans ses retranchements.

— Ce n'est qu'un prophète comme il y en a tant d'autres ! Vous n'allez pas risquer de vous brouiller avec Hérode pour un illuminé !

Marie se planta devant Aram, le toisant de son regard fixe et ardent :

— Sache que Jésus n'est pas un illuminé. Je suis allée le voir, je l'ai approché, j'ai touché sa main et la grâce de Dieu m'a touchée.

Les ombres s'étaient allongées. Le soleil descendait à l'horizon, des nuages se formaient au-dessus de Jérusalem. Cette année encore, la semaine sainte ne se passerait pas sans orage. Un signe pour le peuple juif de la présence de Dieu prompt à punir ceux qui ne suivaient pas ses lois.

Judas s'était absenté depuis le début de l'après-midi en quête de ses chaussures neuves. Il revint vers la septième heure, tout heureux de son achat. Réunis au complet et prêts à partir pour le repas pascal, les apôtres attendaient Jésus qui s'était isolé dans la partie de la maison que le Lépreux leur avait réservée.

Les femmes se trouvaient dans la cour. Marthe se tenait près de Salomé. Elles avaient à peu près le même âge. Elles ne cessaient de regarder le bout du chemin après le grand portail, comme si elles attendaient quelqu'un. Marie restait imperturbable.

Jésus sortit enfin, puis prit le chemin en direction de Jérusalem. Sans un mot, ses disciples lui emboîtèrent le pas. Marie le regarda s'éloigner devant ses apôtres, marchant d'un pas décidé. Les mises en garde n'avaient pas réussi à altérer sa détermination.

– On y va, dit Marie en se dirigeant vers le chemin.

Madeleine, Salomé et Marthe la suivirent. Elles arrivèrent au bout du jardin, où Jésus avait rassemblé ses apôtres. Le maître aperçut les femmes, mais, imperturbable, il commença à se vêtir d'un manteau noir surmonté d'une large capuche qui lui couvrait le visage. Quand il fut prêt, tandis que Jean souriait en détaillant l'accoutrement ridicule du maître, ils partirent vers la porte de Jérusalem. Madeleine remarqua le regard que Jésus échangea avec Judas, ce qui l'inquiéta. Elle s'était toujours méfiée de cet homme qui conservait dans le regard une étrange lueur froide.

– Souvenez-vous que vous suivrez le porteur d'eau avec la jarre sur l'épaule, en restant disséminés parmi les pèlerins, ordonna Jésus. La Pâque ne sera pas comme les autres années.

Les apôtres le regardaient, étonnés. Que signifiait cette parole, puisque Jésus, sous des formes souvent anodines, disait toujours le fond de sa pensée. Seul Judas, qui le connaissait bien, comprit l'allusion. Jésus pensait à Madeleine, à sa mère, à sa sœur, à Marthe, ces femmes qui lui étaient si fidèles et qu'il n'aurait pas près de lui pour le repas, sûrement le plus important de sa vie.

Il partit le premier. Les apôtres l'observaient marcher seul, d'un pas sûr.

Judas le suivait, près de Pierre Simon et de Jean, qui allait des uns aux autres avec sa vivacité habituelle. Il y avait encore pas mal de monde sur la voie qui conduisait en ligne droite à la porte Dorée, mais personne ne se préoccupa de cet homme de grande taille vêtu d'un manteau noir surmonté d'une large capuche. On avait l'habitude pendant la Pâque de voir toutes sortes de personnages, en particulier des illuminés qui se prenaient pour des prophètes et se faisaient remarquer par des tenues extravagantes. Jésus allait avec assurance vers son destin, sans la moindre hésitation. Son après-midi de méditation l'avait réconforté.

Les femmes se tenaient à une distance de quelques pas. Elles avaient caché leur visage sous un voile blanc qui les faisait se confondre avec toutes les autres femmes. Elles avançaient sans parler, ne perdant pas Jésus du regard. Marie se tourna vers Madeleine :

— Tu es sûre d'Aram ?

Madeleine hésita un instant. Il était impossible de faire marche arrière. Aram avait empoché la bourse d'or et se trouvait sûrement quelque part en ville, prêt à intervenir.

Elles entrèrent dans la ville surchauffée qui grouillait de pèlerins. L'air embaumait d'une odeur de viande grillée, de pain cuit sur la pierre et d'épices. Les apôtres se mêlèrent à la foule. Jésus marchait au milieu d'inconnus qui ne prenaient pas garde à lui. Marie reconnut de nombreux légionnaires vêtus comme des passants ordinaires mais dissimulant une dague sous leur tunique. Elle entendit un homme interpeller un groupe.

— Joignez-vous à nous. Nous allons au Temple réclamer l'arrestation de ce bandit de Jésus !

Tout en parlant, il agitait une bourse.

– Mais Jésus n'est pas un bandit. C'est l'ami des pauvres, répliqua quelqu'un.

– Ne crois pas ça ! Jésus est l'allié des Romains. Il va se faire couronner roi et faire de nous des esclaves.

Les gens se regardaient, perplexes. La bourse changea de mains.

– Tu as sûrement raison. Jésus paraît trop généreux pour être honnête !

– À mort Jésus ! cria celui qui avait donné la bourse.

– À mort Jésus ! répétèrent les autres en se dirigeant vers le Temple.

– Qu'est-ce que ça signifie ? demanda Marie.

– Cela veut dire qu'Hérode et les prêtres du Temple paient la foule pour demander la mort de Jésus ! répondit Madeleine.

Salomé aperçut la première le porteur d'eau avec sa grosse jarre en terre cuite. Il se frayait lentement un chemin dans la cohue, évitant d'aller trop vite pour que ceux qui devaient le suivre ne le perdent pas de vue. Il se dirigeait vers la ville basse où se trouvait une fontaine très fréquentée. Le groupe de femmes lui emboîta le pas jusqu'à l'entrée d'une ancienne maison à deux étages. On voyait la lumière de torches par les fenêtres. Sur la petite place, la foule était moins dense puisqu'on se trouvait en bordure de la ville et qu'il n'y avait pas d'auberges dans le coin[21].

Jésus entra le premier dans la maison en baissant la tête à cause de la porte trop basse. Puis Judas fit de même, et les autres, jetant un regard autour d'eux comme s'ils redoutaient d'être remarqués. Madeleine vit plusieurs hommes qui faisaient les cent pas autour de la fontaine et en déduisit qu'il s'agissait d'espions d'Hérode. Elle ressentait le picotement de l'air, dont soudain une multitude de démons semblait épaissir la consistance. Elle avait froid, pourtant le vent était doux, apportant des odeurs d'amandiers en fleurs et d'herbe nouvelle. On allumait des torches dans les rues, ce qui ne se faisait pas habituellement, mais la foule toujours compacte imposait cette mesure de sécurité, car les voleurs à la tire pullulaient et les rixes entre communautés échauffées par le vin se multipliaient.

– Que fait-on ? demanda Madeleine en entendant la clameur monter du côté du Temple. Si on reste là comme des piquets, on risque d'attirer l'attention.

Marie comprenait que la présence de Jésus dans cette vieille maison d'ordinaire vide ne resterait pas longtemps inaperçue. Le va-et-vient des domestiques allait forcément attirer l'attention des guetteurs que le tétrarque et les prêtres avaient envoyés dans tous les recoins de la ville.

– On s'en va ! dit Marthe en se dirigeant vers une rue adjacente.

Mais elle s'arrêta. Les autres ne suivaient pas, immobiles, en face de cette fenêtre éclairée où passaient des ombres, attendant une catastrophe, certaines que la nuit ne se passerait pas dans le calme.

Un homme s'approcha d'elles. Son corps au dos rond était enveloppé dans une longue cape noire. La lueur éclairait son visage aux sourcils épais, son nez proéminent.

– Il ne faut pas rester là ! dit-il sans quitter Marie du regard. Vous allez vous faire remarquer et les soldats romains vont venir vous questionner. Suivez-moi.

Il se dirigea vers une ruelle sombre entre deux hauts murs. Il passa sous un porche et entra dans la cour d'un bâtiment visiblement abandonné, ce qui était étonnant en cette période de surpopulation de la ville. Les gardes se placèrent sous le porche pour empêcher quiconque d'entrer. Au fond, une porte basse donnait sur une pièce éclairée, assez petite, où l'on avait disposé des chaises.

– Aram ? questionna Madeleine.

– Oui, ma maîtresse Marie de Salathiel a été touchée par la grâce, comme Procula. Je vais vous faire apporter à manger, le même repas que Jésus et ses apôtres. J'ai pu acheter des mercenaires. Ils attendent un peu plus loin et sont prêts à agir. Je reviendrai vous chercher quand tout sera terminé.

Les femmes s'assirent et se mirent à manger, mais l'appétit leur manquait. Le silence s'installa entre elles, le temps s'était arrêté. Tous les regards étaient tournés vers Marie qui avait joint les mains. Salomé et Marthe ne quittaient pas des yeux les fenêtres éclairées de la maison voisine où se trouvaient Jésus et ses apôtres, tentant d'identifier les silhouettes qui passaient devant les éclairages. Les étoiles s'étaient allumées au ciel. Une légère brume flottait au-dessus des toits du côté de la vallée du Cédron. Le calme était encore troublé par des groupes qui s'invectivaient et des cris hostiles se faisaient encore entendre. « À mort Jésus ! »

– Pourquoi sommes-nous là ? se demanda Marthe. Nous ne pourrons rentrer avant le jour et nous allons devoir passer la nuit ici.

– Nous sommes près de lui ! répliqua Marie, dans sa lumière, dans le bonheur profond qu'il répand. L'espoir a conduit nos pas.

Les Douze montèrent à l'étage par un escalier en bois qui craquait sous les pas. L'intérieur sentait la poussière, même si les valets avaient nettoyé le sol et astiqué les boiseries. L'escalier donnait sur une salle assez grande aux murs nus faits de moellons gris extraits des carrières voisines. Une longue table avait été dressée, couverte d'une nappe blanche de tissu fin. Les domestiques s'activaient pour apporter suffisamment de sièges. Comme on en manquait, on avait mis, du côté du mur, un banc en bois assez étroit et sûrement inconfortable. On disposait les pichets de vin, les plats et le pain hallah encore chaud dont la bonne odeur emplissait la pièce. Jésus proposa aux apôtres de s'asseoir. Ils s'étonnèrent que Jésus restât debout. Il avait posé son manteau noir et enfilé sa robe blanche, qu'il affectionnait particulièrement, et que Jacques avait apportée, pliée dans un sac. Ce soir-là, le maître était grave, solennel, comme s'il prévoyait que ce fût son ultime repas. Les cris réclamant sa mise à mort arrivaient jusqu'à lui par la fenêtre ouverte.

Quand ses disciples furent assis, il arrêta un valet et lui demanda :

— Apporte une bassine d'eau et des serviettes.

Jésus n'avait-il pas fait ses ablutions en bas, là où avaient été disposés des cruches et tout ce qu'il fallait pour se laver les mains et le visage ? Jésus insista :

– Je t'ai dit : apporte une cruche d'eau et des serviettes.

Le valet partit dans l'escalier de bois. Jésus resta debout au milieu de la salle. Ses disciples lui lançaient des regards curieux. Ils savaient que chaque fois que Jésus accomplissait un acte important, il parlait ainsi d'une manière obscure.

Deux hommes apportèrent un baquet d'eau tiède, et le posèrent près d'un siège vide. Jésus attendit qu'ils fussent sortis pour dire :

– Ce qui va se passer ce soir sera essentiel dans un royaume qui va grandir sur terre. Ce que vous allez voir et entendre, ce que je vais faire, vous le répéterez autour de vous pour que la mémoire en reste jusqu'à la fin des siècles.

Tous avaient remarqué que Jésus n'était pas comme à son habitude. Depuis son arrivée dans cette salle, le maître était distant. Tous étaient intimidés par son silence et n'osaient soutenir son regard. Même Jacques, pourtant si proche de lui, ne reconnaissait pas son frère.

– Simon Pierre, tu seras le premier. Viens t'asseoir sur cette chaise.

– Mais que veux-tu, maître ? Tu sembles si loin de nous ! Pourquoi ne t'assois-tu pas avec nous, à ta place habituelle ? Cette soirée n'est-elle pas celle de la Pâque, une soirée heureuse ?

Jésus approcha le baquet de la chaise et insista pour que Pierre s'assoie. Alors Jésus lui prit le pied droit et le trempa dans l'eau.

– Que fais-tu, maître ? demanda Pierre, sortant vivement son pied de l'eau.

— Tu le vois, je te lave les pieds, comme je vais les laver à vous tous.

— Mais ce n'est pas à toi de le faire, s'emporta Simon Pierre. C'est à moi qui suis ton serviteur. Oublierais-tu que tu es le roi des Juifs ?

Jésus frotta les pieds de Pierre, puis les sécha méticuleusement avec une serviette. Il pria son frère Jacques de venir à son tour.

— À partir de ce jour, les maîtres laveront les pieds des valets, les valets laveront les pieds des maîtres. Ce que je fais pour vous, vous le ferez pour les autres.

Jacques s'approcha timidement. Malgré ce que venait de dire Jésus, il n'osait présenter ses pieds au-dessus de la bassine.

— Je ne suis pas digne ! grogna-t-il dans sa barbe.

Jésus lui plongea un pied dans l'eau et poursuivit comme s'il ne l'avait pas entendu. À la porte restée ouverte, les serviteurs attendaient que tout le monde fût à table pour apporter la viande chaude, étonnés par ce qu'ils voyaient et riant en coin. Cet homme que les autres appelaient maître était certainement un fou !

Quand ce fut terminé, Jésus se dressa. Jean se précipita :

— C'est moi qui te lave les pieds !

— Non, répliqua autoritairement Jésus. Jude !

Jean s'assit, vexé. Jésus le regarda un instant et lui dit :

— Écoute bien ce que je dis. Tu es jeune, le plus jeune d'entre nous. C'est toi qui vivras le plus longtemps ; c'est à toi que reviendra le rôle de rappeler aux hommes que j'ai existé et tout ce que tu as vu en ma présence.

Oui, ce soir-là, Jésus n'était plus le compagnon affable et joyeux qu'ils avaient tous connu et qu'ils aimaient. Ce n'était plus le prédicateur qui enthousiasmait les foules, le guérisseur qui soulageait les malades. Il s'était éloigné d'eux, il était désormais le roi attendu et intouchable. Sa décision de se faire laver les pieds par Jude prenait ainsi une dimension nouvelle. Mais personne n'aurait songé à en être jaloux. C'était ainsi, voulu par Jésus. Ils avaient la sensation d'escalader un mur et redoutaient l'inconnu qui se trouvait derrière.

– Je vous le dis, en vérité, ajouta Jésus pendant que l'apôtre trempait ses pieds dans la bassine, celui qui croit en moi sera guéri de tous les maux. Je suis né le plus misérable d'entre vous pour bien montrer que dans le monde nouveau, la richesse n'aura pas d'importance. Je n'ai jamais rien possédé, sauf ma robe et mes sandales. Et pourtant j'ai mangé à ma faim. Vous qui m'avez suivi, qui avez abandonné vos biens, qui vous êtes dépouillés pour moi, avez-vous eu faim près de moi ?

– Non, maître, répondit Jude, réputé pour sa gourmandise.

Après avoir lavé les pieds de Jésus, il passa à sa place sur le banc, entre Jacques et Jean. Judas, qui venait d'arriver, s'assit à son tour, en face du maître. La lumière des torches éclairait les convives, mais ce n'était pas une lueur tremblante de petites flammes, elle avait un éclat inhabituel, comme surnaturel, venu d'aucune source et ne générant aucune ombre.

– Ce à quoi vous allez assister doit rester dans votre mémoire. Vous en parlerez autour de vous et aux enfants pour qu'ils le répètent à leurs propres enfants et ainsi de suite pendant des siècles, dit Jésus sur un ton solennel.

Les serviteurs apportèrent la viande grillée, les fèves, les galettes de pain cuites sur la pierre puis remplirent les coupes de vin. Le repas était frugal, Joseph ayant été pris de court en cette période de grande affluence. Les prix flambaient, de sorte que les plus pauvres ne fêtaient la Pâque qu'avec un peu de vin et des amandes.

Jésus resta un moment songeur, les yeux baissés, absorbé par une pensée intérieure. Enfin, il se leva, joignit les mains.

— *Elaouia,* dit-il, *elaouia.*

Les apôtres répétèrent après lui, puis récitèrent la prière de Pâque. À la fin, Jésus s'assit le premier. Jean qui voyait tout avait remarqué que Judas et le maître se regardaient comme s'ils étaient de connivence. Les autres attendaient le signal pour commencer à manger. Jésus était-il tracassé par ce qui se préparait contre lui ? On entendait les cris de ceux qu'Hérode avait payés. Des soldats romains patrouillaient, déguisés en pèlerins. On avait choisi des hommes portant la barbe, mais aucun ne savait la tailler comme les Juifs et ils se reconnaissaient d'emblée.

— En vérité, je vous le dis, précisa Jésus en levant sa coupe de vin, j'ai été trahi et je serai encore trahi par l'un de vous…

— Maître, y penses-tu ? s'écria Simon Pierre. Nous sommes tous prêts à donner notre vie pour toi. Nous te serons fidèles jusqu'à la fin de nos jours.

Jésus se tourna vers son disciple qui avait gardé de sa vie de pêcheur une attitude courbée, celle qui convenait pour sortir ses filets de l'eau.

— Simon Pierre, répliqua Jésus en haussant le ton, avant le chant du coq, tu m'auras renié trois fois !

Le puissant buste de Simon Pierre s'affaissa. Sa tête s'enfonça un peu plus dans ses épaules, il fit une grimace, mais ne dit rien tant ce qu'il éprouvait ne pouvait s'exprimer par des mots. Pourquoi Jésus parlait-il ainsi ? Renier

Jésus serait se renier lui-même. C'était impossible et pourtant Jésus l'avait dit et il ne mentait jamais !

Les autres restaient graves. Jésus ne venait-il pas de parler d'un traître ? Ils échangeaient des regards rapides et se sentaient tous coupables. Seul Jean restait hors de cette lourde suspicion et souriait. Les autres doutaient d'eux-mêmes. Si Simon Pierre était capable de renier Jésus, eux aussi l'étaient. Simon Pierre, qui était un fonceur et n'en pouvait plus, se leva et dit à Jésus :

– Puisque tu connais le traître, qu'attends-tu pour le désigner ?

Jésus prit un morceau de pain, et le tendit à Judas, assis en face de lui, qui le porta à sa bouche.

– En vérité, je vous le dis, celui qui mange mon pain me trahit ![22]

Judas, se sentant débusqué, se leva brusquement et s'enfuit. Simon Pierre voulut le poursuivre, mais Jésus l'arrêta.

« Laisse ! » ordonna Jésus sur un ton tranchant, et personne n'osa lui poser la moindre question[23].

Ils n'étaient rien que des gens comme les autres, capables des pires forfaitures. Ils réfléchissaient à la manière d'échapper à ceux qui voulaient arrêter le maître et ne comprenaient pas pourquoi ils étaient là, à la merci des gardes. Jésus entendait-il les cris de haine ? Il semblait n'y prêter aucune attention.

Alors, il se leva et d'une main fit signe à tous de rester assis, comme si le départ de Judas n'était qu'un événement sans importance. Il prit la coupe de vin, la présenta et dit :

– Buvez ce vin issu de la vigne et du travail des hommes en rendant grâce à Dieu, créateur de toutes choses. Chaque fois que vous en boirez, vous le ferez en mémoire de moi.

Les apôtres portèrent les coupes à leurs lèvres. Ce vin n'avait pas sa saveur habituelle. Il réchauffait les corps et chassait l'inquiétude. Puis Jésus posa sa coupe. Guettant à la porte, les serviteurs assistaient à la scène étrangement calmes, sensibles à la solennité de l'instant, et ne se moquaient plus des propos de ce Jésus dont toute la ville parlait.

Il prit le pain encore chaud qui répandait une agréable odeur sur la tablée et le rompit, puis il le présenta à ses disciples en disant :

— Mangez ce pain venu de la terre par le travail des hommes en rendant grâce à notre père à tous, créateur du monde. Chaque fois que vous en mangerez, vous le ferez en mémoire de moi[24].

Jésus s'assit de nouveau et se mit à manger, aussitôt imité par les autres. Le repas fut silencieux. Chacun avait conscience de vivre un moment unique qui allait au-delà de ce jour de Pâque par son air d'intemporalité. Jésus, qui mangeait à côté d'eux, semblait devenu un être immatériel et omniscient, n'ignorant rien de l'avenir de chacun d'eux et du sien propre. Il était grave.

— Ne faites pas cette tête ! dit-il alors. Nous mangeons le premier repas du nouveau royaume. Je vous le dis, cet instant marque la fin des temps obscurs. Soyez heureux, je vous promets un monde où chacun aura sa place.

— Et toi, maître, où seras-tu ? osa Jean dont les paroles inconsidérées tombaient souvent mal à propos.

— Où je serai ? répondit Jésus en buvant une gorgée de vin. Où je serai ? répéta-t-il. Je serai en chacun de vous qui allez répandre ma parole. Mon rôle va bientôt s'achever, et vous prendrez la relève.

À quoi pensait Jésus ? se demanda Simon Pierre. Pourquoi avait-il répété tout au long du repas qu'il allait partir ? Avait-il décidé de se cacher pour échapper aux prêtres du Temple ? Personne n'ignorait que Madeleine complotait pour l'emmener loin de Jérusalem. Avait-il décidé de les abandonner ?

À la fin du repas, Jésus se leva le premier. Tous éprouvaient l'angoisse d'un événement imminent et inévitable. Ils descendirent l'escalier. Joseph d'Arimathie les attendait à la porte. Il se plaça devant Jésus.

– Maître, ne te précipite pas dans la gueule du loup. Ils ont disséminé des hommes un peu partout dans la foule. Et tu entends ces cris de haine ? C'est l'œuvre d'Hérode et des prêtres du Temple.

– Je sais ! dit Jésus.

– Caïapha et son beau-père ont obtenu de Pilate que tu sois arrêté.

– Ils n'oseront pas. Mes partisans les en empêcheront.

– Tes partisans ? Hérode et les siens les tiennent à distance. Ils ont payé des pèlerins pour te huer et demander ta condamnation. Tu devrais reprendre ton manteau avec la capuche et sortir par la porte de derrière. Personne ne remarquera que tu t'es enfui.

– Nous passerons la nuit dans le jardin de Gethsémani, précisa Jésus. Personne ne viendra nous importuner. Simon le Lépreux enverra des hommes pour nous protéger.

Il rebroussa chemin, endossa son manteau et remonta la capuche qui le rendait méconnaissable malgré sa haute taille. Accompagné par Joseph, il sortit par une petite porte dérobée et se mêla à la foule. Les gardes massés à proximité ne s'aperçurent de rien. La nuit était assez sombre. Jésus sortit de la ville et prit la direction du mont des Oliviers. La fraîcheur du Cédron remplissait l'air d'odeurs de plantes humides, de menthe et d'herbes grasses. Jésus passa le pont et s'éloigna dans la campagne, aussitôt rejoint par ses disciples qui arrivaient par des chemins différents. Les gardes d'Hérode et les soldats de Pilate n'avaient rien remarqué.

La lune s'était levée et éclairait le groupe. Ils cheminèrent en silence. Jésus marchait devant et se taisait. Ils arrivèrent à l'endroit où les apôtres avaient pris l'habitude de faire la sieste les après-midi. C'était une partie herbue, sous de vieux figuiers. Jésus avait décidé de passer la nuit à la belle étoile. Des torches avaient été allumées, éparses, le long des allées dans le jardin pour montrer qu'on les attendait. Simon le Lépreux, aidé par ses deux robustes valets, arriva. La lune éclairait son large visage et ses yeux noirs qui brillaient sous d'épais sourcils.

— Personne ne viendra te chercher ici, dit-il. As-tu vu les femmes ? Ta mère, ta sœur, ma fille et Madeleine ?

— Non, répondit Jésus, je n'ai vu personne. Pourquoi, elles sont à Jérusalem ?

— Je ne sais pas, mais elles étaient tellement anxieuses !

À cet instant, des éclats de voix montèrent de la partie basse de la colline que n'éclairaient pas les torches. On entendait des cris, des voix qui s'invectivaient et le bruit inquiétant de lames d'épée qui s'entrechoquaient.

— Que se passe-t-il ? demanda le Lépreux.

Jean était déjà parti en courant. Il remonta presque aussitôt, essoufflé, et peinant à parler.

— Ce sont des Romains et d'autres qui se battent. Ils sont très nombreux. Je n'y comprends rien !

— Que veux-tu dire, demanda Jésus, des soldats romains se battent entre eux ? Tu auras mal vu !

— Si, j'ai bien vu !

Simon Pierre qui était descendu lui aussi revint vers eux :

– Oui, c'est curieux, mais je crois que les Romains ont mis en fuite un autre groupe qui voulait les empêcher de passer le pont.

Il n'avait pas fini de parler que la lune sortie d'un nuage éclaira des légionnaires accompagnés par d'autres hommes armés. Simon le Lépreux protesta :

– Que faites-vous chez moi ? Vous ne pouvez pas entrer sans ma permission !

Celui qui devait être le commandant de cette escouade le repoussa brutalement. Simon perdit l'équilibre et tomba au sol. Aussitôt ses domestiques se placèrent devant lui pour faire face.

– Ceux qui commandent ici, c'est nous, les Romains, dit l'homme dont le crâne était couvert d'un casque comme s'il se rendait au combat. Et nous allons où bon nous semble. Ordre de Pilate.

La troupe entoura Jésus et ses disciples. Sorti de l'ombre, un homme se précipita.

– Mon maître ! cria Judas en serrant Jésus dans ses bras et l'embrassant.

– Judas ! grogna Simon Pierre. Comment oses-tu ?

Les soldats n'attendirent pas d'ordre. Ils maîtrisèrent Jésus qui n'opposa aucune résistance, puis Judas qui protestait.

– Judas, je te tuerai ! hurla Simon Pierre.

Furieux, les apôtres voulurent protéger leur maître, mais les légionnaires les mirent en fuite à coups de plat d'épée.

Simon le Lépreux était désespéré. On avait arrêté son sauveur, chez lui, au mépris des lois de la propriété, et il n'avait pas su faire respecter son droit.

– Qu'on emmène Jésus ! dit celui qui commandait la cohorte romaine.

Simon Pierre courait dans la nuit. Il avait eu peur d'être passé au fil de l'épée par des hommes pour qui la mort d'un Juif était peu de chose. Il s'arrêta à bout de souffle, s'assit au bord de la rivière quand une dizaine de soldats romains firent irruption, la lance pointée vers lui.

— Tu es un compagnon en fuite de ce Jésus que l'on vient d'arrêter ?

Terrorisé, Simon Pierre répondit en levant les mains en guise de soumission :

— Non, je ne connais pas cet homme. Laissez-moi partir.

Les soldats s'écartèrent et Simon Pierre reprit sa fuite éperdue. Il fut de nouveau arrêté, probablement par des gardes du Temple.

— Qui es-tu ? On a ordre de tuer tous les amis de Jésus !

Simon Pierre nia connaître Jésus et s'éloigna, profitant de l'ombre pour se cacher dans un taillis voisin. Le cœur battant, il reprit son chemin et fut presque aussitôt arrêté de nouveau par un groupe de mercenaires à la solde d'Hérode.

— Je le connais, celui-là, dit l'un d'eux. C'est un ancien pêcheur, un ami de Jésus.

Pierre fut aussitôt entouré de plusieurs gaillards menaçants. Il porta une main à sa poitrine :

— Je vous assure que vous vous trompez. Je ne suis pas un ami de Jésus. Je ne l'ai jamais approché. Je vais à Jérusalem pour la Pescha.

Les miliciens s'éloignèrent. À cet instant, Pierre entendit un coq chanter quelque part près du Cédron. La parole de Jésus s'imposa à lui : « Tu m'auras renié trois fois avant que le coq chante ! » Il courut en larmes au hasard des chemins. Il rejoignit un groupe qui se dirigeait vers la ville. Il y avait là Matthieu à la haute stature maigre, André, petit et massif, toujours déterminé, Barthélemy, spécialiste des plantes qui guérissent, Joset, le frère de Jésus, et le jeune Jean qui pleurait.

— Nous sommes des lâches ! s'écria Joset. J'ai honte ! Mais où est Jacques ?

Le disciple que Jésus aimait s'était égaré dans la cohue. Il revint sur ses pas et arriva enfin au groupe des apôtres qui s'était reconstitué.

— Nous avons fui comme des moutons, ajouta Joset. Nous devons aller au Temple et libérer le maître.

D'autres apôtres approchèrent. Ils étaient presque tous là à réfléchir sur ce qu'ils devaient faire. Sans Jésus, ils étaient perdus. Ils avaient tout abandonné pour lui, leur famille, leurs biens, ils étaient désormais pauvres parmi les pauvres.

— Il nous l'a dit maintes fois, murmura Jacques. Il compte sur nous pour répandre sa parole.

— Mais nous n'allons pas laisser les prêtres le condamner ! Il faut alerter ses partisans si nombreux à Jérusalem. Il faut retourner en ville.

Un homme s'avança lentement. Il semblait ne pas toucher terre tant ses pas étaient silencieux. La lune mettait dans son regard une lumière jaune, infernale.

— Judas ! s'écria Jean en lui sautant à la gorge. Tu as trahi notre maître. C'est de ta faute s'il a été arrêté ! Je vais t'étrangler.

Judas, qui avait la corpulence de Jésus, n'eut pas de mal à se défaire de Jean qui s'écroula par terre. L'adolescent se releva, le visage contracté par la colère. Simon Pierre, André, les deux Jacques, et les autres s'interposèrent. Ils n'avaient pas compris ce qui s'était passé, mais ils avaient vu Judas prendre Jésus dans ses bras pour le désigner aux légionnaires romains.

— Combien on t'a donné pour trahir notre maître ? s'écria Simon Pierre.

Judas secoua la tête. Il reprenait pied dans la réalité. Pendant ces derniers instants, il avait été un autre. Caïapha avait su trouver les bons arguments pour répandre l'incertitude en lui. Il avait trahi pour une bourse d'or.

— Combien on t'a donné pour conduire les Romains jusqu'à Jésus qui ne se méfiait pas ? reprit Joset.

Judas se laissa tomber au sol et se roula dans les ronces, s'offrant aux autres qui n'osaient pas le frapper. Pourtant, il les implorait de le tuer à coups de bâton, comme un serpent.

— Je me suis laissé abuser par moi-même. J'ai cru que Jésus me considérait comme son égal, qu'il partageait avec moi la connaissance de Dieu. Alors, je me suis fait l'apôtre de la vérité. J'ai voulu prouver au monde que Jésus était le Messie en pensant que Dieu ne le laisserait pas aux mains de ses bourreaux. C'est là mon crime…

Un coup de pied dans le flanc le terrassa. Il suffoquait, râlant, la bouche ouverte pour reprendre sa respiration. Un second coup de pied à la tête l'assomma.

— C'est tout ce qu'il mérite ! s'emporta André.

Pierre s'interposa :

– Laissons là cette vermine. Partons à Jérusalem pour informer la population de l'arrestation de Jésus. Et nous conduirons la foule au Temple. Nous mourrons pour lui.

Son étrange silhouette à la tête penchée s'éloigna. Les autres le suivirent, laissant Judas inconscient dans les ronces qui s'accrochaient à ses vêtements. Ils entrèrent dans la ville, étonnés par l'agitation qui y régnait en cette fin de nuit. Des bandes se formaient, marchaient en vitupérant vers le Temple. Pierre s'arrêta près de l'un d'eux et dit :

– Ils ont arrêté Jésus !

– Et alors ? s'écria un homme. C'est tout ce qu'il mérite, ce beau parleur qui veut détruire Israël !

Un autre groupe marchait vers eux en criant : « Jésus à la croix ! » Les manifestants furent rapidement très nombreux, levant les poings et demandant la mort pour celui qu'ils avaient accueilli quelques jours plus tôt comme leur roi.

– Que se passe-t-il ? demanda André.

Jean, qu'ils avaient perdu de vue depuis l'entrée de Jérusalem, arriva en courant, affolé.

– Ils paient les gens pour demander la mort de Jésus. Ses partisans n'osent pas sortir par peur d'être menacés.

Soudain, plusieurs hommes à l'attitude hostile s'approchèrent des apôtres.

– Que faites-vous là ? demanda l'un d'eux. Toi, je te reconnais, tu étais avec Jésus hier quand il prêchait sur les marches du temple.

Ils étaient une vingtaine à entourer les disciples. Simon Pierre, qui n'avait pas envie de renier une nouvelle fois son maître, s'avança, tout bossu, les poings en avant.

— Eh bien oui, nous sommes les amis de Jésus et nous allons répandre sa parole dans le monde puisque vous l'avez arrêté !

La nuit était encore sombre, pourtant un coq chanta de nouveau au loin. Simon Pierre crut comprendre qu'il était pardonné. Il se tourna vers ses camarades et cria :

— Nous portons la parole de Jésus et ce n'est pas vous qui allez nous empêcher de la répandre. Nous mourrons pour elle !

Il s'ensuivit une bagarre qui tourna à l'avantage des apôtres. Ces hommes corrompus ne voulaient pas risquer d'être blessés pour une affaire qui ne les concernait pas. Ils étaient payés pour demander la mort de Jésus, pas pour ramasser de mauvais coups.

Marie vit, par la fenêtre, que la rue était presque déserte. On avait soufflé les lumières de la maison où Jésus avait pris son repas. Salomé, Marthe et Madeleine interrogeaient Marie du regard. Que devaient-elles faire ?

Une porte grinça, des pas se firent entendre. Elles reconnurent l'homme au dos voûté sous sa cape noire. C'était Aram qui s'approcha de Marie.

— Ils ont arrêté Jésus. Il a été conduit chez Pilate.

Madeleine poussa un petit cri. Marthe et Salomé éclatèrent en sanglots. Marie resta impassible. Joseph d'Arimathie entra précipitamment.

— As-tu des nouvelles de Procula[25] ? demanda-t-il.

— Cela n'a pas été facile et cela m'a coûté beaucoup d'or, dit Aram dont les épais sourcils s'abaissèrent.

— Tu en auras encore. Que sais-tu ? reprit Madeleine.

— Ma maîtresse Marie de Salathiel est prête à sacrifier sa fortune pour sauver Jésus.

— Parle vite ! insista Madeleine, malgré tout préoccupée par cette Marie de Salathiel.

— Un vieil Essénien, qui aime plus l'or que Dieu malgré son âge, m'a dit que Procula était enfermée dans une des grottes à la sortie de la ville basse dans la vallée de Hinnom. J'ai envoyé des hommes chercher à cet endroit, mais ils n'ont rien trouvé.

– On y va ! dit Marie dont le ton n'acceptait aucune réplique.

– Mais tu ne peux pas...

– On y va ! répéta Marie pendant que Joseph d'Arimathie entraînait Aram dans un coin et lui parlait à l'oreille.

Aram donna des ordres à un jeune homme qui l'accompagnait et restait en retrait. La lueur des torches déclinait. Des hommes parlaient dans la cour. Marie sortit la première. Joseph la rattrapa.

– Marie, tu ne dois pas partir là-bas, c'est dangereux. C'est le repaire des voleurs et des coupeurs de gorge.

Marie songeait au rêve insistant de la nuit passée durant lequel une image lui était sans cesse revenue : une ouverture de grotte dans une falaise rouge au milieu de dizaines d'autres creusées dans le mur de roche. Elle avait remarqué la forme des marches usées par des milliers de pas au fil des ans et des siècles et elle la reconnaîtrait parmi mille autres grottes. Cette pensée obsédante avait sûrement un sens.

Les femmes s'enveloppèrent dans leurs capes noires car il faisait assez frais. Des hommes payés par Aram les protégeraient dans leur déplacement. La nuit était sombre, mais des lueurs éparses dans les rues révélaient des groupes de pèlerins dormant à la porte des auberges.

– Marie, je t'en supplie, insista Joseph d'Arimathie. Tu ne peux pas aller dans ce lieu mal famé. Et puis cela ne changera rien ! Comment veux-tu retrouver la femme de Pilate ? Il y a des centaines de grottes dans cette vallée et rien ne prouve qu'elle y est enfermée.

– Je dois y aller ! insista Marie.

– Avec l'aide d'Aram, j'ai envoyé un grand nombre de mercenaires armés qui ont fouillé toutes les grottes.

— Moi, je trouverai, dit-elle avec assurance.

Elle s'éloigna dans la nuit sans se préoccuper de sa sécurité. Joseph fit signe à plusieurs de ses gardes de se joindre aux hommes d'Aram pour l'accompagner discrètement. Madeleine et les deux jeunes filles la rejoignirent. Marie allait, la tête droite, ignorant les groupes de fêtards qui encombraient les rues de la ville basse et criaient des insanités. Elle voyait nettement la grotte de son rêve ; Dieu la lui avait indiquée pour sauver Jésus et rien ne l'arrêterait.

Un groupe de soldats romains, la lance dressée devant eux, conduisaient un homme de grande taille, le corps couvert d'un manteau noir. Après la vieille ville, ce beau quartier abritait de somptueuses villas à la mode romaine. Vivaient là les riches familles de Jérusalem, Marie de Salathiel, Joseph d'Arimathie et d'autres notables, dont la plupart des soixante-douze prêtres du Temple.

Quand la voie fut ouverte, les légionnaires aidés par les gardes du Temple purent conduire Jésus chez Pilate, où les attendaient Caïapha et Annas.

Au sud-est, près de la porte des Esséniens, après les jardins bien gardés d'Hérode, le palais de Pilate semblait bien humble au milieu de constructions particulièrement imposantes. Il comportait une vaste terrasse qui dominait la ville, mais c'était aussi un lieu de fonctions. Non loin, les bâtiments de la garnison romaine abritaient plusieurs légions de soldats afin de parer à toute mutinerie. La terrasse se poursuivait, un peu en dessous, par une vaste plateforme où se rassemblaient les officiers romains. C'était sur cette Gabatha qu'étaient proclamés la plupart des jugements.

Pilate ne décolérait pas. Il avait envoyé ses gardes, ses espions aux quatre coins de la ville et n'avait pas réussi à obtenir le moindre renseignement sur les ravisseurs de Procula. Il fit courir le bruit que si elle ne reparaissait pas au plus vite, il la vengerait en faisant crucifier sans jugement ceux qu'il soupçonnait de comploter contre Rome. Il n'eut aucune réponse. Il avait néanmoins accepté de recevoir les deux prêtres et de rencontrer le prisonnier. Alors qu'il allait à leur rencontre, Tullius entra précipitamment et lui souffla quelque chose à l'oreille.

– Envoie une légion s'il faut et fais fouiller toutes les grottes, lui répondit aussitôt Pilate.

Comme les deux prêtres étaient purifiés pour la Pescha, ils ne pouvaient pénétrer à l'intérieur du palais par crainte d'être souillés en un lieu non bénit. Le procurateur les rejoignit à l'extérieur de l'enceinte et se fit apporter un siège rembourré. Caïapha fit avancer le prisonnier. Le procurateur fut étonné par sa stature et les belles formes de son corps. Il était habitué aux vieux prêcheurs qui ressemblaient surtout à des fagots d'os. Celui-là était jeune, beau et plein d'une noblesse qui le troubla.

– Nous te présentons celui qui sème la révolte dans la ville et que nous allons juger ! dit Caïapha sur un ton de triomphe.

Pilate songea à ce que venait de lui annoncer Tullius et à la légion dépêchée pour fouiller les grottes de Hinnom.

– Je dois réfléchir, dit-il sans cacher son ennui.

– Il a incité les gens à ne pas payer le tribut à César ! rectifia Caïapha.

Par cette affirmation, Caïapha pensait convaincre Pilate, mais le procurateur continuait d'opiner, montrant sa perplexité.

— Et il s'est proclamé roi d'Israël, bien décidé à chasser les Romains en réunissant les douze provinces.

— Et que réclames-tu comme sentence ?

— La croix ! assena Annas de sa voix flûtée qui prenait un timbre inattendu dans le froid du petit matin.

Pilate n'avait pas quitté Jésus des yeux, dont l'impassibilité l'intriguait. Comment cet homme pouvait-il rester aussi calme quand on parlait de le crucifier ? Pilate pensait encore à Procula et à ce qu'elle lui avait dit sur ce Jésus qui la fascinait tant.

— Il faut d'abord le juger, car aucune de tes accusations ne mérite la croix ! répliqua Pilate.

Caïapha et son beau-père échangèrent un regard offusqué. La partie était loin d'être gagnée.

— Qu'on le conduise au prétoire. Nous allons l'interroger ! ajouta Pilate qui avait froid.

Jésus fut conduit au bout de la cour, face à une rue qui donnait sur des jardins dans une sorte d'atrium orné de hautes colonnades blanches. Un lieu agréable où les légionnaires avaient parfois l'habitude de prendre leurs aises, et où le procurateur rendait sa justice.

Pilate s'installa sur un fauteuil couvert de velours rouge, surélevé par une estrade de marbre. Assis, il était à l'aise pour faire face aux prêtres et juger Jésus avec calme et sérénité.

— Qu'on lui détache les mains, ordonna-t-il.

Caïapha et Annas voulurent protester. D'un geste Pilate leur ordonna le silence. Un garde enleva la corde qui liait les poignets de Jésus. Cet homme était d'une autre race, d'un autre peuple que ceux que Pilate avait croisés dans sa vie. Il dominait tout le monde et son silence imposait le respect. Il avait tout d'un roi.

– C'est donc toi que la foule acclame depuis ton arrivée à Jérusalem ! On dit que tu es thérapeute. Combien de malades as-tu guéris ?

– Je ne sais pas. Guérissent ceux qui croient en moi et savent que je leur apporte l'espoir d'un monde meilleur.

– Tu veux être couronné roi d'Israël ?

– Je n'ai jamais dit cela.

– Mais enfin, tu es entré dans Jérusalem monté sur un ânon ! N'est-ce pas une manière de te proclamer roi des Juifs ?

– Je suis descendant de David !

– Le tribunal du Temple peut te condamner à mort par crucifixion. Il m'appartient que cette décision soit exécutée ou pas. Que me dis-tu pour ta défense afin d'être épargné ?

– Rien.

Le silence retomba après ce mot inattendu. C'était bien la première fois que Pilate se trouvait en face d'un condamné qui ne demandait pas grâce. Cela ne signifiait-il pas qu'il possédait une force étrangère aux hommes ordinaires, une force supérieure, divine, qui le plaçait au-dessus de tous ?

– D'où viens-tu ?

– De Galilée.

Pilate fronça les sourcils. La Galilée était la province des zélotes, ces enragés qui se battaient encore et toujours contre les Romains.

– Quelle est ta famille ?

– Je suis le fils de Joseph, charpentier, décédé, écrasé par la chute d'une poutre sur un chantier.

– Il ment, objecta Caïapha. Il n'est pas le fils de Joseph le charpentier, il est un enfant conçu avant le mariage par sa mère.

— Qu'en dis-tu ? demanda Pilate au prévenu.

— J'en dis que j'ai toujours considéré Joseph comme mon père et qu'il m'a instruit.

— Connais-tu ton véritable père ?

— Ma mère m'a toujours dit que c'était un ange.

Pilate sourit.

— On dit que tu te mêles de politique...

— Je ne sais pas ce qu'est la politique. Si c'est prêcher pour le bien des hommes, je veux bien qu'on dise cela.

Pilate pensait toujours à Procula séduite par ce grand gaillard qui avait tant de bonté dans le regard. Il imaginait son épouse, croupissant dans une fosse humide pleine de rats et de sales insectes. Cet homme avait du pouvoir ; il le sentait et se disait qu'en l'épargnant, son Dieu ferait quelque chose pour sa femme prisonnière de monstres sanguinaires.

Comprenant que Jésus était en train de conquérir le procurateur, Caïapha prit en main l'interrogatoire et accusa Jésus de mépriser la Thora. Pilate bâilla, montrant que ces discussions de théologiens ne l'intéressaient pas. Jésus répondait aux questions sans hésiter, avec une franchise qui plut au Romain :

— Il n'y a, dans ces accusations, rien de bien consistant, trancha Pilate. La loi romaine est précise et ne tient pas compte de vos lois divines. Ce fatras a assez duré. Je demande qu'on relâche Jésus et qu'on n'en parle plus !

Caïapha s'étrangla. Il toussa longuement, courbé en deux pendant qu'Annas réfléchissait à la manière de retourner la situation. Voilà que Pilate reniait ses engagements passés. Caïapha avait le moyen de le faire changer d'avis, mais ce n'était pas le moment.

— Nos accords prévoient que nous sommes les seuls garants de la justice religieuse, dit-il. Le procurateur romain ne peut pas s'y opposer. Pour nous, Jésus est accusé de blasphème à l'encontre des textes sacrés. Il va être jugé par le Temple. Et il sera condamné, je n'en doute pas un instant.

– La coutume veut que, la veille de la Pescha, on libère un prisonnier, répliqua Pilate. Libérons Jésus et s'il récidive, nous saurons le juger sans précipitation et le punir s'il doit l'être.

– Nous avons décidé de libérer Barabbas.

– Rien ne vous empêche de changer d'avis !

Les protestations des gardes du Temple et des quelques prêtres qui avaient accompagné Caïapha et Annas laissèrent Pilate indifférent. Il se moquait de ce que ces vieux barbons allaient décider puisque l'exécution de la sentence lui reviendrait toujours. Il fit apporter une bassine d'eau et se lava les mains, geste symbolique qui indiquait que les prêtres étaient libres de faire ce qu'ils voulaient dans un premier temps, mais qu'il aurait le dernier mot.

Caïapha n'insista pas. Il avait le moyen de faire céder Pilate, et ce moyen s'appelait Procula.

Les prêtres et leur prisonnier étaient à peine arrivés au bout de la terrasse où se trouvait un escalier conduisant à la rue qu'un groupe de légionnaires se présenta au procurateur. Ils poussèrent devant eux un adolescent très maigre, les cheveux et la barbe hirsutes. Vêtu d'une robe fripée et d'un manteau en mouton, il jetait autour de lui un regard terrorisé. Tullius, qui se tenait devant les légionnaires, s'adressa à Pilate :

– Ce garçon a quelque chose à te dire.

– Parle ! dit le procurateur qui était pressé.

– C'est un Essénien et il sait où se trouve Procula, précisa Tullius. Il s'en est vanté dans une taverne.

Pilate se dressa et contempla le garçon, dont la robe déchirée montrait les mollets osseux. Le pauvre hère levait des mains tremblantes et implorait la clémence du procurateur.

– Comment t'appelles-tu ? demanda Pilate.

– Roboham. Je vous jure que je ne sais rien.

Il rentra la tête dans les épaules et contracta son visage qui prit alors l'apparence d'un museau d'animal sauvage. Il inspira, leva les yeux au ciel et répéta dans un souffle :

– Je vous jure que je ne sais rien.

– Bon, fit Pilate en s'éloignant, faites-le parler.

Les légionnaires s'emparèrent de Roboham qui suppliait qu'on l'épargne. Il avait dit n'importe quoi parce qu'il avait trop bu.

– C'est ce qu'on va voir ! conclut Tullius.

Ils conduisirent Roboham dans un escalier qui descendait à une sorte de cave voûtée. Sur un côté, un homme au torse impressionnant plongeait des lances de fer dans un brasier de forge. À droite, un peu en retrait, Pilate, assis sur un siège rembourré, à côté d'une table basse où étaient disposées des corbeilles contenant des fruits confits, invita Tullius à prendre place à côté de lui. Une esclave remplit les coupes d'un vin clair et pétillant.

Les légionnaires attachèrent le prisonnier sur une lourde table pendant que le forgeron sortait des braises une tige incandescente.

– Maintenant, tu vas parler, dit Hornus, le décurion qui commandait le groupe de légionnaires.

Le forgeron approcha la pointe d'où s'échappaient de légères étincelles.

Roboham secoua la tête. Il répéta dans la langue vulgaire de Jérusalem qu'il ne savait rien. Pilate se leva de son siège, s'approcha lentement.

– Dis-moi où est Procula et tu seras libre à l'instant.

– Je vous dis que je n'en sais rien. J'étais ivre quand j'ai parlé de ça !

– Tu es bien Essénien ?

– Oui, mais je ne veux faire de mal à personne.

Pilate fit un signe. La pointe incandescente s'approcha de la poitrine nue. Une épaisse fumée grise monta vers la voûte avec un bruit de grésil ; le hurlement du jeune homme ne surprit personne. Une odeur de chair grillée se répandit. Pilate ne perdait rien de la scène, les contorsions du torturé et ses cris le délectaient. La souffrance de ce pauvre malheureux le rassurait sur son pouvoir et sur sa supériorité.

La pointe s'éloigna de la poitrine.

– Parle maintenant, c'est ta dernière chance.

– C'est la tribu de Zorobabel qui a capturé Procula. Ils ont dit que si tu signes l'arrêt de mort de Jésus, elle sera libre, sinon, elle sera sacrifiée.

– Pourquoi veulent-ils la mort de Jésus ?

– Parce que Jésus va être roi des Juifs. Il va mettre un gouverneur dans chacune des douze provinces. On dit que des ordres vont arriver de Rome pour aider Jésus à renverser Hérode.

Pilate fronça les sourcils. Des ordres venus de Rome ? Comment se faisait-il qu'il n'en ait pas été informé ? Il échangea un regard significatif avec Tullius. Hérode était dans le coup ; à n'en point douter.

– Combien le tétrarque a-t-il donné à ta tribu ?

– Je n'en sais rien. Je ne suis qu'un humble berger.

– Cet homme ne dit pas tout ! déclara Tullius qui entretenait des quantités d'espions aussi bien à Rome que dans la cour d'Hérode.

Comment cette manigance avait-elle pu lui échapper ? pensa-t-il.

Pilate retourna s'asseoir et demanda qu'on poursuive la torture. Roboham parla alors d'Hérode qui voulait la mort de Jésus, mais préférait rester en dehors de sa condamnation, et s'était ainsi rangé du côté des Esséniens.

Roboham s'était ressaisi et supportait les brûlures en serrant les dents. Quand Pilate lui annonça qu'on allait lui arracher la langue s'il ne parlait pas, il leva une main pour demander grâce. Le fer s'éloigna de sa poitrine secouée de vives contractions.

— Dis-nous où est Procula ? demanda Tullius.

Roboham savait bien que s'il parlait, il serait mis à mort aussitôt. Aussi préféra-t-il biaiser.

— Le chemin est trop compliqué à décrire. Je vais vous y conduire.

Tullius réfléchit un instant. Les Esséniens étaient réputés pour leur sens de la guerre et leur haine des Romains. Ils avaient ainsi réussi à massacrer bon nombre d'entre eux, semant la terreur parmi les gardes qui n'osaient pas s'aventurer dans certaines zones près de Jérusalem. N'était-ce pas un piège destiné à attirer une légion tout entière dans un guet-apens ?

— Il faut y aller ! ordonna Pilate. Tullius, prends tous les hommes que tu voudras. N'hésite pas à passer ces poux au fil de l'épée. Retrouve Procula vivante, c'est tout ce que je te demande.

Les légionnaires conduisirent Jésus chez Annas avant le lever du soleil. D'ordinaire les jugements se tenaient en assemblée plénière avec l'ensemble des prêtres, mais pour ce procès à la va-vite, Annas avait rassemblé chez lui quelques prêtres, évitant surtout de convoquer ceux qui étaient favorables au justiciable. La plupart, encore ensommeillés, se firent porter par chaise. Ils entraient dans la salle d'audience, bâillant et rouspétant contre Annas et son gendre qui auraient bien pu attendre le jour pour juger ce prétendu messie comme on en jugeait régulièrement. Certes, Jésus emballait les foules, mais cela valait-il la peine qu'on les tirât de leur lit ?

On ordonna aux légionnaires d'attendre dans une salle où les gardes se reposaient. Ils avaient ordre de surveiller le prisonnier. La dignité dont ce Jésus faisait preuve les empêchait de plaisanter sur lui alors qu'ils en avaient l'habitude avec les accusés ordinaires.

L'un d'eux remplit un gobelet de vin et le lui tendit. Jésus le prit et le porta à ses lèvres. Il avait très soif et mal aux jambes. La position debout à cette heure où la fatigue de la journée se faisait sentir lui était pénible. Un garde s'en aperçut et lui présenta un tabouret. Jésus le remercia. Un troisième le questionna :

– Que te reproche-t-on ? Les gens du peuple t'aiment !

– On me reproche de m'élever contre les privilèges des riches et de chercher à apaiser la souffrance des pauvres.

– On dit aussi que tu veux être le roi des Juifs. Hérode est furieux contre toi.

– Je n'ai pas de comptes à rendre à Hérode.

Plusieurs gardes échangèrent un regard plein d'admiration. Ce prisonnier qui ne possédait rien et risquait la condamnation suprême ne baissait pas la tête devant Antipas, le cruel !

Leur capitaine pénétra dans la salle et trouva ce prétendu messie assis en train de bavarder avec ses hommes. Il s'emporta contre ces naïfs qui n'avaient pas compris que Jésus allait profiter de leur faiblesse pour s'évader.

– Si j'avais voulu m'échapper, je l'aurais fait depuis longtemps ! dit Jésus.

– Viens, les prêtres t'attendent.

Jésus, toujours sûr de lui, emboîta le pas au capitaine, étonné par ce prisonnier peu commun. Il savait pourtant que l'interrogatoire serait à charge et que les prêtres avaient déjà décidé de le condamner.

– Tu n'as pas peur ? Tu devrais trembler en pensant à ce qui va t'arriver.

– Non, je n'ai pas peur.

Jésus affronterait l'ultime phase de sa mission sans flancher. Et Dieu allait intervenir en sa faveur, il ne pouvait en être autrement. Cette Pâque allait précipiter l'ancien monde et préparait l'avènement du nouveau.

– Il faut lui attacher les mains ! ajouta encore le capitaine. Un prisonnier ne peut pas paraître libre devant le tribunal du Temple.

Le garde qui lui avait donné à boire fut désigné pour lier les mains de Jésus avec une corde qu'on trouva dans un débarras où s'entassaient toutes sortes d'objets et de denrées hétéroclites : tissus servant de nappe pendant les repas traditionnels, vêtements déposés là par les serviteurs, amphores de vin, réserves de dattes, de miel et sacs de farine.

Tenant le lien du bout des doigts, l'homme lança à Jésus un regard affligé, mais il devait obéir aux ordres.

— Dieu t'habite, soldat, je vois la bonté dans tes yeux, dit le prisonnier.

Un éclat de rire vint de l'assemblée des gardes qui restaient en retrait. Jésus tendit ses poignets. Il souriait ; le capitaine s'en offusqua et trépigna d'impatience. N'était-ce pas une provocation, cette attitude dégagée ?

Jésus fut introduit dans une salle où Annas avait coutume de recevoir des dignitaires étrangers. Les sièges étaient occupés par quelques vieillards ébouriffés, la barbe hirsute, les sourcils broussailleux et vêtus de manteaux de peau de veau, dont la capuche descendait sur le front ridé. Beaucoup somnolaient, prêtant une attention distraite à ce qui se passait autour d'eux.

— Caïapha en fait trop, dit l'un d'eux au premier rang en se penchant vers son voisin. Jésus n'est qu'un petit dissident qui se prend pour un prophète. Tu as vu comme la foule a applaudi les gardes quand ils l'ont arrêté ?

— Tu oublies que cette foule était rassemblée par Hérode et qu'elle avait été payée pour applaudir.

Annas observa cette assemblée composée en majorité de proches de Caïapha, mais parsemée, çà et là, de quelques prêtres qui ne s'opposaient pas à Jésus et qui comprenaient, au fond d'eux, son combat. La liste des membres à convoquer avait dû être mal préparée. Il vit là un mauvais présage, mais cet homme habitué aux turpitudes de la vie publique saurait s'en arranger. Son regard s'attarda sur Gamaliel au premier rang. Il savait que ce docteur de la loi était favorable à Jésus, que celui-ci connaissait et appréciait. Annas et Gamaliel se détestaient. À cet instant, où tous rêvaient d'un bon lit, les vieilles querelles resurgissaient. Gamaliel ne s'était pas levé à une heure indue pour rien ! Dans cet homme de grand savoir couvait un esprit rebelle bien connu de tous. À lui seul, il avait affranchi plus d'esclaves que la totalité des soixante-douze prêtres. Un très mauvais exemple donné au peuple, selon Annas. Les deux prêtres ennemis se toisèrent du regard. Caïapha prit alors conscience que rien n'était gagné et qu'il devrait jouer serré.

D'ordinaire les débuts de réunions étaient bruyants, chacun ayant quelque chose à raconter à son voisin. Ce matin, la quinzaine de vieillards assoupis avaient la bouche pâteuse et luttaient contre le sommeil qui embrumait leur tête. Vivement que tout soit fini et qu'ils puissent rentrer se reposer chez eux !

Caïapha savait que la hâte d'en finir était à son avantage ; pour cette raison, il n'avait pas voulu repousser le procès à des jours plus tranquilles après la Pâque. Il tendit l'index vers le condamné qui se tenait debout et faisait face aux regards chassieux. Parmi l'assemblée, ceux qui n'avaient jamais approché Jésus mesuraient la force extraordinaire que dégageait sa personne. Quel homme il faisait avec ses longs cheveux bruns dont les lourdes boucles reflétaient les flammes des torches !

Son attitude franche n'était pas celle d'un justiciable ordinaire.

— Cet homme est l'envoyé du démon pour détruire notre peuple. Il a méprisé les Saintes Écritures, commença Caïapha.

Sa voix pleine de haine réveilla quelques prêtres qui sursautèrent.

— Je ne suis pas l'envoyé du démon, mais celui du Dieu véritable !

— Voilà donc que tu réfutes notre Dieu à tous, Yahvé, et que tu vas en chercher un autre dans les profondeurs infernales de tes pensées !

— Non, répliqua Jésus d'une voix sûre, Yahvé est le Dieu de tous les hommes, c'est votre manière de le prier qui ne convient pas !

Caïapha faillit s'étrangler. Ses yeux exprimaient une haine qui les faisait scintiller, pareils à des braises.

— Comment peux-tu parler ainsi ? Yahvé a enseigné aux hommes la manière de se comporter dans des livres sacrés que seuls les rabbins peuvent comprendre et expliquer au peuple. De quel droit enseignes-tu ?

— Du droit que Dieu m'a donné.

— Es-tu rabbin ?

— Non !

Caïapha jeta un regard triomphant vers l'assemblée.

— Alors pourquoi tu te permets de juger les livres sacrés, notamment d'opposer le cinquième aux précédents ?

— Parce qu'ils se contredisent. Je ne suis pas le premier à l'affirmer, Jean Baptiste le disait déjà et vous l'avez fait mettre à mort.

— Le Temple n'a pas voté la mort de ton cousin, c'est la belle-fille d'Hérode qui a demandé sa tête !

— Oui, parce que Jean Baptiste a refusé ses avances !

— Il n'empêche que tu es coupable de commenter les Saintes Écritures à ta manière ! Tu n'es pas rabbin, s'emporta Caïapha.

Puis se tournant vers Jésus, il demanda :

— Qui t'a enseigné ce que tu répands de village en village ?

— Les sages du désert !

— Les sages ? s'emporta Caïapha, tu veux parler des rabbins que nous avons expulsés de Jérusalem parce qu'ils enseignaient des aberrations !

— Oui, ils disaient que le Temple n'était pas un lieu de commerce pour escrocs, mais la maison de Dieu. Ils enseignaient que les esclaves et les valets étaient les égaux des maîtres !

— Au crime de blasphème contre les livres sacrés, tu ajoutes l'incitation du peuple à la révolution en soutenant de telles horreurs ! s'emporta Annas en se levant et désignant Jésus du doigt.

Caïapha répéta la phrase qu'il avait déjà prononcée à maintes reprises :

— Tu pousses notre peuple à l'anarchie, qui ne peut qu'entraîner des guerres et verser des flots de sang.

— Non, je pousse le peuple vers l'amour, la compassion.

Et regardant Annas droit dans les yeux, il ajouta :

— Le peuple n'a pas de leçons à recevoir de ceux qui tirent avantage à le gouverner.

Annas s'étrangla à son tour. Il chercha une réplique cinglante et, ne la trouvant pas, s'adressa à l'assemblée :

— C'est bien ce que je disais ; il pousse les gens à la révolte.

— Non. Non, c'est toi et les tiens ! répliqua vivement Jésus. En les contraignant au nom de Dieu, tu les incites à s'insurger !

Grâce à la puissance de ses mots, Jésus avait réveillé l'assistance. Ces vieillards qui avaient l'habitude des prêcheurs laids et puants, si proches de la mort qu'ils ne savaient plus parler de la vie, découvraient un homme dans la force de l'âge, robuste et ne baissant pas la tête devant les accusations de la plus haute autorité de Jérusalem. Ils étaient prêts à se ranger de son côté jusqu'à ce que Caïapha les ramène à la raison.

— Dis la vérité ; ce sont les Romains qui te poussent à détruire notre société. Ils te paient pour que tu sèmes la révolte, car les envahisseurs n'ont qu'une idée en tête : effacer nos croyances, brûler nos livres sacrés, faire disparaître à jamais le peuple élu qui leur fait de l'ombre.

Annas prit la suite de son gendre :

— L'attitude de Pilate est sans équivoque : il veut sauver Jésus et s'en servir pour nous détruire. Voilà la vérité !

Caïapha sourit. Pilate lui obéirait tant que sa femme serait entre les mains de fanatiques entièrement dévoués à Hérode.

— Les Romains ne commandent pas mon action, reprit Jésus. Ils ont des esclaves comme vous et mes prêches ne les servent pas. Je parle d'un Dieu d'amour qui s'adresse à tous les hommes. Le peuple juif est identique aux Romains et aux habitants des régions lointaines dont nous ignorons l'existence.

— Blasphème ! reprit Caïapha. Comment ce bâtard né d'un « je-ne-sais-qui » peut parler de la sorte au sage Annas ? Il place notre peuple au même niveau que les sauvages de lointaines contrées. C'en est trop !

Caïapha était rouge d'une colère qui gonflait sa poitrine sous sa robe claire. Il haletait comme après une course. Son regard allait de son beau-père à Gamaliel, qui semblait s'ennuyer. Le docteur de la loi au regard perçant était très maigre car il mangeait peu en raison de ses douleurs d'estomac qui le torturaient après chaque repas. Les poudres et les décoctions de son médecin n'y changeaient rien. Pourtant, son corps décharné exprimait une grande énergie.

– Il ne cache pas son sombre dessein : détruire notre peuple, notre religion, ajouta encore Annas. Mais ce n'est pas le plus grave…

Il s'emmêla dans ses pensées. Les reproches se bousculaient dans sa tête et il dut s'arrêter, reprendre son souffle en gardant l'index levé pour bien montrer qu'il n'avait pas terminé.

– Récapitulons, fit-il pour gagner du temps. Il vient de Galilée où se trouvent des quantités de rebelles zélotes qui, sous prétexte de lutter contre les Romains, s'en prennent aux lois du Temple et de Jérusalem. Il est arrivé monté sur un ânon, pour nous défier. La foule, que ses partisans avaient avertie, criait « Vive le roi des Juifs ». Il a chassé les marchands du Temple, puis il a déclaré : « Je le détruirai et le reconstruirai en trois jours ! » Il a dit…

Il se racla la gorge. Son visage se contracta soudain, sa toux le plia en deux pendant que le brouhaha s'installait dans l'assistance.

– Cela suffit !

Puis Caïapha s'adressa à Gamaliel :

– En tant que docteur de la loi, qualifie le blasphème.

Le vieil homme se balança d'une fesse sur l'autre, la position assise lui étant souvent douloureuse, se gratta les rares cheveux blancs sur ses tempes et dit sans quitter Annas des yeux :

– Il n'y a là rien de prouvé. La foule l'acclame parce qu'il dit ce qu'elle veut entendre. Qu'il ait parlé des voleurs du Temple, tu sais ce que j'en pense, et je ne suis pas le premier à dénoncer les dérives de nos coutumes. Non, je ne qualifie pas le blasphème.

Un instant de silence suivit cette affirmation inattendue.

— Donc, tu veux le laisser détruire notre peuple et notre religion, reprit Caïapha. Tu veux le libérer et le laisser poursuivre son action de sape ? Dans moins d'un an, le Temple sera rasé, et Jésus s'associera aux Romains pour faire plier tous les peuples juifs. Tu souhaites donc qu'il nous mette tous en esclavage ? C'est le dessein qu'il camoufle sous ses belles paroles pleines de générosité !

Jésus souriait devant tant d'inepties. Il avait quelques partisans parmi les prêtres convoqués. L'un d'eux cria :

— Qu'on le relâche et allons-nous coucher !

Un autre continua :

— Des prophètes, nous en avons toujours eu et il y en aura d'autres. Celui-là fait du bien aux gens, alors qu'on arrête là ce procès idiot qui n'aura pour but que de mécontenter ses fidèles.

Caïapha comprit qu'il ne gagnerait pas aussi facilement qu'il l'avait envisagé. Il aurait fallu si peu de chose pour qu'une majorité de membres cèdent au charme de Jésus, qui restait impassible. Les esclaves du Temple changeaient les torches et une lumière plus vive éclaira son visage, faisant ressortir son nez parfaitement droit, ses arcades à peine prononcées, et surtout l'éclat de ses yeux.

— Finissons-en ! cria une voix aiguë au fond des rangs.

C'était l'avis de tout le monde. Caïapha décida :

— Je comprends que vous n'ayez pas la tête à réfléchir. Allez-vous reposer. Nous nous retrouverons ce matin, à la huitième heure, pour trancher. En attendant, tentez de penser à ce que vous allez décider. Il y va de l'avenir d'Israël.

Les vieillards endormis recouvrèrent alors leur énergie. Ils se levèrent promptement avant de vider aussitôt la salle. Caïapha constata qu'il faisait froid. Il était resté avec son beau-père, qui n'avait pas sommeil et était mécontent de sa prestation car il n'avait pas convaincu unanimement les prêtres, dont certains étaient de francs partisans de Jésus.

– Si Jésus échappe à la sentence de mort, nous perdrons notre autorité. Je pense que les Romains sont derrière tout cela. Ils ne supportent plus notre supériorité de peuple ancien à qui le véritable Dieu fait confiance. Ils ont tous les droits de justice, mais cela ne leur suffit pas.

– N'aie crainte, assura Caïapha, Pilate signera l'arrêt de mort de Jésus.

Le jour se levait quand Marie, entourée par les gardes de Joseph d'Arimathie, arriva dans la vallée de Hinnom. C'était un lieu sombre, humide et inhospitalier. Des cabanes de planches construites à flanc de falaise abritaient une foule de misérables vivotant de petits travaux, de rapine et de mendicité. Ces ventres creux attendaient avec impatience la semaine de Pâque et ses légions de pèlerins souvent généreux pour ceux qui savaient tendre la main et se faire plaindre.

On accédait aux grottes creusées dans la roche rouge par plusieurs escaliers conduisant à des chemins taillés dans la pierre. Marie regarda longuement les trous sombres alors que le soleil levant éclairait la paroi d'une lueur de sang. Tout se brouillait en elle. L'image précise qu'elle avait gardée de son rêve devenait floue et elle eut le sentiment que toutes les grottes se ressemblaient à cet instant. Elle se mit à genoux, les mains jointes, la tête basse. Fermant les yeux, elle se concentra, demandant à Dieu de l'éclairer, mais son esprit restait sombre.

Au bout d'un moment qui parut une éternité, elle tourna un regard suppliant vers Madeleine qui l'imita.

Des enfants crasseux, mal vêtus, qui les avaient remarquées, tournaient autour des gardes en lançant des cailloux et criant des insanités. Des femmes et des vieillards sortis des baraques s'approchaient aussi, lentement. Ils n'avaient pas l'habitude des visites et se méfiaient toujours des hommes portant lances et dagues. Tuer un des leurs n'était pas un crime !

Marie, qui ne prenait pas garde à eux, s'écria :

– Mon Dieu, pourquoi m'as-tu conduite ici pour m'abandonner alors que je suis si près de retrouver Procula et de sauver Jésus ?

Elle ferma les yeux, se concentra de nouveau, mais son esprit demeurait vide. Les larmes aux yeux, elle se releva. Tout ce en quoi elle avait cru n'était donc qu'une illusion ? Jésus n'était-il qu'un homme comme les autres, qui allait mourir de la pire manière ?

Madeleine partageait son désarroi. Sans cette certitude de la foi, elle redevenait Marie de Magdala, femme riche, mais très ordinaire, malgré sa beauté. Tout s'effondrait d'un coup. Le beau rêve d'un Messie venu sauver l'Humanité se diluait dans une obscurité profonde sans la moindre étoile.

Marie observa encore la falaise. Ses yeux allaient d'une ouverture à l'autre, cherchant ce fameux escalier aux marches usées, mais aucune n'en avait. Elle implora encore Dieu de l'éclairer, mais Dieu l'oubliait. Salomé lui prit le bras et le serra très fort contre son flanc. La jeune femme doutait à son tour. Elle avait suivi son grand frère qu'elle aimait comme un père, même si, au tréfonds de son être, une petite voix lui soufflait que ce n'était pas la vie qu'elle souhaitait. Salomé n'était pas une sainte et rêvait d'un mari, d'un foyer où elle élèverait ses enfants. Elle avait osé en parler à Jacques qui lui avait dit que c'était la voix du démon, que Jésus devait être le guide suprême de toute la famille.

– Que faisons-nous ? demanda un garde.

Marthe comprit soudain que Marie ne devait pas s'éloigner du centre de Jérusalem, qu'elle devait être présente là où les événements allaient se produire.

— Retournons chez Joseph, dans sa vieille maison près de la fontaine. Il faut que Marie se repose.

Il fallut jouer de la lance et du plat de l'épée pour se frayer un chemin dans la foule serrée. Des groupes s'affrontaient. Des cris réclamaient la mort de Jésus ; Marie les recevait comme autant de coups de dague dans sa poitrine. Elle avait si mal qu'elle n'entendait pas les voix éparses qui dominaient le bruit et hurlaient : « Jésus, roi des Juifs ! »

Les femmes arrivèrent enfin dans le calme de la petite cour dont l'entrée était toujours surveillée par des gardes armés. Une servante proposa à manger, mais Marie s'isola dans une petite pièce et, une fois seule, mesura le poids du silence. C'était celui de la mort, du néant. Son esprit se perdait dans ce vide immense où la vie devenait impossible.

Comment un monde bâti par Dieu depuis plus de trois millénaires pouvait-il s'écrouler en si peu de temps ? Comment pouvait-il se perdre dans la nuit comme s'il n'avait jamais existé ? Marie songea à son ancêtre David, aux quarante générations qui la séparaient de lui. Elle pensa au rêve qu'elle avait fait après sa faute, à cet être de lumière lui annonçant la naissance de Jésus qui serait le Messie. Tout ceci pour rien ! N'était-ce pas une manigance du démon, une volonté de détruire à jamais le peuple juif que Dieu avait choisi pour conduire les Hommes ? Elle aurait voulu mourir, se diluer, elle aussi, dans le vide universel. Ne plus penser, ne plus prier, n'être qu'une pierre parmi les pierres. La certitude que Jésus allait être mis à mort lui nouait l'estomac, brûlait ses entrailles.

Non, Dieu ne l'avait pas choisie pour enfanter le sauveur du monde. D'ailleurs, comment avait-elle pu le croire ? Son père gardait précieusement la liste des ancêtres. Il s'en faisait une gloire ; c'était d'une monstrueuse prétention ! D'autres femmes juives descendaient de David ; pourquoi Marie aurait-elle été choisie ? Une phrase de la Thora que répétait sans cesse Joachim lui revint en mémoire : « C'est au milieu de tes frères que tu prendras un roi pour l'établir au-dessus de toi ; tu ne pourras pas établir au-dessus de toi un étranger qui ne serait pas ton frère. » (Deutéronome, 17, 15.) Toute sa vie avait été conduite par la certitude qu'elle était le lien entre Dieu et les Hommes. Une faute impardonnable !

Procula se réveilla avec un horrible mal de tête. Elle avait dû être droguée car elle ne se souvenait de rien. Dans la nuit la plus totale, elle se dressa et découvrit un sol couvert de cailloux. Elle se mit lentement sur ses jambes et, tendant les bras comme un aveugle, fit quelques pas. Une paroi l'arrêta ; elle changea de direction et poursuivit au hasard. Elle marchait prudemment en tâtant de la main le mur rocheux sur sa droite. Ses pieds butaient sur des pierres qui roulaient.

À mesure qu'elle avançait, les souvenirs lui revenaient. L'embuscade dans laquelle elle était tombée avec ses gardes muets, puis la bagarre contre des hommes vêtus de manteaux de chèvre noirs. Quelqu'un l'avait prise à bras-le-corps et lui avait appliqué sur le nez un tissu imbibé d'un liquide bizarre qui sentait très mauvais. Elle avait perdu connaissance. Combien de temps était-elle restée là ? Qu'était-il arrivé à Jésus ?

Elle déboucha sur une ouverture, et prudemment resta dans l'ombre pour observer les alentours. La grotte s'ouvrait sur un chemin creusé dans la roche. Elle s'étonna de ne voir personne, pas le moindre garde pour la surveiller, mais comment échapper aux regards depuis l'endroit élevé où elle se trouvait ? Le jour se levait, elle décida de se faufiler le long de la paroi ocre car sa robe de la même couleur lui permettrait de passer inaperçue. Procula se souvint que son amie Ancilla en avait trouvé la teinte fort laide et lui avait conseillé de prendre une tenue plus claire, mais elle ne l'avait pas écoutée. Elle pensa que le Dieu de Jésus l'avait probablement poussée dans son choix qui allait la sauver.

Elle put ainsi descendre les nombreuses marches qui suivaient la falaise. En bas se trouvait un mendiant assis à l'endroit où l'on venait souvent déposer des offrandes en hommage aux défunts reposant dans certaines de ces grottes funéraires. Procula se présenta devant lui en brandissant la petite bourse qu'elle gardait toujours cachée dans une poche intérieure et que ses ravisseurs n'avaient pas trouvée.

– Ton manteau contre cette bourse. Il y a de quoi te vêtir comme un riche.

L'homme la regarda un instant. Son visage très ridé lui donnait l'aspect d'un singe édenté. Procula vida le contenu dans sa main et lui montra les pièces d'or. Le mendiant n'hésita pas un instant, il se défit de sa cape usée et prit le butin sans un mot. Malgré l'horrible odeur qui se dégageait du vêtement, elle n'hésita pas à s'en couvrir.

– Ta canne me sera aussi utile, dit-elle en s'en emparant.

La capuche abaissée sur son visage, elle courba le dos et marcha en s'appuyant sur le bâton d'olivier, telle une très vieille femme. Ainsi, put-elle passer devant un groupe d'hommes qui ne lui prêtèrent aucune attention. Ses ravisseurs, certains qu'elle ne pouvait pas s'échapper, ne la surveillaient pas. Ils lui avaient fait respirer une préparation à base d'esprit-de-vin et de poudre de champignons, dont un des leurs connaissait le secret, et qui devait la garder endormie pendant plusieurs jours. Mais elle était bien réveillée et s'éloignait des baraquements sans être inquiétée.

Elle entra dans Jérusalem sous son déguisement qui la protégeait des curieux et se rendit aussitôt au palais de Pilate. En chemin, elle s'arrêta près d'un groupe qui bavardait. Avec son allure de mendiante éplorée, personne ne se méfiait d'elle et chacun y allait de son commentaire sur l'arrestation de Jésus et les affrontements qui en avaient résulté tout au long de la nuit.

— Pilate l'a fait arrêter pour ne pas contrarier Hérode ! dit un homme. Mais ce sont les prêtres du Temple qui vont le condamner.

— Pilate a dit qu'il s'en lavait les mains ! Ce qui signifie qu'il laissera faire ! ajouta un autre.

— On raconte que la femme de Pilate a été enlevée et qu'il est prêt à sacrifier tous les habitants de Jérusalem pour la retrouver !

Procula en savait assez. Elle courut au palais par le côté de ses appartements qui donnait sur une petite cour intérieure. Un couloir reliait cette partie aérée au vaste ensemble de pièces et de salons où vivait Pilate et où il recevait ses nombreux visiteurs. Elle se débarrassa de son accoutrement pour se faire reconnaître auprès des serviteurs qui s'apprêtaient à la chasser.

— Il faut que je voie Pilate, dit-elle sans perdre de temps.

Le procurateur était occupé à boire du vin frais et manger des œufs de caille cuits dans de l'huile d'olive. C'était un paresseux cruel qui dormait beaucoup et travaillait peu. Il regrettait Rome pour ses jeux du cirque, mais il ne pourrait y occuper une situation aussi confortable qu'à Jérusalem, où il avait le droit de vie et de mort sur les habitants.

Quand il vit Procula, les cheveux en désordre, il s'étrangla, puis se leva vivement.

– Ma douce ! fit-il en s'approchant, par quel miracle…

– Celui du Dieu de Jésus !

– Mais que s'est-il passé ? On m'a dit que tu étais otage des Esséniens. J'ai envoyé une légion près des grottes de Hinnom.

– Qu'est-ce que j'apprends ? s'écria-t-elle sans répondre à la question de son époux. Voilà que tu as suivi ce benêt de Caïapha et que tu as fait arrêter Jésus. Tu le leur abandonnes alors que tu sais bien qu'ils vont le condamner ?

Elle avait toujours très mal à la tête, mais le temps pressait et la colère lui donnait des forces. Elle ne savait pas combien de temps elle était restée endormie dans la grotte, mais le Dieu de Jésus en qui elle croyait désormais avait su la réveiller à temps. Désormais, sa vie entière lui serait consacrée[25].

– Les gens qui sont venus ici faire la Pâque n'en peuvent plus de ce trublion qui ne cesse de prêcher la haine des prêtres et des rites sacrés !

– C'est faux ! Jésus ne prêche que l'amour ! Tu sais comme moi qu'on a tenu à l'écart ses partisans et qu'Hérode a distribué de l'argent pour que la foule hurle contre le Messie !

– Tu ne vas pas croire ces fadaises ! grogna Pilate.

Mais il était si heureux de retrouver sa femme qu'il acceptait tout d'elle. Cependant, il insista :

– Ce qui compte pour nous, c'est de préserver la paix dans cette ville, poursuivit-il. Il n'existe aucun peuple aussi belliqueux que les Juifs, les douze provinces ne cessent de se faire la guerre et il n'est pas simple d'y maintenir l'ordre romain. J'ai laissé Jésus à ces prêtres, mais je n'ai pas ordonné sa condamnation. C'est moi qui déciderai de l'exécution, rassure-toi.

— On dit que tu t'es lavé les mains, ce qui signifie que tu ne t'opposeras pas à leur décision.

— Je me suis lavé les mains parce qu'elles étaient sales. Cela n'a aucun rapport avec la condamnation de Jésus.

Elle jetait sur lui un regard méprisant, mais sa foi nouvelle lui soufflait qu'elle ne devait pas le haïr. Et pourtant, qu'il était gros et visqueux affalé sur son divan, le coude posé sur la table basse et mastiquant du pain chaud ! Pilate ne faisait pas cinquante pas par jour et lorsqu'il devait sortir, il se faisait porter dans une chaise, considérant que son statut au-dessus des hommes ordinaires ne pouvait s'accommoder de la foule puante et grossière. Il n'avait d'énergie que pour condamner à la croix les misérables et se réjouir de leurs cris.

— Écoute-moi, Pilate, à toi de te montrer fort et de rester à ta place de procurateur ! Tu représentes Rome et toute faiblesse de ta part sera rapportée et se retournera contre toi. Je vais me laver et mettre des vêtements propres.

Elle fit demi-tour mais avant de disparaître, elle ajouta :

— S'il arrive quelque chose à Jésus, tu sombreras pour l'éternité dans les tourments de l'enfer.

— Qu'est-ce que l'enfer ?

— L'endroit où brûlent pour toujours ceux qui ont commis des fautes impardonnables.

Pilate ne comprenait pas ce qu'étaient des fautes impardonnables. Lui, procurateur, pouvait tout décider selon son bon droit. Pourtant le regard de Procula possédait une force nouvelle qui incitait à l'écouter. Il se gratta le menton, prit une datte en se disant que ce n'était pas le moment de se laisser convaincre par Caïapha.

Il resta un long moment pensif, la main droite posée contre son front. Le retour de Procula n'était-il pas une volonté du Dieu de Jésus pour terrasser cet immonde Hérode ? Procula ne manquait pas de discernement. Si elle croyait au paradis de Jésus, il devait lui-même s'interroger à ce sujet. Maintenant, c'était lui le maître du jeu, et il ne signerait pas l'arrêt de mort qu'on lui demandait[26].

En apprenant l'évasion de Procula, Hérode sombra dans une violente colère. Il menaça ses gardes de les faire égorger, renversa une table, s'empara d'un couteau et le plongea dans le ventre du premier esclave qui passait devant lui. L'homme poussa un cri, le sang gicla dans la pièce et salit la toge du tétrarque. Deux autres esclaves emportèrent l'agonisant, abandonnant le maître dans une rage meurtrière, jusqu'à ce qu'Hérodiade, avertie par les cris, fasse irruption dans la pièce. Elle vit Hérode, un couteau à la lame ensanglantée à la main.

– Quel vent de folie t'a emporté ? Voilà que tu souilles tes vêtements et les belles tentures de cette pièce avec le sang d'un esclave ?

Face à Hérodiade, le tétrarque oublia sa colère. L'enlèvement de Procula n'était-il pas une idée de cette femme diabolique que tout le monde détestait parce qu'elle était cruelle et fourbe ?

– Je sais, dit-elle, Procula s'est échappée. Je suis certaine que les Esséniens l'ont relâchée parce qu'ils redoutent les représailles de Pilate et surtout de leurs ennemis de toujours, les Nazaréens, mais cette libération complique tout.

– Non, il faut que Jésus soit exécuté et il le sera.

L'agitation en ce jeudi matin avait poussé Hérodiade à envoyer des espions. Les prêtres servaient ses projets, puisqu'elle souhaitait la condamnation de Jésus, mais elle ne faisait pas confiance à Caïapha. Hérode avait payé la foule pour qu'elle réclame la mort du prophète, c'était une bonne chose, mais après Jésus, ses frères seraient légitimes pour ceindre la couronne de David et chasser Hérode. Elle devait donc les en empêcher et l'assassinat constituait, selon elle, l'arme politique la plus efficace.

– Si j'ai bien compris, dit-elle sur un ton ferme, Pilate a ordonné l'arrestation de Jésus. La condamnation va suivre. C'est bien, mais pas suffisant.

– Pour l'instant, Jésus n'est pas jugé. La décision sera prise à huit heures. Et rien ne peut se faire sans l'accord de Pilate.

– Laisse agir les prêtres qui sont assez retors pour contraindre le procurateur. Une fois Jésus mort, tu te rangeras du côté de ses partisans et tu réclameras le remplacement de Caïapha, cette jarre de graisse. Rome ne te le refusera pas.

– Et les frères de Jésus ?

Hérodiade sourit en coin.

– On s'occupera d'eux, quand ils auront quitté Jérusalem, dans un coin reculé d'une province où on aura trouvé de bonnes mains pour faire le travail. Le Temple y perdra sur toute la ligne et tu resteras le plus puissant en Palestine.

Hérode ne pouvait s'empêcher d'admirer cette femme fort laide, mais qui lui avait toujours permis d'échapper aux pièges qu'on lui avait tendus.

– Il faut que je réfléchisse, répliqua Hérode. Pour cela, je dois me reposer un peu !

– Te reposer ! C'est ton trône qui se joue là. Tu n'as jamais vu très loin ! La politique demande toujours de mesurer les conséquences de chacune des décisions que l'on prend, qui vont souvent à l'encontre de nos désirs immédiats.

– Je sais, je sais ! grogna Hérode qui n'était pas totalement convaincu.

– Tu dois envoyer des émissaires auprès des momies qui dirigent le Temple pour les avertir que si elles votent la mort de Jésus, tu sauras les remercier. L'or les tente toujours, même si ces vieux prêtres en ont plus qu'ils ne peuvent en dépenser.

Elle s'éloigna, et avant de sortir, ajouta :

– Une autre fois, quand tu auras envie de te divertir en égorgeant un esclave, fais-le ailleurs que dans cette pièce. Les tentures sont tachées de sang et il ne sera pas possible de les nettoyer, même avec de la cendre de genévrier.

Jésus avait été enfermé dans une pièce assez étroite où quatre gardes du Temple le surveillaient. Il n'avait pas l'attitude des autres prisonniers terrorisés dans l'attente d'un jugement à l'issue fatale. Il s'était mis à prier, tourné vers ses geôliers qui, tous sensibles à son charme, avaient posé leurs armes. Ils restaient loin de la porte, comme pour le laisser s'enfuir. L'un d'eux lui apporta une chaise.

— Assieds-toi, lui murmura-t-il.

Jésus s'assit et lui sourit. Ce regard l'éblouit. Les autres s'approchèrent.

— Tu es vraiment le Messie ! dit le garde. Pardonne-moi d'être là, à te surveiller.

— Tu n'as pas à demander pardon quand tu obéis à des ordres.

— Ils veulent ta mort parce qu'ils ont peur de toi. Tu es plus fort qu'eux parce que tu n'as qu'une seule arme, l'amour des autres et la paix. Ils ne peuvent pas comprendre.

— Et toi, tu comprends ?

— Je crois que oui.

Un autre garde arriva, essoufflé, et s'étonna de voir ses camarades autour de Jésus dans une attitude respectueuse.

— Des femmes se trouvent à la porte avec des Romains. Elles réclament Jésus…

Des femmes ! Jésus pensa à sa mère, à Madeleine et à sa sœur, sans doute accompagnées de Marthe, la fille du Lépreux. Comment avaient-elles pu obtenir l'aide des Romains ?

— Qui les commande ? demanda l'homme qui avait apporté la chaise à Jésus.

— Une Romaine. On dit que c'est la femme de Pilate, mais rien n'est sûr ! Il y a aussi un homme qui s'appelle Judas Iscariote et un mendiant dont on se demande ce qu'il fait là.

Les gardes se concertèrent. Ils ne pouvaient pas laisser s'enfuir Jésus car ils risquaient à leur tour d'être crucifiés.

— Fais-les patienter, dit l'un d'eux, je vais aller leur parler.

Il sortait quand on entendit du bruit dans le couloir. C'était trop tard pour Jésus, il ne s'évaderait pas du Temple puisque d'autres soldats, beaucoup moins attentionnés, arrivaient.

— Le grand prêtre demande que le prisonnier soit présenté au tribunal pour entendre sa sentence.

Jésus se laissa conduire. Il marchait d'un pas sûr et se présenta la tête haute devant l'assemblée clairsemée des prêtres. Il la parcourut du regard et vit Gamaliel qui avait rameuté Nicodème et ses amis. Caïapha fut impressionné par l'attitude de Jésus. L'étrange ressemblance avec Judas l'intriguait.

— Qu'on lui lie les mains ! ordonna-t-il.

Jésus écarta les bras et dit d'une voix tellement profonde qu'on la recevait au fond de soi, comme une chaude résonance.

— Que croyez-vous ? Que je vais m'échapper ?

Un homme entoura ses poignets d'une corde et lui murmura à l'oreille :

— Pardonne-moi. Je ne fais qu'obéir aux ordres.

Caïapha et Annas échangèrent un regard satisfait. C'était peu de chose, ce lien qui retenait les poignets de celui qui se disait l'envoyé de Dieu, mais cela suffisait à mettre la force et le droit de leur côté, à ramener les paroles de Jésus à ce qu'elles étaient : des bribes de fables pour un peuple inculte et crédule, facile à manipuler.

L'assistance ne somnolait plus. Les vieillards étaient sensibles à la prestance du prévenu. Oui, il avait une tête de roi. Caïapha, qui ne voulait rien céder, prit la parole en désignant Jésus d'un geste qui se voulait magistral :

— Nous voici réunis pour la deuxième fois ce matin afin de décider du sort de ce blasphémateur.

Il énuméra rapidement les chefs d'accusation et conclut :

— Je demande la mort sur la croix. Qui s'oppose à la sentence ?

Plusieurs mains se levèrent au premier rang, d'autres hésitaient. Mais devant la nécessité de justifier leur choix, elles retombèrent lentement, comme à regret. Alors Gamaliel se leva. Sa rivalité avec la famille d'Annas n'était pas étrangère à sa prise de position.

— Je répète ce que j'ai dit ce matin. Rien dans ses propos ne permet de qualifier le blasphème !

Annas serra les dents. Gamaliel le lui paierait. Tentant de faire bonne figure, il prit la parole à son tour :

— Cet homme se dit à la fois le Messie, donc le roi des Juifs, et le grand prêtre qui devrait siéger ici, à la place de Caïapha. Nous savons tous qu'il prêche la révolution. Pourquoi ? À quelles fins ? Pour servir les envahisseurs romains, pour détruire nos traditions et notre véritable religion !

Jésus se planta devant Annas. La différence entre les deux hommes prenait un aspect grotesque et presque comique. L'un était droit, plein de la force de sa jeunesse, l'autre, squelettique, les cheveux épars, le nez proéminent et sec, la barbe irrégulière, et le menton pointu.

– Je prêche les paroles de Dieu, dit Jésus.

Annas suffoquait en entendant pareilles calomnies. Il ouvrit sa bouche noire sans dents, pour reprendre son souffle, puis cria :

– Voilà que tu blasphèmes encore !

Il toisa Jésus, puis le gifla de sa main noueuse aux doigts secs tels de vieux sarments de vigne. Jésus ne broncha pas. Pas une contraction ne passa sur son visage. Il se tourna et tendit l'autre joue.

– Vas-y, frappe ! N'est-ce pas la meilleure manière de montrer ta faiblesse, ton incapacité à m'opposer de véritables arguments ?

Suivit un silence très court, semant le doute dans les esprits. Jésus ne bougeait pas et continuait de tendre sa joue au vieillard qui suffoquait d'indignation. Enfin, il dit :

– J'ai bien compris ! Tu l'as dit souvent aux gens de notre peuple : « Si on te frappe sur une joue, tu tends l'autre joue ! » N'est-ce pas un ordre pour que les nôtres se soumettent aux envahisseurs, à ceux qui nous oppriment ? N'est-ce pas là ton action contre notre peuple ?

Caïapha arriva à la rescousse de son beau-père. Il frappa son poing sur le bois de l'écritoire et s'écria :

– Une majorité s'est prononcée pour ta condamnation à mort. Gardes, emmenez-le. La sentence va être exécutée.

Les prêtres se regardèrent, étonnés. Quelle majorité ? À peine un tiers des soixante-douze était présent. Nicodème, qui s'était tu jusque-là, protesta, mais Caïapha ne l'écouta pas. Les gardes emmenèrent Jésus sous les protestations. Plusieurs prêtres avaient été conquis par l'attitude de Jésus, mais on ne leur laissait pas le temps de parler. Caïapha leur demanda de se retirer.

Caïapha avait remarqué le regard compatissant de ceux qui avaient ordre de surveiller Jésus et se dit qu'il devait éviter toute complicité. Il décida donc de les remplacer par ses hommes à lui, payés grassement pour ne pas céder à leurs sentiments et obéir sans se poser de questions.

À cet instant, un homme qui avait réussi à se faufiler dans la foule profita du remue-ménage pour parler à Caïapha. Il était grand, vêtu d'une robe blanche. Une fois de plus, Caïapha fut étonné par son étrange ressemblance avec Jésus.

— Que me veux-tu, Judas ? Nous sommes quittes, toi et moi !

— Tu es en train de commettre une erreur, grand prêtre, dit Judas. Tu n'as pas fait condamner le véritable Jésus.

— Quelle folie me racontes-tu ? demanda le grand prêtre qui commençait à douter.

— Jésus, le prophète, c'est moi. L'autre, celui que tu viens d'emmener vers le supplice, c'est mon frère, mon jumeau.

Caïapha se gratta la barbe. Était-ce possible que ceux qui avaient arrêté Jésus se soient trompés ? Certes, la ressemblance entre les deux hommes l'avait frappé, mais était-il possible qu'on les confonde ? Il se tourna vers son beau-père qui ne s'était pas encore levé de son siège. Le vieillard était épuisé et attendait ses esclaves pour le porter chez lui.

— Tu as entendu ? demanda Caïapha. As-tu déjà vu Jésus ? Je veux dire le véritable Jésus.

Annas fit une grimace et secoua la tête. Décidément, ils ne se sortiraient jamais de cette affaire ! Elle semblait enfin résolue et voilà qu'elle rebondissait. Il imagina les conséquences d'une erreur : crucifier l'un en épargnant l'autre permettrait à la population de croire à une résurrection.

– Celui que vous avez condamné est mon frère, un simple d'esprit, poursuivit Judas qui avait senti l'hésitation des prêtres. C'est moi, le véritable Jésus.

– Mais dis-moi, demanda Annas, pourquoi veux-tu être condamné à la place de ton frère simplet ? Qu'est-ce qui te pousse à agir ainsi ? Puisqu'en l'abandonnant, tu vas pouvoir continuer à fouler du pied nos lois et nos textes sacrés ?

Judas abaissa la tête et fit semblant de prier.

– Jésus le thérapeute, c'est moi. Mon Dieu m'interdit de mentir, de laisser condamner un innocent.

Les deux prêtres étaient perplexes. Caïapha prit une décision :

– Gardes, emmenez-le. Il est condamné comme son frère. En les crucifiant tous les deux, nous serons enfin tranquilles.

Judas fut ligoté à son tour et emmené dans la salle où se trouvait Jésus. Il se mit à genoux.

– Maître, je suis le pire des hommes. Je mérite un supplice qui durera jusqu'à la fin des temps. Je ne te demande pas de me pardonner !

Jésus posa ses deux mains liées sur le front de Judas.

– Il fallait qu'il y ait un traître parmi nous. Cette épreuve était nécessaire pour que nous restions dans la mémoire des hommes.

– Je suis un monstre hideux ! pleura Judas. Ce que j'ai fait est impardonnable.

– Détrompe-toi ! Qui est plus proche d'un traître qu'un homme loyal ? Il faut bien peu de chose pour faire d'un homme haineux un homme compatissant. Crois-moi, Judas, la volonté de Dieu est en train de s'accomplir !

Judas songea à nouveau à son entrevue avec Caïapha.

— J'ai douté de toi, maître !

Des gardes entrèrent dans la pièce, saisirent Judas et l'emmenèrent de force. Caïapha, toujours méfiant, avait décidé de les séparer. Il avait fait son enquête ; le véritable Jésus était bien celui qu'ils avaient arrêté et il ne voulait surtout pas que Judas, à l'esprit retors et malin, trouve le moyen de le faire évader.

Pilate se rendit au prétoire, qui se trouvait à proximité du Temple. Il réglait là les affaires militaires et contresignait les ordres des juges, les incarcérations et les condamnations à mort. Cela le retenait souvent jusqu'à midi, mais ce matin, il arriva avec une heure d'avance, car depuis l'arrestation de Jésus, plus personne qui avait un tant soit peu de pouvoir dans la vie publique ne dormait à Jérusalem.

Il prit ses aises comme à son habitude, se fit apporter du vin, quand Morbisus, le chef de la garnison qui faisait aussi office de sous-procurateur, l'avertit que les prêtres du Temple l'attendaient.

– Annas et Caïapha souhaitent te parler.

– Encore ? Dis-leur que je les recevrai en fin de matinée !

– Ils insistent, c'est urgent !

Les deux hommes, qui ne pouvaient rien sans l'ordre de Pilate, savaient que le procurateur donnait souvent raison à celui qui parlait le dernier, et tentaient une ultime démarche, car le temps pressait.

Pilate sortit dans la cour où l'attendaient les grands prêtres qui avaient l'interdiction de pénétrer dans la demeure impure d'un Romain.

– Pardonne-nous de t'importuner, précisa Caïapha, mais il faut faire vite. Nous sommes venus te demander de signer l'acte d'exécution de Jésus que le Temple vient de condamner.

– Je n'ai aucune raison personnelle de condamner Jésus ! affirma Pilate, pris au dépourvu.

Caïapha faillit s'étrangler et se mit à tousser. Annas, qui avait le sens de la politique, prit la parole :

– Tu dois donner ton accord, parce que, selon nos traités, tu n'as pas le droit de contredire les décisions d'ordre religieux.

Le visage de Pilate se rida. Certes, par principe, il ne devait pas s'y opposer, mais l'ordre de crucifixion entrait entièrement dans son domaine de compétence.

– Il faut que je réfléchisse. Je vous ferai part de ma décision avant ce soir[26].

– Mais ce n'est pas possible, Pilate, notre loi interdit les exécutions pendant la Pâque.

– Eh bien, on attendra la semaine prochaine. Rien ne presse.

– Si, il y a urgence. Les partisans et les opposants de Jésus sont prêts à en venir aux mains. C'est ainsi qu'éclatent les révolutions. Il faut exécuter Jésus ce matin même. Ensuite, le peuple aura une autre lubie !

Pilate soupira. Des démangeaisons le faisaient souffrir depuis quelques jours. Il fit un geste de la main qui montrait son exaspération.

– Tu t'en es lavé les mains, poursuivit Annas. Voilà ce que je te propose : accepte de faire exécuter la sentence du Temple et tu nous accuseras ensuite d'avoir outrepassé nos prérogatives, et d'avoir agi sans ta permission. Ce n'est qu'un prophète comme nous en avons condamné des dizaines. Dans huit jours, personne n'y pensera plus !

– Et Hérode ?

– Hérode est de notre côté !

– Bon ! dit Pilate.

Dans son for intérieur, Pilate admettait que cette affaire n'avait pas beaucoup d'importance. Qui, à Rome, avait entendu parler de Jésus ? On se moquait bien de ces prédicateurs prétendant parler au nom d'un Dieu unique !

Satisfaits par ce « bon » lâché un peu vite et qui semblait indiquer, sans le dire précisément, l'acceptation du procurateur, Caïapha et Annas quittèrent rapidement le palais car le temps pressait.

Resté seul, Pilate pensa soudain à Procula. Ressentait-on en enfer les brûlures d'un feu nourri pendant l'éternité ?

Au Temple, on avait conduit le condamné dans une cour intérieure proche de celle des femmes, et spécialement préparée pour les condamnations légères. Un poteau était planté en son centre avec un anneau fixé à une toise du sol. Une deuxième cour à côté, plus petite, servait lorsque plusieurs coupables étaient envoyés au supplice en même temps. Jésus fut introduit dans la première pendant que les soldats faisaient entrer Judas dans la seconde. Le disciple se laissa attacher les mains à l'anneau. Il pensait que, derrière le mur de pierres sèches, Jésus subissait le même sort. Il fut tenté de l'appeler mais il restait sans voix. Un officier ordonna :

– Déshabillez-le !

Dans l'autre cour, un soldat arracha la robe de Jésus, le mettant nu, avec uniquement ses braies autour de la taille.

– Attachez-le à l'anneau.

Une fois ligoté, Jésus garda la tête haute face à ses bourreaux. Le légionnaire, Marcus Fillus, qui tenait le fouet, croisa ses yeux pleins de détermination et frémit.

– Vingt coups de fouet, ordonna l'officier.

Installé dans un siège confortable, Hérode, que Caïapha n'avait pas manqué d'inviter, assistait à la scène. Tant d'années de doute et de peur s'achevaient enfin pour le tétrarque. Jésus, le plus dangereux des fils de Marie, allait enfin mourir, traité comme le plus vil des malfaiteurs. Antipas savourait sa victoire. Pour ne pas le déranger dans un moment si important, Annas et son gendre restaient un peu à distance, tout en s'assurant que le supplice irait jusqu'au bout. Ils avaient commandé à Nathanael, le charpentier, une croix un peu plus grande que d'ordinaire et qui devait être terminée à neuf heures. L'homme et ses trois apprentis y travaillaient depuis l'aube. En raison de la justice de Pilate, Nathanael n'avait plus le temps de construire des meubles ou des charpentes de maison. Les commandes de croix étaient tellement nombreuses que tout son bois y passait. Cela n'avait pas d'importance, c'était un bon revenu et il pouvait confier ce travail à des gens peu qualifiés.

L'officier romain imposa le silence aux gardes du Temple. Marcus Fillus souleva son fouet en tremblant. Il avait l'habitude d'un fouet à lanière en cuir de chameau, léger, souple, mordant bien dans les chairs. Celui qu'on lui avait imposé était plus lourd. Les lanières étaient bien en cuir de chameau, mais elles comportaient des clous acérés semblables à d'énormes épines. Ce détail fit sourire Caïapha et Annas.

Marcus Fillus s'approcha de Jésus par l'arrière. Le condamné se tourna vers lui et la force de son regard brûla le Romain. Il abaissa le fouet, le leva de nouveau et fit tournoyer la mèche dans les airs. Jésus le fixait toujours avec ses grands yeux bleus qui n'exprimaient aucune haine, mais une compassion, une miséricorde, comme si c'était lui, Fillus, le condamné. Les spectateurs attendaient le premier cri de douleur, mais le Romain posa son fouet et s'adressa à son supérieur.

– Je ne peux pas, dit-il la tête basse. C'est trop dur.

– Mais qu'est-ce qui te prend, Fillus ? Voilà que tu trembles comme une fillette ?

– Je ne peux pas, insista Fillus, faites-moi arrêter, condamner, mais je ne peux pas fouetter cet homme.

– C'est un ordre, cria l'officier. Tu sais ce que tu encours si tu refuses d'obéir à l'ordre de ton supérieur ?

– Je sais et je l'accepte ! répondit-il en s'agenouillant devant Jésus. Seigneur, ajouta-t-il, je t'ai vu soutenir une vieille femme et lui redonner le sourire. Je t'ai vu guérir un jeune enfant qui frémissait de fièvre... Pardonne-moi d'avoir levé le fouet sur toi !

La colère asphyxiait Hérode qui se leva, trépigna et s'emporta :

– Je demande que cet homme soit puni de la pire manière ! Trouvez quelqu'un d'autre, le temps presse.

L'officier parcourut ses hommes rassemblés vers l'entrée ; il s'arrêta devant un légionnaire accroupi, visiblement occupé à une tâche qui n'avait rien à voir avec la surveillance des lieux.

– Que fais-tu ? s'emporta l'officier. Je te vois t'affairer depuis un moment...

– Ce que je fais ? dit le soldat en souriant. Cet homme est, paraît-il, le roi des Juifs, alors, je lui prépare une couronne.

– Montre.

Le Romain montra une couronne faite de bois sec portant de longues épines acérées. Son supérieur sourit, découvrant ses dents jaunes mal plantées.

– C'est une bonne idée, Baronus. Je te désigne donc pour couronner le roi des Juifs et lui infliger les vingt coups de fouet auxquels il a été condamné.

Baronus, assez grand et puissant, avait la mâchoire large, le menton saillant, son casque luisait dans la pénombre. Il posa la couronne d'épines sur la tête de Jésus en appuyant pour que les pointes pénètrent dans le cuir chevelu. Jésus grimaça. Un filet de sang coula sur son front.

– Voilà le roi des Juifs couronné ! fit Baronus, satisfait.

Les autres poussèrent des cris moqueurs. Enfin, le légionnaire s'empara du fouet et en assura la prise dans sa main droite. Il garda les yeux baissés, évitant de croiser la puissance du regard de Jésus.

Il leva son bras musclé. La lanière claqua puis s'abattit sur l'épaule de Jésus. Les clous mordirent la peau, déchirèrent la chair. Jésus poussa un cri. Un deuxième lui fit écho dans la cour voisine. Le fouet se dressa de nouveau et siffla encore et encore. Jésus hurlait sa douleur. Le sang coulait sur ses épaules nues, roulait en flots sales, imbibait ses braies, puis poursuivait sa route le long des cuisses, jusqu'au sol. Il n'était qu'un corps sanglant, hideux. La bave roulait de sa bouche dans sa barbe boueuse. Hérode, Annas et Caïapha s'en réjouirent. Le supplicié secouait son corps comme pour échapper à la lanière et à la morsure toujours plus profonde des clous. Il poussait des gémissements d'animal. Que restait-il du beau prêcheur adulé et entouré d'une foule heureuse ? Un corps lacéré de plaies profondes, d'une laideur repoussante. Il ne pensait plus. Il criait, râlait, demandait pardon. Où était le savant prodige qui donnait la réplique aux prêtres du

Temple ? Était-ce cette loque qui pendait, retenue par les bras à un anneau et que la douleur anéantissait au point qu'il semblait soudainement mort ? Hérode fit un signe. C'était suffisant, il ne fallait pas que, par un excès de zèle, le légionnaire le privât du dernier spectacle, celui d'un Jésus cloué sur la croix et implorant qu'on l'achève. Non, ce plaisir ne pouvait pas lui être refusé.

Le soldat romain suait à grosses gouttes malgré la fraîcheur de l'air. Jésus attaché, la tête renversée sur l'épaule, respirait à peine. La couronne épineuse gisait au sol ; le soldat la replaça sur les cheveux souillés, puis détacha les poignets, Jésus roula par terre, inerte. Hérode se pencha vers lui et lui dit sur le ton de la victoire :

– Voilà ce qu'il en coûte de vouloir détrôner le fils d'Hérode le Grand !

– À boire, s'il vous plaît..., murmura Jésus.

Un soldat apporta une cruche d'eau qu'il vida sur sa tête. Voyant Jésus suffoquer, Caïapha éclata d'un rire sonore et les légionnaires en firent de même.

– Toi qui te dis le Messie, s'écria le grand prêtre triomphant, pourquoi ton Dieu, dont tu dis qu'il soulage les malades et redonne la vie aux désespérés, ne vient-il pas te délivrer ?

Qu'attendait-il, en effet, le Tout-Puissant ? Pourquoi Dieu avait-il abandonné son prophète à ce supplice dégradant qui détruisait en quelques instants son long travail de persuasion ? Pourquoi refusait-il un signe qui aurait prouvé que Jésus était bien le Messie ?

Tous levaient la tête vers le ciel toujours très sombre, anxieux face à ces gros nuages qui prolongeaient la nuit.

Un garde vint trouver Caïapha qui, telle une oie grasse, marchait en se dandinant dans le couloir pour rejoindre ses appartements.

– Que se passe-t-il, Jobed ?

– Une femme demande à parler à Jésus. Elle dit qu'elle est sa mère !

Caïapha s'arrêta, réfléchit un instant. La mère de Jésus, la descendante de David, celle que l'on disait élue de Dieu. Il sourit dans sa barbe grise et mal plantée.

– Laisse-la passer. Elle peut voir son fils avant qu'on le crucifie.

Jobed s'éloigna et donna l'ordre qu'on laisse entrer Marie. Les autres femmes qui l'accompagnaient furent refoulées. Le garde reconnut une Romaine, la propre épouse de Pilate dont on disait qu'elle avait été convertie par Jésus.

Marie pénétra dans la pièce où Jésus, allongé par terre, était surveillé par des gardes, lance à la main. Tout le monde fut impressionné par sa majesté. Elle allait, la tête droite, impassible jusqu'à ce qu'elle se prosterne devant Jésus, recroquevillé sur sa douleur. La bave coulait de ses lèvres entrouvertes, imbibait les boucles de sa barbe devenue terne et lourde. Marie avança la main, mais n'osa toucher l'épaule tailladée où s'agglutinaient des caillots de sang.

– Mon fils, murmura-t-elle.

Jésus ouvrit les yeux dans lesquels Marie lut une grande lassitude. Il était vaincu, le beau descendant de David, il gisait, tel le plus misérable des esclaves qu'on vient de fouetter en raison d'un mot de trop envers son maître.

– Je t'ai élevé dans la croyance de ton avenir royal parce que nous appartenons à la lignée de David. Je t'ai laissé croire dès ton plus jeune âge que tu étais envoyé par Dieu. Pourras-tu me pardonner ?

Les larmes roulaient sur le visage de Marie, glissaient le long des quelques rides que la fatigue avait fait apparaître sur ses joues et aux commissures de ses lèvres. Jésus voulut tendre la main, mais la douleur fut si vive que son bras retomba sur son corps lacéré.

— La prétention m'aveuglait ! poursuivit-elle. La tradition voulait que dans notre famille naîtrait le Messie et le roi d'Israël.

Pourquoi Dieu avait-il accepté qu'on le fouette comme un malfrat, qu'on l'humilie devant Hérode ? se demandait Jésus.

— Parce que nous nous sommes crus supérieurs aux autres, murmura Marie qui avait compris sa pensée.

Face aux larmes de sa mère, il se ressaisit :

— Il faut garder espoir. Va rassurer les autres, dis-leur que je vais bien.

Le ton n'était pas convaincu. Marie sanglotait. Sa faute, la grande faute de sa vie écrasait sa conscience. Cet acte interdit dans les bras du légionnaire Pantera trouvait là sa punition. Que n'avait-elle été punie par lapidation, sort réservé aux filles qui connaissaient un homme hors mariage ? Jésus, enfant de ce monstrueux péché, payait une légèreté impardonnable, un amour de jeunesse qui la hantait toujours. Voilà comment s'achevait la race de David !

— Va ! lui répéta Jésus. Un miracle va se produire.

Elle n'y croyait plus. Dieu n'avait-il pas refusé de la conduire à la grotte où Procula était retenue prisonnière, alors qu'il avait permis à la Romaine de se libérer sans l'ordre de personne ?

Elle se releva et sortit. Les gardes virent alors passer une femme en pleurs si différente de celle qui était entrée dans la pièce quelques instants auparavant.

Dehors, Procula, Madeleine, Salomé et Marthe l'attendaient. Pas une n'eut la force de la prendre dans ses bras. Tout espoir était perdu.

— Allez, file ! Qu'on ne te voie plus ! cria un garde du Temple en poussant rudement hors des murs un condamné au dos couvert de plaies.

La foule amassée se mit à hurler sa haine. Un peu à l'écart, plusieurs femmes et un homme étaient là, attendant un signe du ciel qui ne venait pas.

— C'est Jésus ! dit une femme.

— Non, répliqua Madeleine. Ce n'est pas lui, même si cet homme lui ressemble. Regardez, Jésus est tellement plus beau et ses cheveux ont des reflets de bronze. Personne n'a des cheveux si fournis que lui. Et sa barbe, n'avez-vous pas remarqué qu'elle est très quelconque, alors que Jésus en a une parfaite, qui n'a nul besoin d'être taillée pour mettre en valeur les formes de son visage.

L'homme leva les yeux vers le groupe.

— Judas, s'étonna Joseph d'Arimathie, qui avait rejoint les femmes.

Judas se traînait dans la ruelle en gémissant. Le sang coagulé sur son dos et sur ses braies formait des paquets gluants que la poussière durcissait. Madeleine se jeta sur lui.

— Judas, ils t'ont relâché ! Alors c'est moi qui vais t'arracher le cœur de mes propres mains !

La haine brillait dans son regard. Ce n'était plus le visage de la belle Madeleine, assez hautain, celui d'une femme riche et respectée, c'était la figure contractée d'une marâtre haineuse prête à frapper sans la moindre retenue.

– Comment tu as pu faire ça ? s'emporta à son tour Salomé. Jésus a toujours été si bon pour toi, si généreux !

Judas grimaçait. Comment expliquer qu'il n'avait pas vraiment trahi Jésus, qu'il avait obéi à une force profonde ? Peut-être était-ce la volonté de Dieu ? Comment dire que c'était pour que Jésus prouve au monde qu'il était le Messie ? Marie s'interposa :

– Laissez-le, dit-elle.

Les autres la regardèrent, étonnés.

– Laisse-le aller, répéta-t-elle. Ses remords lui font plus de mal que les coups.

Joseph se dressa face à deux hommes qui arrivaient en courant. C'était Jacques et Simon Pierre. Jacques n'avait pas la prestance de son aîné ; il était plus petit et frêle et montrait une apparente fragilité qui cachait une grande force d'âme. Il avait le visage fin, le menton allongé que la barbe ne réussissait pas à masquer. Ses cheveux, plutôt noirs, moins épais que ceux de Jésus, avaient la raideur de baguettes. Simon Pierre, qui était plus âgé, montrait sur son large visage presque glabre une détermination qui faisait défaut aux autres.

– Il faut sauver Jésus ! Sais-tu où il se trouve et comment le faire sortir ? demanda-t-il à Judas.

– Il est entre les mains des gardes du Temple qui ne sont pas prêts à le lâcher. Ils parlent de le crucifier. J'ai entendu qu'on avait commandé une croix qui doit être prête avant la neuvième heure.

— Cela nous laisse peu de temps pour agir. Mais Pilate a-t-il donné l'ordre de crucifixion ? demanda encore Joseph en se tournant vers Procula.

— Il m'a juré qu'il ne le donnerait pas, annonça l'épouse du procurateur. Mais je cours au palais pour m'en assurer. On peut encore sauver Jésus.

Procula s'éloigna rapidement. Depuis qu'on avait décapité ses gardes muets, elle n'avait plus aucune protection, mais cela ne la gênait pas. La foi qui brûlait en elle suffisait à la rassurer et à lui donner le courage d'affronter les pires ennemis. La mort n'était plus son adversaire.

Quelques minutes plus tard, elle arriva au palais. Pilate était dans sa baignoire. Comme le premier traitement n'avait pas guéri ses démangeaisons, son médecin lui avait conseillé des bains prolongés avec une eau parfumée à la fleur d'acacia. La jeune femme bouscula les gardes qui se tenaient à la porte de ce qu'on appelait la piscine, composée de plusieurs bacs de tailles différentes selon les désirs du maître. Mais le terme de piscine était malvenu car Pilate avait peur de l'eau dès qu'elle atteignait sa lourde taille.

— Qu'est-ce que j'apprends ? s'emporta Procula. La croix pour crucifier Jésus est commandée !

Pilate but une gorgée d'une coupe de vin posée sur une petite table à côté de la baignoire. Ses cheveux mouillés donnaient à sa tête une forme d'énorme fruit rouge, dont on ne voyait que les lèvres gourmandes, pareilles à de grosses boursouflures.

— Je n'ai donné aucun ordre en ce sens.

— Alors, envoie un coursier à Caïapha, qui, poussé par Hérode, s'apprête à te désobéir.

Pilate eut un réflexe d'orgueil devant cette femme qui venait lui donner des ordres jusque dans son bain.

– Voilà qu'on déforme mes paroles ! J'ai dit que je n'avais aucune raison d'autoriser la crucifixion de Jésus.

– Ils sont en train de se passer de ton ordre. Envoie très vite une légion pour récupérer Jésus et qu'on ne touche plus à lui. Il a été flagellé et son corps est en sang. Il faut le soigner.

Procula s'éloigna. Tullius, l'homme à tout faire de Pilate, attendit qu'elle fût sortie pour rejoindre son maître qui décidément n'aurait pas un bain tranquille.

– Ça va mal en ville, annonça-t-il. Il y a des milliers de gens qui réclament la mort de Jésus…

– Ce sont ceux qu'Hérode a payés.

– Oui, mais ils font face aux partisans de Jésus, tout aussi nombreux. Si tu ne veux pas que l'émeute éclate avec des morts, tu dois faire intervenir la troupe.

C'était gênant pour Pilate. L'ordre public en cette semaine de Pâque, surtout lors des derniers jours, était essentiel. Il ne pouvait laisser les Israéliens s'affronter et faire des dizaines, voire des centaines, de victimes. Cela lui serait reproché à Rome.

– Envoie une garnison. Il faut maintenir la discipline coûte que coûte.

Pilate réclama ses esclaves pour l'aider à se sécher et à se vêtir. Il prit sa toge, emblème de sa supériorité romaine, et regagna l'aile du palais où se réunissaient les officiers de la garnison.

– Où est Procula ? demanda-t-il.

– Elle vient de sortir.

– Va dire à Hérode que je suis très en colère. Qu'on a outrepassé mes ordres et que je m'oppose à la crucifixion de Jésus ! Puis tu iras répéter la même chose à Caïapha.

Tullius demanda à deux gardes de l'accompagner et partit aussitôt.

Pas un souffle de vent. L'obscurité du ciel pesait sur les toitures et écrasait le mont des Oliviers. Un gros orage allait éclater avant la nuit.

Tullius traversa la place envahie d'une foule compacte devant le palais de Pilate. Des groupes s'invectivaient. Des meneurs incitaient la foule à réclamer la mort de Jésus. Hérode n'avait pas lésiné sur la dépense…

Le Romain n'avait pas beaucoup de chemin à parcourir pour atteindre le Temple, mais il fut arrêté par un attroupement très dense. Il donna l'ordre à ses gardes de lui ouvrir un passage à l'aide de leurs fouets. Les gens étaient tellement tassés les uns contre les autres que les coups n'eurent aucun effet. Il se décida à faire demi-tour et à passer par le chemin opposé, tout aussi encombré. Puis il envoya un garde avertir Pilate qui sombra dans une violente colère.

— Envoie l'armée ! Débrouille-toi, mais si Jésus est crucifié, tu le seras toi-même dans l'heure qui suivra !

Au Temple, le corps souillé de Jésus gisait toujours dans la salle des condamnés. Il respirait à peine. Les gardes riaient en entendant ses gémissements.

— Mais tu vas arrêter tes cris de chien battu ! dit l'un d'eux en lui envoyant un violent coup de pied dans le flanc.

La couronne d'épines glissa. Un autre la ramassa et la lui enfonça dans le cuir chevelu. Jésus n'eut aucune réaction. Il tirait une langue molle d'animal agonisant.

— À boire, murmurait-il.

— Et quoi encore ? Faudrait-il qu'on aille chercher notre meilleur vin ! dit un homme en buvant à la régalade à une cruche posée sur une table.

— Vous me faites honte ! s'emporta un légionnaire en prenant la cruche des deux mains. Voilà un homme qui n'a commis aucun crime, qui a toujours aidé les autres, qui n'a que de la bonté en lui et vous le traitez comme le pire des criminels !

Il approcha le récipient des lèvres de Jésus. Le liquide coulait lentement dans la commissure, Jésus remuait la mâchoire pour ne pas perdre une goutte du précieux liquide. Les autres riaient et multipliaient les plaisanteries. Quand il eut bu, il leva les yeux sur celui qui était toujours penché vers lui.

— Merci. Tu fais partie des Justes. Dieu ne t'oubliera pas.

Une corne sonna. C'était l'heure de l'appel. Les sentinelles sortirent de la pièce, laissant Jésus toujours recroquevillé sur le sol. Ils ne prirent même pas la peine de fermer la porte. Le prisonnier était une masse informe. Il ne risquait pas de s'enfuir. Et puis la foule belliqueuse veillait autour du Temple.

Jésus fit un effort considérable pour joindre ses deux mains et, les yeux au plafond, il murmura :

— Mon Dieu, pourquoi me punis-tu ?

Il était en proie à un immense doute. Sa mère l'avait élevé dans la croyance de sa mission sacrée, ce qui avait toujours été pour lui une évidence. Mais là, face à l'épreuve, il n'était plus sûr de rien. Il se sentait démuni, identique aux autres hommes. Le plus faible et le plus misérable de tous ? Un condamné aux pires supplices sans la moindre espérance ? Le feu brûlait son dos sanguinolent. Il respirait difficilement, chaque mouvement lui arrachait un grognement de douleur. Voilà ce qu'était devenu le bel homme souverain : une loque repoussante.

Puis il se ressaisit, voulut relever la tête, mais la douleur de ses épaules l'en empêcha. Grimaçant, il tenta de se mettre debout ; ses membres devenus insensibles refusaient de lui obéir. Il pensa à ces insectes tranchés par la lame d'un outil qui tentent de s'enfuir.

— Jésus... Jésus, viens !

Cette fois, il avait entendu une voix connue, une voix qu'il aurait dû détester, mais qui, à cet instant, lui faisait un bien infini. Il réussit à tourner la tête et vit l'homme qui s'approchait de lui.

— L'Iscariote ! D'où sors-tu ?

Judas se prosterna devant le maître, toujours recroquevillé sur les dalles.

— Viens, ils sont à la revue. Il n'y a aucune surveillance tellement ils sont certains que tu ne t'enfuiras pas. Les autres attendent dehors pour t'emmener.

Judas se déplaça et Jésus le vit courbé, marchant difficilement. Sa robe sur son dos était imprégnée de sang.

— Ils m'ont flagellé, moi aussi, mais moins fort que toi. Viens, tu peux encore leur échapper.

Jésus fit un gros effort et, aidé par Judas, réussit à se mettre sur ses jambes. Chancelant, il fit un pas vers la sortie.

— Appuie-toi sur moi, je vais t'aider.

— Qui est dehors ?

— Joseph d'Arimathie, ton frère Jacques, André, Simon Pierre, ta mère, Madeleine, Salomé et Marthe...

— Ma mère ?

— Ta mère qui te demande de t'échapper.

Jésus s'appuya contre l'épaule de Judas. Chaque pas réveillait en eux une vive douleur, mais ainsi unis dans la souffrance, ils trouvaient la force d'avancer. Le maître eut une vision, si nette qu'il eut l'impression d'être projeté dans l'avenir :

– Ce monde d'amour auquel je rêve et pour lequel je donne ma vie mettra beaucoup de temps à s'imposer, murmura-t-il. Il y aura encore beaucoup de guerres, de famines, d'épidémies, beaucoup de souffrances.

Les cris de haine montaient des rues autour du Temple.

– Où sont ceux qui m'acclamaient ?

Judas le rassura :

– Ils sont tenus à l'écart. Ceux qui hurlent ont été payés. Joseph d'Arimathie connaît un passage. Tu ne risques rien. Dépêchons-nous, la revue s'achève.

Jésus lui emboîta le pas, puis s'arrêta.

– Mais que sommes-nous en train de faire ? Fuir n'est-ce pas la meilleure manière de leur donner raison ? Je ne suis pas un malfaiteur.

– Maître, on a encore besoin de toi ! Le monde entier a besoin de toi, ton œuvre n'est pas terminée !

– Qu'en sais-tu ? En fuyant, je deviens un lâche ! Je renie mes années passées à prêcher, je renie la parole de Dieu !

– Mais Dieu lui-même ne t'a-t-il pas renié ?

– Non, je ne le crois pas !

Jésus se sépara de Judas et revint lentement sur ses pas.

– Maître, je t'en prie...

Le ton de sa voix était loin d'être convaincu car Judas savait que Dieu n'avait pas abandonné Jésus, et qu'au moment ultime, il saurait le sauver.

La revue était terminée, les gardes revenaient en bavardant. Judas les vit s'approcher, mais malgré la tentation de partir, il décida de faire face, et de se ranger du côté de Jésus.

— Qu'est-ce que tu fais là ? s'emporta un des soldats. Tu veux tâter de mon fouet ?

— Je veux partager le sort de mon maître !

— Va-t'en. On ne veut plus te voir, tu entends !

Deux soldats prirent Judas par les épaules et le poussèrent vivement dehors. Ils revinrent vers Jésus. La vue de Judas lui avait redonné la force d'affronter l'ultime épreuve. C'était le moment de montrer à Dieu qu'il était digne de lui.

— Il faut faire vite ! cria un garde du Temple. Où sont les Romains ?

— Dans la cour. Ils attendent.

— Et la croix, vous avez la croix ? J'avais dit un peu plus grande que d'habitude.

— Elle est là, prête à servir.

Un homme échevelé, les vêtements déchirés, arriva en trombe, essoufflé, le visage plein de griffures.

— Ordre de Pilate, on ne crucifie pas Jésus !

— Qu'est-ce que tu racontes ? dit le capitaine. D'où sors-tu ?

— La foule m'empêchait d'avancer et m'a pris à partie. J'ai pu m'échapper. Pilate a donné l'ordre de ne pas crucifier Jésus.

— Il faut en parler au grand prêtre.

Caïapha était resté à proximité car il redoutait une ultime volte-face de Pilate. Une heure auparavant, il avait discrètement donné une grosse bourse remplie d'or au centurion Marnelus Gorra afin que celui-ci accepte d'emmener Jésus vers le Golgotha en se passant de la sentence de Pilate.

L'émissaire qui avait bravé la foule pour apporter l'ordre du procurateur se présenta aussitôt devant le grand prêtre.

– Comment peux-tu me prouver que tu es envoyé par Pilate et non par les partisans du révolutionnaire Jésus ? lui demanda Caïapha.

– Mais, comment peux-tu douter ? répliqua le Romain en passant la main dans ses cheveux pour les lisser. Je suis Tullius, le secrétaire de Pilate. Nous nous sommes vus ce matin même chez mon maître.

– Je ne me souviens pas de toi.

Puis se tournant vers un officier, il ordonna :

– Va demander à Hérode. Il est avec Annas en ce moment.

Malgré le temps qui pressait, Caïapha s'obligea à attendre le retour de l'officier qui ne tarda pas.

– Hérode dit que Pilate est d'accord, que le procurateur le lui a affirmé lui-même ! fit l'homme essoufflé.

Tullius se dressa en face du grand prêtre :

– Depuis quand Hérode donne des ordres aux Romains ?

Caïapha hésita. Sous la colère, son visage avait blêmi. Il ne pouvait rien contre le pouvoir de l'occupant. Il regardait autour de lui comme s'il attendait quelqu'un. Enfin, un Romain à la tête d'une dizaine d'hommes arriva. Caïapha fut soulagé. C'était Marnelus Gorra, le centurion ivrogne qu'il avait soudoyé. Les deux hommes échangèrent un regard.

– Hérode a raison, Pilate ne s'oppose pas à la crucifixion.

– Alors faites vite ! ordonna Caïapha. On n'a plus de temps à perdre, il faut que tout soit terminé avant dix heures.

Le garde qui avait refusé de flageller Jésus intervint :

– Marnelus, tu mens. Pilate ne t'a pas donné cet ordre, parce que tu n'étais pas au palais ce matin. Tu n'es jamais allé le consulter.

— Qu'est-ce que tu en sais ? Tu n'y étais pas toi non plus ! Pilate a donné l'ordre de le crucifier avec les deux condamnés !

— Quels condamnés ?

— Je ne sais pas. Ce sont les gardes du Temple qui s'en occupent.

Une vingtaine de gardes s'étaient joints aux soldats romains pour escorter Jésus, cela faisait beaucoup de monde pour un homme exténué et incapable de fuir. Mais la rumeur courait que des bandes de partisans ameutaient la population et accusaient les prêtres d'avoir payé la foule pour réclamer la mort du prophète. Comme les autres, Caïus Tullius entendit, parmi les cris qui fusaient aux portes du Temple, une voix ferme et puissante déclarer :

— Le seul crime de cet homme est d'avoir dénoncé les rapines du Temple à l'égard des pauvres gens qui se privent de nourriture pour payer les offrandes à Dieu, et enrichissent des voleurs. Cet homme n'est pas de votre bord politique, c'est vrai, mais il n'a prêché que la paix. Et vous allez le crucifier ?

Une ovation suivit cette affirmation. Hérode, qui ne voulait rien perdre du supplice de son ennemi, s'était placé à côté du grand prêtre. Il devait surveiller tout le monde et surtout cette grosse outre de Caïapha à l'entendement limité. Sur le point de réussir, il fallait peu de chose pour que les partisans de Jésus arrivent à leurs fins. Des bagarres éclataient. La légion que Pilate avait envoyée pour surveiller les alentours du Temple était incapable de rétablir l'ordre.

Procula, qui avait aidé les proches de Jésus à s'extirper de la foule, arriva à la garnison, et fit irruption dans la pièce où se tenait Pilate, installé sur la vaste terrasse d'où il entendait les cris de la foule.

– Alors tu as décidé de choisir le camp des lâches, Pilate ! s'exclama la femme dont le visage contracté indiquait une profonde affliction. Sache que l'histoire des hommes est en train de se jouer à cet instant ; elle peut basculer dans un sens ou dans l'autre. Tu sais qu'on ne respecte pas tes ordres. Qu'est-ce que tu attends pour envoyer tes légionnaires maîtriser ces charognards ?

– Je n'ai pas donné l'autorisation de crucifier Jésus. J'ai seulement donné l'autorisation de crucifier les deux condamnés qui croupissent dans les prisons du Temple.

– Si tu laisses faire, ils se passeront de ton autorisation.

Ils s'en passèrent, en effet. Hérode le sournois, qui se dissimulait derrière les prêtres, était pressé de commettre l'irréparable. Jésus fut conduit au pied du Golgotha. Il fallut le traîner, tellement il était faible.

Pilate envoya sa garde personnelle pour récupérer le condamné, mais il y avait encore beaucoup de monde autour du Temple et les hommes du procurateur avaient beau faire tournoyer leurs épées, ils ne pouvaient avancer et se retrouvaient prisonniers de cette gangue humaine. Le bruit courait que celui qui allait être crucifié avec deux autres condamnés n'était pas Jésus, mais un autre qui lui ressemblait. Ceux qui le connaissaient pensèrent à Judas et se dirent que c'était un juste châtiment.

Au pied du Golgotha, Jésus, écrasé par la douleur, grelottait. La poutre transversale de sa croix était posée à côté de lui, non loin de deux autres destinées aux condamnés qui allaient partager son supplice. Marnelus observa cet homme qui grimaçait en tentant de se mettre sur ses jambes. Malgré les plaies qui le recouvraient, il était sensible à la beauté de ce corps aux formes parfaites, à ses épaules robustes, et eut la tentation de s'enfuir. Mais la pensée qu'Hérode lui avait promis une grosse bourse si tout se passait bien le retint.

– Tu vas mettre ta robe. Ce n'est pas bon qu'on te voie nu.

Jésus réussit à se dresser. Il dominait les soldats ; la plupart détournaient le regard. Sa haute taille imposait à ces Romains le respect qu'ils portaient à la perfection des statues taillées par les sculpteurs grecs.

Le condamné prit sa robe, la tourna lentement dans ses mains pour la mettre à l'endroit et leva les bras pour passer la tête dans l'ouverture. Il serrait les dents pour ne pas céder à la souffrance que lui procurait le moindre de ses mouvements. Marnelus ordonna :

– Qu'on l'aide à s'habiller.

Aussitôt deux hommes au casque rutilant passèrent la tête de Jésus dans l'ouverture de son habit, puis soulevèrent les bras avec précaution, comme s'ils aidaient un malade. Dans l'assistance, personne ne fit de remarque. Encore une fois, il aurait fallu si peu de chose pour changer le cours de l'histoire du monde qui se jouait encore à cet instant.

Il faisait sombre à une heure où le soleil était levé depuis longtemps. Serait-ce la marque que Dieu allait enfin intervenir, que l'apocalypse était imminente ? Jésus ne le pensait pas. La douleur occupait son esprit, il n'était qu'une charogne couverte d'un tissu blanc qui se tachait de sang par endroits. Quand un des soldats déplaça la poutre qu'il devait porter jusqu'au Golgotha, il revit, dans un éclair, son enfance ordinaire avec les autres gamins du village, son adolescence dans l'atelier de Joseph avec ses frères qui n'avaient aucun mal à transporter les grosses pièces de bois. Comment en était-il arrivé là ?

On amena deux autres condamnés, l'un plutôt robuste, les jambes arquées, le visage carré, sans barbe, preuve de sa condition servile. L'autre était plus frêle. Ses yeux exorbités regardaient autour de lui. Il tremblait ; ses lèvres bougeaient, mais il ne prononçait aucun mot.

– Marche, roi des Juifs ! dit Marcus Pelhucanus, qui avait pris la place de Marnelus.

Il était petit, râblé. Sa grosse tête était couverte d'un casque parfaitement astiqué, comme l'exigeait le règlement de l'armée romaine. Il portait une tenue de guerre, un haut de corps couvert d'écailles métalliques ajusté à son buste. Ses joues tombantes, son visage sanguin et ses yeux très noirs lui donnaient un aspect retors et inquiétant. Les légionnaires placés sous ses ordres le détestaient autant qu'ils le redoutaient, car il punissait fort et ne revenait jamais sur une décision, si injuste soit-elle.

Pelhucanus poussa Jésus devant lui. Les gardes du Temple voulant participer à l'opération plaisantaient autour des trois condamnés. Le premier, à la large poitrine velue, qu'on appelait Jonathan, ancien valet du Temple, avait pris le parti de Jésus. Il lança un regard rapide autour de lui et se mit à genoux[27].

– Maître, dit-il à Jésus d'une voix rauque, c'est un honneur de partager ta souffrance !

Un violent coup de pied dans les côtes le terrassa. Il poussa un juron et releva la tête.

Un éclat de rire lui répondit. Jésus avait assisté à la scène sans réagir, tout à la douleur qui parcourait son corps. Daniel, le deuxième condamné, regardait avec effroi la poutre de sa croix qu'il devait porter jusqu'au sommet du Golgotha.

– Maître, on a cru en toi. Qu'attends-tu pour nous sauver ?

Des gouttes de sang coulaient sur le front de Jésus. Il tourna son regard affligé vers Daniel qui baissa la tête et dit d'une voix rauque :

– J'ai cru en toi. J'ai cru en tes miracles et voilà où j'en suis.

– Maître, pardonne à Daniel, dit Jonathan, il n'est pas très fort et pense à ceux qu'il laisse ici et qui ont besoin de lui, sa femme et ses deux fils encore petits !

– C'est moi qui vous demande pardon à tous les deux, murmura Jésus.

Puis il ajouta en se tournant vers les Romains qui plaisantaient en attendant l'ordre du départ : « J'ai soif ! »

Il se savait laid de sa douleur, semblable à un animal que l'on va sacrifier. Son esprit était vide, noir comme le ciel. Aucune pensée ne venait y semer un rayon d'espoir. Il ne priait pas, conscient que Dieu avait détourné les yeux. N'avait-il pas péché par orgueil, par prétention ? Lui qui se croyait autorisé à enseigner une vérité universelle, la parole même du Dieu créateur, n'était-il pas un homme comme les autres, tellement plus malfaisant par ses promesses de paradis ? Un cisaillement de douleur naissait à chaque inspiration, comme si une énorme tenaille broyait ses chairs, mettait son corps en lambeaux. Il avait entraîné dans sa sordide épopée ceux qu'il aimait, ses frères, ses apôtres qui lui avaient fait une confiance aveugle, et Madeleine, si belle qu'on pouvait la croire inspirée par le démon. Pourrait-elle lui pardonner ? Il pensait aussi à sa mère, à Joseph, mort depuis longtemps, et qui le regardait sûrement du ciel.

Jésus, fils de Pantera comme on l'appelait parfois dans son enfance, était sûrement coupable de mêler dans ses veines le sang d'un légionnaire et celui de David. Cela faisait de lui un être infect, infréquentable.

– J'ai soif, répéta-t-il dans un grognement.

– Tu as soif ? s'étonna Pelhucanus, eh bien, avale ta salive !

Il éclata d'un grand rire, repris par les autres. Un violent coup de pied fit tomber Jésus en avant. Il faisait chaud, l'orage était sur le point d'éclater et il fallait que tout soit terminé au plus vite. Jésus réussit à se mettre sur ses jambes, sous les huées d'une foule que les légionnaires tenaient à distance, et scruta le Romain. Pelhucanus se sentit-il humilié par la fixité de ce regard brûlant qui ne s'avouait pas inférieur et dans lequel il ne lisait aucune haine ? Il leva la main et gifla Jésus, dont la tête roula sur l'épaule droite.

— Chien ! Tu ne sais pas qu'un condamné baisse les yeux devant un officier romain ?

Jésus releva la tête et plongea de nouveau ses yeux dans ceux de Pelhucanus, qui sombra dans une violente colère. Il s'empara du fouet, le leva vivement ; la lanière s'abattit sur le dos du supplicié, déchirant la robe de fin tissu. Jésus étouffa un cri. La douleur était si vive qu'il en perdit la respiration un instant, et le cœur battant à ses tempes, il trébucha, tomba sur les genoux sous des éclats de rire moqueurs.

— Allez, debout, fils de David, on est pressés !

Jésus, en s'appuyant sur ses mains, réussit à se redresser et la marche reprit. Quelques partisans avaient réussi à franchir les barrières érigées par les gardes d'Hérode. Des groupes s'affrontaient. Jésus parcourut la multitude des visages et remarqua, au premier rang, sa mère. Leurs yeux se croisèrent. Elle poussa un cri qui se perdit dans le tumulte, mais Jésus l'entendit. Alors, il cessa de grimacer. Il était là, sur le chemin de la mort, et il ne devait pas être lâche. Chaque pas qu'il faisait le menait vers la délivrance.

— Prends la traverse de ta croix ! cria Pelhucanus. Et les deux autres, faites de même. Vite, le temps presse. Et ne vous plaignez pas, l'autre morceau, le plus gros, est sur place.

Le Romain jetait des regards anxieux au ciel, suspendu à presque rien, comme si l'envol d'un insecte pouvait suffire à le briser en une pluie de feu.

Les menaçant du fouet, les légionnaires ordonnèrent aux condamnés de hisser la poutre sur leurs épaules meurtries. Jésus, qui agissait comme un automate, se pencha, prit le bois à pleines mains et dans un effort suprême réussit à le soulever et à le poser sur son épaule. Ce n'était plus un homme qui obéissait aux claquements du fouet, mais un animal de trait attelé à la charrue ! À côté, les deux autres imitèrent Jésus, mais n'ayant pas été flagellés, ils conservaient leurs forces.

Partisans et adversaires de Jésus s'affrontaient à la porte de la ville. Un détachement de Romains vint s'intercaler pour ramener l'ordre, mais les haines étaient trop fortes. Hérode avait largement payé un grand nombre de mercenaires habitués aux combats de rue.

Antipas, entouré d'une dizaine de gardes armés, s'était déguisé en pèlerin. Il avait couvert son corps d'une cape noire ; une capuche pointue dissimulait son visage. Il ne voulait rien perdre du supplice de Jésus qui assurait enfin son trône et celui de sa descendance.

Pilate était de nouveau dans son bain. Les démangeaisons de sa peau étaient insupportables depuis quelques jours. Tullius fit irruption dans la pièce où des servantes apportaient de l'eau chaude parfumée au myrte. Pilate sursauta et s'emporta :

— Qui t'a autorisé à entrer ici ? Ne t'ai-je pas dit que je ne voulais être dérangé sous aucun prétexte ?

— Ils vont crucifier Jésus. Tes légionnaires sont en train de le conduire sur le Golgotha avec deux autres condamnés !

Pilate rougit, se redressa vivement dans sa baignoire et fit un geste brutal du bras droit qui projeta une langue d'eau à travers la pièce.

– Voilà qu'on n'obéit plus à mes ordres ! Qui dirige la fraction romaine ?

– Pelhucanus.

– N'a-t-il pas reçu mes ordres ?

– Je ne sais pas.

Les prêtres et Hérode lui avaient donc désobéi, remettant en cause son autorité de procurateur de Rome. Il ne pouvait l'admettre.

– Que dois-je faire ? demanda Tullius.

– Tu envoies une vingtaine d'hommes sous les ordres d'un officier sûr et tu fais tout arrêter. Où est Procula ?

– Elle a été blessée lors d'une échauffourée, maître. Elle a reçu un coup de dague au ventre, mais les médecins disent que ce n'est pas grave. On l'a transportée dans ses appartements.

– Je vais aller la voir. Fais vite, il faut que tes hommes arrivent avant que l'irréparable soit accompli.

Tullius partit en courant. Pilate demanda qu'on apporte des serviettes pour le sécher.

Dans le chemin caillouteux qui conduisait au sommet du Golgotha, les condamnés avançaient péniblement, chargés du fardeau de leur croix sous la menace des soldats romains et des gardes du Temple. Jésus titubait, écrasé par la poutre. Ses pieds butaient sur les pierres du chemin, il trébuchait. Le fouet, pour inciter le convoi à accélérer le pas, claquait près de son dos et de ses épaules.

Des curieux avaient réussi à franchir le cordon de soldats qui retenait la foule à distance. Ils voulaient approcher Jésus, voir son visage contracté par la douleur, toucher les traînées sanglantes sur son dos. Il était là, le grand prêcheur, ce prétendu descendant de David, celui qui aspirait à devenir roi d'Israël, gémissant sous les coups, écumant de souffrance, aussi misérable que les autres condamnés. Il se croyait lui-même Dieu et il n'était rien. Sa vie avait moins de valeur que celle de l'ânon qui l'avait porté triomphalement dans les rues de Jérusalem.

Le cortège avançait péniblement vers le sommet du Golgotha où se dressaient des croix et les restes des anciens crucifiés que l'on avait oublié de décrocher. Déchiquetés par les corbeaux, des lambeaux de chair pendaient à des squelettes hideux. Généralement, au bout de quelques jours, les Romains les faisaient détacher par des esclaves tant la tâche était rebutante. Une odeur putride se propageait jusqu'à Jésus. Une illumination traversa l'obscurité de son esprit : « Tu es poussière et tu retourneras à la poussière », murmura-t-il. Cette parole du Créateur rejoignait le sens de la vacuité que les sages du désert venus d'Orient lui avaient enseigné.

Son pied heurta une pierre saillante. Il perdit l'équilibre et tomba sous les rires grossiers des gardes. La poutre était soudainement si lourde que sa tête entraînée frappa le sol hérissé de roches tranchantes. Il perdit connaissance. Les coups de fouet sur son dos qui attisaient le brasier de ses douleurs le réveillèrent. Il se tordait comme un serpent qu'on écrase.

Jonathan posa vivement sa poutre s'inclina vers Jésus et lui attrapa délicatement le bras.

– Relève-toi, ils seraient trop contents de te voir à terre, rampant devant eux.

Ces paroles redonnèrent un peu de courage à Jésus. Il fit un gros effort pour s'accroupir. Le fouet claqua sur les épaules de Jonathan, les marqua d'une zébrure rouge.

L'homme tourna sa large face vers les gardes et sourit, comme s'il n'avait rien senti. Le fouet claqua de nouveau.

– Cet homme est à bout de force, dit-il en désignant Jésus.

– De quoi tu te mêles ?

Jésus réussit à se lever. Jonathan l'aida à charger la poutre sur son épaule et leur ascension reprit, lentement, trop lentement pour les gardes qui voyaient le temps passer. Dans moins de deux heures, selon la loi juive que les Romains devaient respecter, ils n'auraient plus le droit de crucifier les condamnés.

Une sueur mêlée de sang coulait sur les joues de Jésus qui murmura encore :

– J'ai soif !

– On n'a pas le temps ! s'emporta un légionnaire. Il te suffit de faire un miracle, ajouta-t-il en riant.

Un homme très âgé qui avait pu s'avancer vers les suppliciés tant il semblait inoffensif et bancal présenta une cruche d'eau aux lèvres de Jésus, qui aspira le liquide bienfaiteur. Le fouet claqua sur les épaules du vieillard qui roula au sol, brisant son pichet.

– Cela te servira de leçon ! cria Pelhucanus. Et gare à qui veut s'approcher du condamné.

La marche se poursuivit. On pensait que le jour n'allait jamais revenir, que la nuit s'était installée sur terre pour toujours. Certains commençaient à se poser des questions : cette pénombre, cette absence de soleil n'étaient-elles pas dues au martyre de Jésus ? La foule de ses partisans grossissait et s'en prenait aux soldats qui cherchaient à maintenir l'ordre. Il faisait chaud, une chaleur lourde qui écrasait les épaules. Le malaise était de plus en plus palpable. Pelhucanus fit claquer à nouveau son fouet.

– On se dépêche.

À son ordre, les gardes poussèrent Jésus qui chuta de nouveau sur le sol caillouteux. Jonathan prit sa poutre avec la sienne et reprit la marche. Jésus se releva sous les flagellations. Le feu brûlait ses entrailles.

Pelhucanus s'emporta :

— Comment un costaud comme toi ne peut-il pas porter ce morceau de bois ? C'est de la mauvaise volonté !

La lanière siffla à nouveau. Jésus ouvrait la bouche, l'air lui manquait, la bave coulait le long de sa barbe et tombait en filets sanguinolents. Les gardes se moquaient :

— Mais tu pues pire qu'une charogne, tu pues la merde !

Un homme robuste avec un regard volontaire sortit de la foule. Il fit face à Pelhucanus :

— Vous voyez bien qu'il est à bout ! Je vais la porter, cette croix !

Tout en parlant, il souleva la poutre sur son épaule.

— Comment t'appelles-tu ?

— Simon de Cyrène[28].

— C'est d'accord, porte la croix, le temps presse !

À mesure qu'ils avançaient, la foule hostile se dispersait. La plupart des hommes payés par Hérode comprenaient qu'il se passait quelque chose d'anormal et s'étaient enfuis. Un aveugle assis au pied d'un olivier ne cessait de répéter :

— De la nuit viendra la lumière ! Repentez-vous ! Celui que vous allez crucifier est le sauveur du monde !

— Ah ! ah ! s'esclaffa quelqu'un. S'il est le sauveur du monde, pourquoi ne se sauve-t-il pas lui-même ?

— Pour que sa souffrance vous aide à avancer. C'est le plus grand acte d'amour qu'il soit possible de faire sur cette terre.

Ceux qui l'entouraient échangèrent des regards étonnés. L'aveugle que beaucoup connaissaient passait son temps assis à cet endroit à raconter des visions apparues dans sa nuit constante. Certains le consultaient pour connaître leur avenir.

On était à mi-pente. Déjà, les relents de pourriture devenaient insupportables. Jésus ne parvenait plus à avancer. Le fouet ne lui redonnait pas de forces et il gémissait.

— J'ai soif ! ne cessait-il de répéter.

Une vieille femme courbée par les années, appuyée sur sa canne, apporta une gourde d'eau et la leva au-dessus des lèvres du condamné qui but quelques gorgées. L'eau ruisselait sur son cou. Le fouet claqua et déchira la robe de la femme, découvrant son dos voûté et osseux. Son regard croisa celui de Jésus et aussitôt elle se redressa devant les légionnaires. Le fouet se leva de nouveau au-dessus de sa tête, et retomba mollement. Les forces manquaient à Pelhucanus. Ne venait-il pas d'assister à un miracle ?

— Dépêchons ! cria-t-il encore pour chasser des pensées gênantes dans l'accomplissement de son devoir.

Pour ne pas tomber à nouveau, Jésus se soutenait à la croix que portait Simon de Cyrène. C'était contre les ordres, mais Pelhucanus fit semblant de ne rien voir.

— Encore un effort ! cria l'officier romain dans la langue de Jérusalem qu'il maîtrisait mal.

Les légionnaires avaient réussi à faire reculer la foule. Il restait pourtant par endroits, cachés derrière les taillis, des groupes de fidèles qui pleuraient en assistant au martyre de leur prophète. Jésus, dans le brouillard, aperçut Madeleine. À côté, Marie se cachait le visage dans ses mains. Cette image lui fit tellement mal qu'il trébucha de nouveau et tomba sur la pierraille. Sa mère, dont tout le monde avait remarqué la prestance, se mit à genoux.

– Jésus, mon fils, je ne suis pas digne de ta grandeur !

Les frères de Jésus réussirent à se glisser près de Marie. Parmi eux, Jacques prit sa mère contre lui et lui murmura des paroles qui se voulaient encourageantes mais exprimaient son désespoir. Marie lui souffla :

– Même toi, Jacques, tu doutes de lui ?

La fratrie de Jésus était réunie dans cet ultime instant. Le condamné venait du même ventre qu'eux et ils se sentaient coupables de ne pas être à sa place. Désormais, ils mesureraient la chance qu'ils avaient de partager le même sang qu'un homme qui acceptait son martyre par amour pour ses semblables.

– Et Judas ? demanda Jude qui ne pardonnait pas au disciple élu d'avoir trahi le maître.

– On ne sait pas ! répondit Jacques. Il a disparu, comme les autres.

Un cortège de plus en plus silencieux parvint enfin au Golgotha. Il y avait, tout près du lieu de crucifixion, un jardin regorgeant de magnifiques légumes ; les légionnaires se disposèrent tout autour pour qu'ils ne soient pas piétinés. Là, des aides du charpentier Nathanael qui fournissait les pièces de bois avaient emporté les cadavres en décomposition des anciens condamnés et creusé les trois trous dans lesquels seraient plantés les pieds des croix qui étaient déjà là. En effet, comme on crucifiait beaucoup sous l'administration de Pilate, et que le bois manquait, on utilisait plusieurs fois les mêmes croix. Des corbeaux tournaient dans l'air gris en poussant leurs lugubres croassements. Les plus audacieux s'étaient posés, attendant que les condamnés soient cloués pour leur crever les yeux, qu'ils préféraient à toutes les autres parties du corps.

Les hommes travaillaient et se parlaient dans une langue que Jésus ne comprenait pas. L'un d'eux sortit d'une boîte de longs clous spécialement forgés pour être plantés dans la chair sans abîmer les os, un autre éprouvait le poids d'une masse métallique que prolongeait un manche en bois d'olivier. Deux autres, enfin, fixaient au bout des poutres centrales les parties horizontales où seraient cloués les poignets. Ils s'activaient en bavardant joyeusement pendant que les condamnés, retenus par les soldats qui pointaient leurs lances vers eux, attendaient leur tour. Jonathan s'était mis à genoux et fermait les yeux ; ses lèvres bougeaient dans une prière intense. Daniel tremblait de tous ses membres au point qu'il peinait à se tenir debout. Il se tourna une nouvelle fois vers Jésus qui était lui aussi pris de tremblements.

— Mais fais quelque chose ! lui cria-t-il. On a cru en toi, ce n'est pas le moment de nous abandonner.

Jésus lui lança un regard désespéré, privé de sa noblesse habituelle, un regard de vaincu, de condamné.

— Donc, tu nous as menti ! Sois maudit ! cria Daniel pendant que les aides du charpentier le prenaient par les bras et l'obligeaient à se coucher sur la croix.

Le gringalet, que deux robustes gaillards tenaient en force les bras écartés sur le croisillon, se débattait pour se libérer. Le maître menuisier arriva avec les clous d'une longueur de près de trois pouces. Pendant que les premiers maintenaient immobile le poignet droit, la paume de la main tournée vers l'extérieur, le troisième, du bout de l'index, cherchait l'endroit précis pour planter le clou. Crucifier dans les règles de l'art demandait du savoir-faire et pas mal de pratique. En effet, la pointe métallique devait passer entre les os, à un endroit suffisamment solide pour maintenir le poids du corps, mais sans trancher aucune artère, ce qui aurait abrégé le supplice en vidant la victime de son sang.

Il positionna le clou pendant qu'un autre leva le marteau et frappa. Un cri aigu retentit. Les corbeaux, habitués, ne bronchèrent pas. Le maillet s'abattit de nouveau et le clou s'enfonça, sous les hurlements du condamné. Quand la pointe eut traversé le bras et pénétra dans le bois, le bruit du marteau changea, devint presque harmonieux, comme musical.

Sans se préoccuper des cris, le second poignet fut cloué à l'autre extrémité et enfin les pieds sur le petit renflement de la poutre centrale, un appui qui permettait au crucifié de pousser sur ses jambes et évitait un étouffement trop rapide. Quand ce fut fait, avec la rapidité et la maîtrise de gens du métier, d'autres levèrent la croix et firent glisser la pointe centrale dans le trou qu'ils calèrent avec des cailloux. Daniel, le premier crucifié, qui hurlait de douleur, fut alors en place pour une lente agonie de plusieurs jours.

Ce fut le tour de Jonathan. Il échangea avec Jésus un regard profond et se laissa allonger sur la croix sans un mot. Quand le premier clou pénétra dans son poignet, il serra les dents, émit un grognement sourd, ferma les yeux et se mit à prier à haute voix, sans un cri de douleur.

Des gardes avaient fait reculer les curieux, mais il en venait toujours plus. Madeleine, Jacques et la famille de Jésus priaient, eux aussi, attendant une intervention divine. Salomé pressait sa mère dans ses bras. Marie se cachait toujours le visage dans les mains ; son cœur battait à ses tempes, mais aucune voix rassurante ne venait éclairer son âme.

Jésus peinait à se tenir debout.

Les gardes l'empoignèrent pendant que d'autres soulevaient la croix de Jonathan, qui restait impassible. On avait gardé Jésus pour la fin, pour qu'il assiste à son propre supplice en entendant les cris des autres. Le temps passait trop vite. On allait arriver à l'heure où il ne serait plus possible de crucifier le moindre condamné jusqu'à la fin de la Pâque. Pelhucanus s'emporta :

– Dépêchons !

Il y avait beaucoup d'agitation. On entendait les épées qui s'entrechoquaient au bas du mont des Oliviers, puis des cris. Jésus respirait difficilement. Ses cheveux collés par la boue, la bave et le sang tombaient autour de sa tête en lanières grises. Il ne restait dans son visage méconnaissable que ses yeux, toujours si clairs, si profonds, avec un éclat que Pelhucanus évitait. Le malaise du capitaine romain grandissait, autant à cause des manifestants qui tentaient d'enfoncer la barrière des légionnaires que de cette étrange impression de sombrer dans un enfer sans fond. Il tentait de cacher les tremblements qui agitaient son corps, il n'avait pas le droit de fléchir. Il voulait en finir et quitter ce lieu maudit. Il faillit tomber en trébuchant sur une racine d'olivier. La tête lui tournait et il ordonna :

– Faites vite !

Il détourna les yeux lorsque les ouvriers allongèrent Jésus sur la croix posée au sol. Le Messie était dans une nuit opaque, sans la moindre étincelle, lui qui n'avait fait que le bien tout au long de sa courte existence. Le monde allait s'arrêter là, sur le mont du Crâne[29] destiné au supplice des bandits, des voleurs, des tortionnaires. Il pensait à sa mère, à ses frères, à Jacques qui ne devait pas être très loin, il pensa aussi à Judas par qui le destin était passé. Malgré lui, il attendait une intervention divine qui ne venait pas.

Curieusement, à cet instant ultime où le menuisier préparait ses clous et son marteau, où des hommes bloquaient ses bras et ses poignets sur la traverse de bois, l'esprit de Jésus se mit à fonctionner tellement vite qu'en l'espace d'un éclair, il revit une partie de sa vie. Le contact avec la poutre lui rappela son enfance, puis son adolescence, avec Joseph et ses frères, lorsqu'ils allaient prélever un arbre dans la forêt, qui avait poussé selon la loi de la nature, et qu'ils taillaient, rabotaient, sciaient pour lui donner une forme et une fonction voulues par l'intelligence humaine[30].

À l'instant où il vit le charpentier prendre un clou acéré dans une main et le marteau dans l'autre, il se mit à trembler, et retenant sa respiration, il crut encore au miracle.

Le maître menuisier déplaçait la pointe sur le poignet de Jésus. Puis un bruit sourd et la douleur du clou qui pénètre dans sa chair, glissant contre les os, écartant les cartilages pour se frayer son chemin rectiligne. Jésus ne put retenir le cri aigu qui sortit de sa poitrine. Tout son être brûlait de souffrance. Pelhucanus trépigna d'impatience. Un deuxième coup de marteau et le clou traversa le deuxième poignet pour s'enfoncer dans le bois.

Jésus avait cessé de hurler. La douleur le paralysait, arrêtait le temps et sa vie. Il ouvrait la bouche pour respirer, mais ses poumons étaient de pierre. Quand les bourreaux positionnèrent ses pieds l'un à côté de l'autre sur le rebord de la poutre centrale, il murmura encore :

— À boire !

Pelhucanus fit un signe à l'un de ses hommes. Ce qu'il avait refusé aux autres, il l'acceptait pour Jésus. Le garde prit une gourde de vin aigre qui était là pour faire envie aux condamnés et laissa tomber un filet liquide entre les lèvres ouvertes et sèches du supplicié qui eut la force de le remercier.

L'un des menuisiers s'approcha de Pelhucanus, l'air embarrassé.

– On a perdu un clou !

– Le forgeron Nahan a dû se tromper et en a oublié un, tant pis. Cloue les deux pieds l'un sur l'autre.

C'était plus compliqué. Il fallait les maintenir et trouver le passage à la base du talon, en évitant les os. L'assistant travaillait sous le regard attentif et expert de Nathanael qui ne voulait surtout pas qu'on lui fasse le moindre reproche.

Quand ce fut terminé, quatre hommes furent nécessaires pour lever la croix et la caler dans la cavité creusée à même le sol.

– Attends, dit un garde du temple, tu vas clouer ça sur le sommet de la croix.

C'était un parchemin sur lequel étaient inscrits en gros les caractères romains INRI.

– Qu'est-ce que cela signifie ? demanda un des gardes.

– Jésus le Nazaréen, roi de Judée. C'est pour montrer à ses partisans qu'il n'y a plus de roi de Judée.

Hérode pouvait désormais dormir en paix. Plus personne ne viendrait contester son trône. Caïapha pensait au festin de Pâque. Jésus disparu, la vie reprendrait son cours habituel et agréable.

Un groupe de soldats romains avançait en courant, l'épée menaçante. Le capitaine poussa un cri :

– On arrête tout. Ordre de Pilate. On ne crucifie pas Jésus !

C'était trop tard. Jésus, entre Daniel et Jonathan, dominait le Golgotha avec sa couronne d'épines qui avait glissé sur le côté droit. Il semblait inconscient, la tête renversée sur son épaule, pourtant Jonathan l'entendit murmurer :

– Mon Dieu, que ta volonté soit faite !

Pelhucanus s'approcha du centurion qui venait d'arriver.

– Marcus, que ne l'as-tu dit plus tôt ?

– La foule nous a empêchés de passer. Il a fallu sortir les armes. Tu dois aller trouver Pilate. Je t'avertis, il va être furieux.

Pelhucanus redoutait la colère du procurateur. Ce faible était impitoyable quand il était contrarié.

– Vous devez surveiller les alentours et empêcher quiconque de s'approcher, ordonna Marcus.

Les ouvriers quittaient le Golgotha par groupes en bavardant et plaisantant. Ils avaient fait leur travail et se sentaient l'esprit en paix.

– C'est qu'il est temps de rentrer, dit l'un d'eux, j'ai une petite faim !

Les charpentiers rangèrent leurs outils sans prêter attention aux gémissements des condamnés. Ils prirent le chemin qui descendait vers la ville entre les oliviers. L'un d'eux remarqua :

– Le ciel est vraiment sombre et lourd. On dirait qu'il va pleuvoir des cailloux.

À Jérusalem, la nouvelle de la crucifixion de Jésus fit grand bruit. Ceux qu'Hérode avait payés pour s'opposer aux partisans du prophète, considérant qu'ils avaient rempli leur tâche, s'effaçaient devant la masse menaçante d'une foule qui réclamait justice à son tour.

Marie de Salathiel fit venir Aram et s'emporta :

– Qu'est-ce que j'apprends ? Ils ont crucifié Jésus !

– On ne pouvait rien faire ! Jésus était entre les mains de ses bourreaux et toute une légion était déployée pour nous empêcher d'approcher.

– Le monde va à la catastrophe ! se lamenta Marie.

– Non ! répliqua Aram dont les yeux sombres brillaient d'une lumière intense. Jésus n'est pas mort. Il est cloué sur la croix, d'accord, mais rien n'empêche de le détacher !

– Qu'est-ce que tu dis ? Une cohorte de soldats le surveille.

– J'ai mon idée.

Aram sortit sans rien ajouter.

La foule amassée près du palais du procurateur vociférait, insensible aux coups de fouet des légionnaires. Un groupe avait réussi à échapper aux sentinelles et s'était introduit dans la cour.

– Qu'as-tu fait de notre roi ? s'écria l'un d'eux.

Pilate s'était retranché dans un bâtiment intérieur encore bien défendu.

– Tu le paieras, Pilate ! hurla un autre à la porte du palais.

Pilate s'assura que sa sécurité était complète et demanda qu'on lui prépare un nouveau bain.

– Hérode et les prêtres me rendront des comptes pour leur trahison ! grogna-t-il.

– Tout le monde au Golgotha ! hurla quelqu'un.

Il y eut un mouvement de foule considérable. Des femmes, des enfants et des vieillards furent piétinés par des milliers de pieds décidés. Pilate comprit que cela risquait de mal tourner et ordonna à ses troupes de s'opposer aux manifestants et d'empêcher quiconque d'accéder au mont des condamnés. Ils avaient l'autorisation de se servir de leurs lances et de leurs épées.

Une grande partie de l'armée romaine se plaça au pied de la montagne, ce qui rassura le procurateur. Pourtant, ce que redoutait le Romain ne tarda pas à se produire. Procula le fit appeler. Sa blessure n'était pas très grave, les médecins l'avaient soignée et elle serait bientôt sur pied.

Pilate se rendit dans les appartements de sa femme. Il y régnait l'odeur prégnante des onguents utilisés pour panser sa plaie. Procula s'emporta :

– Tu as donc cédé ! hurla-t-elle.

Elle s'était dressée sur sa couche. Les valets présents sortirent discrètement. La jeune femme dardait sur Pilate son regard plein de mépris.

– Tu as tué l'homme dont on parlera encore dans des milliers d'années. Et ton nom restera attaché à cette infamie. Tu n'obtiendras jamais le pardon des hommes et de Dieu !

– J'ai fait passer l'ordre de ne pas crucifier Jésus. Mais la foule a empêché mes émissaires d'arriver à temps. Je n'y suis pour rien.

Procula se mit à genoux et, fermant les yeux, sombra dans une prière profonde sans un mot, toute à la volonté du Dieu nouveau, car elle comprenait bien qu'en dehors de la faiblesse de Pilate, ce Dieu lui-même s'exprimait dans ce malentendu mortel.

Les légionnaires avaient arrêté la foule au pied du Golgotha en faisant de nombreuses victimes. Comme il existait plusieurs chemins détournés qu'ils ne pouvaient pas tous surveiller, ils avaient placé des soldats autour des suppliciés. Les nuages se tassaient sur Jérusalem, mais se déchiraient sur le Golgotha, laissant passer quelques rayons de soleil. En découvrant ce détail, Madeleine attira Marie dans ses bras et lui souffla :

— Dieu ne nous a pas abandonnés.

Marie avait retrouvé sa dignité un peu froide et ne pleurait plus. Ces événements étaient la volonté de Dieu, elle en était certaine : la vie de Jésus ne pouvait pas se terminer sur une croix.

— On peut encore le sauver ! dit-elle à Madeleine avec fermeté.

Par un sentier dérobé, un homme enveloppé dans un manteau en peau de loup arrivait en boitillant. Malgré la lourde capuche qui cachait son visage, Madeleine le reconnut.

— Aram. Que fais-tu là ?

Une Romaine assez élégante était avec lui.

— Je suis Ancilla, dit-elle, l'amie de Procula. Elle est blessée, mais elle n'abandonne pas notre Messie. C'est elle qui m'a envoyée auprès d'Aram.

– On peut encore sauver le maître ! dit Aram à Madeleine. Ancilla saura obliger les légionnaires à nous obéir.

La crucifixion, ultime supplice, n'était mortelle qu'en raison de l'épuisement du condamné qui voyait ses forces décliner peu à peu. Quand ses jambes ne pouvaient plus le soutenir, il s'affaissait et mourait dans un étouffement contre lequel il luttait désespérément. Les blessures infligées par les clous étaient souvent sans graves conséquences et les exemples de crucifiés décrochés à temps qui avaient survécu ne manquaient pas. Cela, Aram et Ancilla le savaient.

– On va lui faire boire ce breuvage ! dit Aram en montrant une gourde. C'est une préparation à base de vin et de champignons. Les bergers du mont Thabor en ont le secret. Jésus va sombrer dans un profond sommeil pour qu'il n'use pas toutes ses forces, mais il ne mourra pas.

– Mais s'il ne se tient pas sur ses jambes, il va s'étouffer, répliqua Madeleine.

– Il fait sombre. Personne ne s'apercevra qu'un des hommes d'Ancilla va lui lier les jambes au poteau pour le soutenir.

– Et ensuite ?

– Ensuite, une partie des gardes va s'en aller. Je paierai ceux qui resteront pour qu'ils ferment les yeux. Marie de Salathiel m'a donné tout l'or nécessaire.

– Crois-tu que les gardes vont t'obéir ? Ils risquent d'être sévèrement punis…

– N'aie aucune crainte. Je leur donnerai suffisamment d'or pour qu'ils retournent à Rome établir un commerce.

Il faisait nuit en cette fin de matinée du jeudi 4 avril (14 nissan). Les gardes ne voyaient pas à trois coudées de leurs pieds. Les crucifiés ne les faisaient plus rire. Les corbeaux se posaient sur leurs têtes et cherchaient à picorer les yeux. Les volatiles étaient habitués aux mouvements rapides de leurs victimes et ne rataient jamais leur cible. Mais chose extraordinaire que remarqua un légionnaire, les oiseaux épargnaient Jésus pourtant immobile. Épuisé, il avait à peine la force de supporter la douleur de ses pieds suspendus par un même clou, et s'étouffait à petit feu.

Quelqu'un se faufila entre les gardes qui ne réagirent pas. L'ordre était de ne laisser personne s'approcher, pourtant, celui qui vit la silhouette passer tout près de lui ne donna pas l'alerte. Il existait tant de mystère autour de Jésus qu'il préféra rester en dehors de cette histoire.

Un Romain que l'on reconnaissait à sa tenue de légionnaire s'approcha de Jésus et serra ses jambes dans ses bras pour les attacher contre la poutre avec une corde. Jésus bougea. Le Romain murmura :

— Pardonne-nous de ne pas avoir pu t'épargner... Procula, la femme de Pilate, veut te sauver.

Jonathan et Daniel aperçurent le Romain, mais ne dirent rien : ils espéraient toujours qu'un miracle se produirait.

— Où est Jacques ? demanda Jésus d'une voix à peine audible.

— Je suis là, dit l'apôtre qui avait suivi sa mère et Madeleine. Pardonne-moi d'avoir manqué de courage !

Jésus resta un instant silencieux et, se tournant vers sa mère, dit :

— Femme, voici ton fils.

Puis, il s'adressa à Jacques en ces termes :

— Voilà ta mère.

Il laissa rouler sa tête sur son épaule et murmura en grimaçant[31] :

— Jacques, tu poursuivras ma mission. C'est désormais sur toi que repose l'avenir du nouveau royaume. Tu prendras la tête de mes disciples et tu continueras à répandre ma parole comme le vent répand les graines de pissenlit.

— Je le ferai. Et je rassemblerai tes apôtres pour qu'ils aillent prêcher aux quatre coins du monde.

— Tu prendras soin de notre mère ! ajouta le Messie dans un soupir.

— Je te le jure, Jésus !

— As-tu des nouvelles de Judas ?

Jacques s'étonna que Jésus se préoccupe de celui qui l'avait livré à ses bourreaux. Il se tourna vers les gardes qui s'étaient déplacés et regardaient ailleurs.

— Non, je ne sais pas où il est, dit-il.

Un garde aperçut Jacques et s'écria :

— Qu'est-ce que tu fais là ? C'est interdit de s'approcher des condamnés !

— Laisse, dit un autre. Tu vois des ombres !

Jacques vérifia que Jésus respirait librement et s'effaça.

À quelques pas de là, dissimulé dans un taillis d'oliviers sauvages, Judas avait assisté à la scène. Dans la pénombre, il voyait la croix de Jésus, plus haute que les deux autres et se griffait le dos pour en aviver la douleur. Jamais il ne souffrirait assez pour effacer son énorme faute. Il s'était laissé abuser par Caïapha et son or. Le démon gagnait. Judas ne méritait aucun pardon. Il devait mourir d'une mort atroce, infamante, pire que celle de Jésus. Une torture éternelle n'effacerait pas sa trahison, mais le placerait là où il devait être, dans les horribles tourments de l'enfer.

Une pensée lui vint : il allait tuer Hérode et s'offrir ensuite aux bourreaux. Le tétrarque était l'image même de Satan sur terre, sa mort laisserait la place à un frère de Jésus qui était, comme lui, du sang de David.

Cette décision lui était soufflée par une voix profonde, probablement celle de Dieu, et il prit le chemin de Jérusalem. Il croisa un groupe d'hommes qui l'interpella :

— Mais tu es Judas, celui qui a livré Jésus !

Il ne chercha pas à se défiler.

— Je mérite la mort, dit-il, mais une fin terrible pleine d'immenses douleurs. Frappez-moi, mais ne me tuez pas, ce serait trop doux !

Les hommes se concertèrent un instant. À deux pas, Judas attendait. Les coups de fouet avaient courbé son dos, mais il restait encore grand, et son visage rappelait étrangement celui du maître. Les hommes hésitaient.

— Va-t'en. Tu ne mérites pas qu'on se salisse les mains avec toi !

Ils tournèrent les talons, laissant Judas désemparé. Par ce revirement, le traître mesurait que Dieu avait décidé de le punir autrement que par des coups. Il partit, la tête basse, marchant dans l'étrange nuit qui sévissait depuis la crucifixion de Jésus. Il avait une autre idée.

Il arriva aux portes de Jérusalem. Là se trouvait le forgeron Nahan, qui façonnait des clous de charpentier destinés aux crucifixions. Il entra. La forge était déserte, mais le feu de charbon brûlait à côté de l'enclume. Il cria :

— Holà, Nahan, où es-tu ?

Un homme de forte corpulence, le visage couvert de charbon, arriva d'une pièce voisine. Son énorme marteau à la main, il avait une allure menaçante.

— Ce n'est pas le moment d'apporter ta charrue à réparer !

— Je ne t'apporte pas ma charrue. As-tu encore des clous pour les crucifiés ?

— Drôle de question. Oui j'en ai ; je les fais en grand nombre puisqu'on m'en demande toujours plus.

Judas sortit la bourse, celle que Caïapha lui avait donnée[32].

— Prends ça. Tu vas me suivre, prends des clous et ton marteau.

À la vue des pièces d'or, le forgeron ne trouva pas les mots pour refuser. Il suivit Judas dans un sentier qui conduisait à un bosquet un peu à l'écart de la ville, où les bergers amenaient paître leurs chèvres. Judas s'arrêta devant un arbre dont les premières branches s'écartaient de part et d'autre du tronc. Il fit rouler une grosse pierre, monta dessus, et étendit les bras le long de lourdes branches qui formaient une croix.

— Tu vas me clouer les poignets à ces deux branches et les pieds au tronc.

— Mais je n'ai pas le droit de faire ça… Je refuse !

Judas darda son regard sur le forgeron.

— Je t'ai donné une première bourse qui va te permettre de t'établir loin de ta forge. J'ai une deuxième bourse dans une poche intérieure de ma robe. Tu pourras la prendre quand tu m'auras cloué et que je ne pourrai pas me défendre.

Nahan toisa Judas et constata qu'il était costaud et qu'il n'en viendrait pas à bout. La deuxième bourse le tentait. Il imaginait déjà ce que pourrait être sa vie future. Il guetta les alentours, s'assura que personne ne l'épiait, et prit son marteau.

— Fais vite !

Il positionna un clou sur le poignet de Judas, pensant au risque qu'il prenait. Sa main tremblait, il frappa sur la tête du clou. Ce n'était pas lui, Nahan, que tout le monde connaissait comme un bon forgeron et un homme affable, c'était quelqu'un d'autre, mû par une force irrésistible qui s'exécutait avec des gestes imprécis.

Il réussit à planter les deux pointes ; Judas n'eut pas un cri, pas un grincement de dents. Il encaissait la douleur avec une force étonnante. Le forgeron eut la certitude d'obéir à un sortilège. Il aurait dû avoir peur, et pourtant il poursuivait son travail.

Un long clou fut nécessaire pour attacher les deux pieds ensemble comme Judas le demandait. Sa sale besogne terminée, le forgeron fut frappé par ce que l'envie des pièces l'avait empêché de voir et bredouilla :

– Mais tu ressembles à celui qu'on a cloué cet après-midi, celui qui se dit le roi des Juifs !

– Ne t'occupe pas de cela. File maintenant et ne parle à personne de ce que tu as fait. Dieu ne t'en tiendra aucune rigueur[33].

Le forgeron lança son marteau dans le fourré voisin et partit en courant. Il devait lui aussi célébrer la Pâque et sa famille l'attendait.

– On va vous apporter à boire et à manger, dit Aram aux soldats qui gardaient les crucifiés et empêchaient la foule toujours présente de s'approcher. Personne ne viendra plus. Les partisans de Jésus ont été ramenés à la raison. Il a suffi d'en transpercer deux ou trois douzaines pour que les autres prennent la fuite.

– Mais qui es-tu ?

– Un ami de Pilate. Il ne décolère pas qu'on ait désobéi à ses ordres, mais vous n'y êtes pour rien.

Les gardes se rassemblèrent et Aram commença à partager le pain, la viande salée et les poissons séchés. Il remplit les gobelets de vin. Les sentinelles s'étaient assises sur les gros cailloux saillant entre les herbes folles et bavardaient sans se préoccuper des plaintes des crucifiés.

Alors plusieurs silhouettes se faufilèrent près des croix. Madeleine se dressa sur la pointe des pieds, souleva une gourde.

– Bois, cela va te faire du bien. Aie confiance, on s'occupe de toi.

Jésus allongea les lèvres et le liquide doré coula dans sa bouche. Il lui semblait que le feu de son corps s'apaisait. Madeleine voyait sa pomme d'Adam monter et descendre. Quand elle estima qu'il avait assez bu, elle approcha une deuxième gourde de la bouche de Daniel. Puis ce fut au tour de Jonathan. Quand ils furent désaltérés, ils ne souffraient plus. Jonathan s'étonna :

– Qu'as-tu fait boire au maître dans cette autre gourde ?

– La même chose que toi, mais la gourde était trop petite pour vous trois, répondit Madeleine.

Elle s'effaça, pendant que les légionnaires buvaient et mangeaient. Aram et ses hommes s'éloignèrent aussi, abandonnant le sac et les victuailles. Un soldat s'avança vers Jésus et vit sa tête rouler sur sa poitrine.

– Mais on t'a attaché les jambes ! Ce n'est pas réglementaire !

Ses camarades lui faisaient signe de venir pour profiter de ce repas inattendu. Il décida de ne pas leur parler de ce détail destiné à diminuer les souffrances du crucifié.

L'imminence de l'orage les rendait nerveux et les gardes avaient bien besoin du vin qu'Aram avait apporté en abondance pour supporter la lourdeur de l'air et cette impression étrange d'être au bord d'un immense malheur qui allait les briser.

Jésus somnolait, calmé par la boisson de Madeleine. Le silence des condamnés était étrangement angoissant. On avait l'impression d'être en équilibre sur un fil et de risquer de tomber d'un côté ou de l'autre au moindre souffle de vent.

Le temps passait avec une infernale lenteur. Les gardiens attendaient la relève pour aller s'enfermer dans les tavernes de la ville.

Tout à coup, Jésus tira sur ses bras, bougea ses genoux et son torse. Ses yeux ouverts, éclairés d'une étrange lumière, se levèrent vers le ciel de plomb. Alors il s'écria :

– *Eloï, Eloï, lama sabachthani*[34] ?

Il eut une contraction de la poitrine, sa tête se tourna de droite à gauche, puis roula sur le côté. Il était mort.

Un des gardes s'approcha du crucifié et constata qu'il ne respirait plus. Il s'éloigna en faisant signe aux autres de le rejoindre :

– Venez, il n'y a plus rien à faire.

Ils s'éloignèrent, tous très mal à l'aise, conscients d'avoir participé à un crime atroce dont on parlerait longtemps. Il était trois heures de l'après-midi.

« Jésus est mort ! » Cette nouvelle éclata à Jérusalem avec la puissance d'un cataclysme. La foule était frappée de stupeur. Personne n'avait cru jusque-là que le messie pouvait mourir comme un humain ordinaire, même ceux qui contestaient sa nature divine. Ses fidèles allaient par les rues, hagards, perdus en un lieu qu'ils connaissaient, sursautant au moindre bruit, certains que Dieu ne laisserait pas impuni le pire des crimes.

Dans sa riche demeure, Marie de Salathiel se sentait coupable comme si elle avait elle-même ordonné la crucifixion de Jésus. Elle avait une entière confiance en Aram, mais prit conscience qu'elle ne s'était pas suffisamment impliquée. Elle s'agenouilla et pria le nouveau Dieu dont elle sentait la présence dans son cœur.

Alors, à cette heure précise, le ciel lourd s'éclaira d'une lueur aveuglante. Les gens couraient à l'abri, attendant le grondement du tonnerre qui ne vint pas. Le silence était tel qu'on avait envie de crier, de bouger, de fuir. Dans la ville surpeuplée, les pèlerins s'entassaient sous les porches, dans les cours, tremblants, et murmurant des prières. Une femme s'écria :

– Nous avons laissé crucifier Jésus, nous allons être précipités en enfer !

Au Temple, les prêtres rassemblés pour préparer la Pâque, car la surpopulation impliquait des mesures exceptionnelles et un important service d'ordre, crurent que l'apocalypse était arrivée. Beaucoup se mirent à genoux pour prier, d'autres erraient dans la vaste pièce, conscients d'avoir commis une faute impardonnable en votant la mort de Jésus.

– Nous sommes maudits et c'est toi qui l'as voulu, cria un prêtre à Caïapha.

– C'est Hérode, le coupable !

Il faisait très chaud. La sueur coulait sur les fronts ridés. Un nouvel éclair aveugla l'assistance. Annas tituba, et dut s'appuyer contre le mur pour ne pas tomber. Le tonnerre gronda enfin, si puissant que l'on sentait le sol vibrer sous les semelles. Les fières colonnes romaines tremblaient comme si elles allaient se briser en sable. Le bois des pupitres faisait écho au bruit de la foudre, vibrant d'une plainte, une voix de condamné venue du ciel. Caïapha se prit la tête dans les bras, comme si le plafond allait s'écrouler.

– Mais priez, hurla-t-il, toujours prêt à accuser les autres de ses propres fautes.

Un murmure grave monta de l'assistance qui avait joint les mains. Le tonnerre explosa de nouveau et le vent souffla avec une telle force qu'on vit des tuiles arrachées aux toitures voisines s'envoler comme des feuilles mortes. Annas, l'orgueilleux, s'était mis à genoux et se frappait la poitrine. Il jurait à Dieu de s'amender, de ne plus permettre l'usure pour prêter de l'argent à ceux qui n'avaient pas de quoi acheter les offrandes. Il promit de penser à la parole de Jésus, de réfléchir au cinquième livre de la Thora et de ne plus écarter les textes qui ne lui convenaient pas au simple prétexte qu'ils l'empêchaient de s'enrichir et de régner sur un peuple ignorant.

Dans son magnifique palais, Hérode, qui s'apprêtait à fêter la mort de son rival, fut pris de tremblements. Les éclairs l'aveuglaient. Il titubait et jetait autour de lui un regard terrorisé, attendant le glaive de lumière qui allait le terrasser. Il avait la certitude que son règne touchait à sa fin et qu'en supprimant le roi légitime d'Israël, il condamnait son peuple à une errance qui durerait plus de mille ans.

Hérodiade arriva, bossue, son corps osseux était secoué de spasmes violents. Elle s'assit sur un siège à côté de son époux et baissa la tête sans un mot.

– Tout ça c'est de ta faute ! lui reprocha Hérode.

– Comment oses-tu ? s'emporta la femme. Il faut faire payer les véritables coupables ! Ce sont Annas et son gendre ! On ne sera pas tranquilles tant qu'ils ne seront pas morts !

La tempête s'intensifiait. Un coup de boutoir du vent fit voler en morceaux la grande baie qui donnait sur la terrasse depuis laquelle Hérode avait coutume de s'adresser à la foule. Au Temple, les prêtres virent, effarés, le grand rideau sacré, qui symbolisait la séparation entre le monde de Dieu à l'intérieur et celui des profanes à l'extérieur, se gonfler comme une voile et voler au-dessus des têtes. C'était un prodige. Même les plus anciens n'avaient jamais vu ce rideau, solidement ancré depuis des siècles, se comporter comme un vulgaire tissu de lin.

– Mais que des serviteurs viennent s'occuper de ce rideau ! hurla Caïapha.

Aussitôt plusieurs esclaves reconnaissables à leur tenue tentèrent de maîtriser l'étoffe que le vent agitait au-dessus des têtes, et l'amarrèrent aux crochets qui se trouvaient de chaque côté de la baie. Les éclairs se succédaient à tel point qu'une incessante lumière bleue déformait les objets et les têtes des prêtres dont certaines semblèrent cornues. Puis il y eut un silence entre deux coups de tonnerre, un profond silence, et une brusque trouée dans la chape des nuages apporta la lumière du jour. Ils se crurent enfin sauvés, et échangèrent des regards satisfaits, prêts à se congratuler et affirmer que ce n'était qu'un orage ordinaire. Mais le vent gonfla de nouveau le rideau, qui dans un bruit semblable au cri de Jésus sur la croix, se déchira de bas en haut. Ce prodige n'était-il pas la marque de la colère divine qui allait les écraser ? Ils rentraient la tête dans les épaules, attendant le coup fatal qui allait les anéantir.

À nouveau, la foudre claqua. Le vent hurlait, pénétrait dans le Temple, un vent gelé qui glaçait la chair jusqu'aux os.

– Prions ! ordonna Caïapha.

La pluie se mit à tomber. Des trombes d'eau qui transformèrent les rues en torrents impétueux. Le murmure de la prière se mêla longtemps au tumulte de l'orage. Au Temple, les prêtres grelottaient. Ils auraient voulu quitter ce lieu maudit, marqué par l'infamie, et rentrer chez eux, mais comment affronter un tel déluge ? La pluie avait inondé les parties basses de la ville et les maisons des plus pauvres qui habitaient dans ces lieux malodorants et humides. Sur les hauteurs, les belles demeures des riches, le superbe palais d'Hérode, celui d'Annas, de Caïapha et des principaux prêtres étaient épargnés, preuve que Dieu était toujours de leur côté.

Il pleuvait encore quand deux hommes se firent annoncer à Pilate. Le procurateur pensa qu'ils avaient quelque chose d'important à lui dire pour avoir bravé l'orage. Il s'agissait de Joseph d'Arimathie et Nicodème. Ils appartenaient aux deux familles les plus influentes de Jérusalem et Pilate ne devait pas les traiter comme des visiteurs ordinaires. Annas, Caïapha étaient riches, certes, mais pas comme Joseph qui possédait un grand nombre de bâtiments à Jérusalem et d'immenses terres dans les contrées les plus fertiles de Judée. Il était un peu plus de trois heures de l'après-midi. Pilate ordonna aussitôt qu'on les fasse entrer et qu'on apporte une collation, mais Joseph et Nicodème étaient pressés. Cela tombait bien puisqu'un nouveau bain parfumé attendait Pilate.

— Que me voulez-vous ? demanda le procurateur.

— La Pâque est là, dit Joseph. Tu sais que la loi juive interdit qu'on expose des condamnés sur la croix ou ailleurs.

— Je sais. La crucifixion de Jésus et de deux autres malfaiteurs s'est faite sans mon accord, mais ils seront décloués avant le coucher du soleil.

– C'est de Jésus que nous voulons parler.

– Est-il déjà mort ? s'étonna Pilate qui soupçonnait quelque complot mais n'avait pas l'intention de s'y opposer.

– Oui. Il était épuisé et n'a pas résisté.

– Et les autres ?

– Ils tiennent le coup. Ce sont des hommes forts, précisa Nicodème.

– Nous te demandons de nous laisser déclouer Jésus pour l'inhumer dignement dans un caveau qui m'appartient ! déclara Joseph d'Arimathie.

– Mais ne redoutes-tu pas qu'on t'accuse de prendre le parti du faux prophète ?

– Tout le monde sait que je l'ai défendu pendant son procès, que j'ai voté contre sa condamnation. Je n'ai pas l'habitude de me dédire.

– Bien, tu as mon accord. Je vais donner des ordres dans ce sens et pour hâter la mort des deux autres !

Joseph n'insista pas. Il remercia et salua Pilate qui appela Tullius, toujours prêt pour les missions délicates.

– Tu vas laisser ces hommes prendre le corps de Jésus et faire en sorte que les autres meurent rapidement. Il faudra les décrocher avant la nuit.

L'homme s'inclina devant Pilate qui se dirigeait vers la salle d'eau.

– Au fait, fit-il, dis à un de tes hommes de vérifier que Jésus est bien mort.

Il n'avait pas voulu que Jésus soit crucifié, mais il redoutait que ce condamné revenu de l'au-delà lui fasse payer sa lâcheté.

Enfin, il entra dans la pièce où plusieurs esclaves l'attendaient pour lui frictionner le dos.

Il pleuvait encore, mais à Jérusalem, on était rassurés, l'apocalypse ne serait pas pour tout de suite. La foudre s'était éloignée et le ciel s'éclaircissait. Ce n'était qu'un orage un peu plus violent que d'habitude, mais seulement un orage. On pensait de nouveau à la fête de Pâque et, dans les maisons, les auberges, on préparait les banquets.

Il était environ cinq heures de l'après-midi. Le soleil qui s'était enfin montré descendait sur l'horizon. Les ombres s'allongeaient, déjà les bruits du soir se répercutaient jusqu'aux murs d'enceinte. Les matrones appelaient leurs enfants qui jouaient dans les rues toujours encombrées de pèlerins. Dès que l'ombre s'épaississait, des voleurs et détrousseurs de toutes sortes se mettaient en action. Les légionnaires patrouillaient, mais les malfaiteurs choisissaient les ruelles les plus retirées, les culs-de-sac, et parfois s'introduisaient dans les auberges pour détrousser les voyageurs endormis.

Joseph et Nicodème se dirigèrent vers le Golgotha où se dressaient les trois croix. Des légionnaires avaient pour ordre de les accompagner. Un groupe de femmes, dont Marie et Madeleine, voulut leur emboîter le pas, mais les soldats les écartèrent car ils n'avaient pas ordre de les laisser approcher. Joseph leur fit un signe entendu et poursuivit sa marche parmi les oliviers sauvages. Quand ils arrivèrent à la hauteur des croix, Joseph demanda, comme s'il ignorait les instructions de Pilate.

– Que devez-vous faire ?

– Casser les jambes des deux crucifiés encore vivants et s'assurer que Jésus est bien mort[35].

Tout en parlant, il montra sa lance à la lame fine en feuille de laurier.

– J'ai ordre de transpercer le flanc de Jésus.

Joseph se planta devant lui et l'arrêta en brandissant une bourse dans laquelle tintaient des pièces d'or.

– Si tu lui transperces le flanc, le sang va couler et salir son corps. Or, nous n'avons pas le temps de le laver avant de l'enterrer puisqu'il faut que ce soit fait avant le coucher du soleil. Tu vas te contenter de faire glisser la lame sous la peau, sans couper d'artères ni d'organes à l'intérieur. Cette bourse, si tu le fais !

Le légionnaire hésita un instant, redoutant quelque piège, comme Pilate ne manquait jamais d'imagination pour prendre ses hommes en défaut. Finalement, il se décida et prit la bourse.

– Juste sous la peau, dit-il en enfonçant la bourse dans sa poche.

Quand ils arrivèrent au pied des croix, un soldat armé d'une masse prit son élan et cassa les deux jambes de Daniel, qui poussa un hurlement de douleur. Puis il fit la même chose à Jonathan, qui serra les dents et grogna sourdement. Privés de leurs jambes pour soutenir leur corps, ils suffoquèrent rapidement sous le regard des légionnaires qui se riaient de leurs visages torturés par la souffrance.

L'un d'eux se dirigea vers Jésus, la lance en avant. Joseph se tenait tout près et ne le quittait pas du regard.

La lance pénétra dans le flanc droit, mais glissa sous la peau. Joseph lui tendit une deuxième bourse.

— Il est bien mort, puisqu'il n'a pas réagi ! dit le vieil homme. Maintenant, laissez-nous détacher le corps. Nous allons l'emmener comme Pilate nous l'a permis.

On avait perdu beaucoup de temps et la nuit tombait. Les soldats s'éloignèrent car leur service était terminé. Dans quelques minutes, d'autres viendraient détacher les corps des deux autres suppliciés pour les jeter dans une fosse commune. Joseph et Nicodème étaient seuls. Avec une grosse tenaille, ils réussirent à arracher les clous des bras. Le corps de Jésus s'effondra. Joseph le retint en le serrant dans ses bras. Tout à coup, il sentit une réaction, comme s'il s'était lui-même blessé avec le clou.

— Son cœur bat, il vit !

Les femmes, profitant de l'obscurité, avaient échappé à la surveillance qui se relâchait et s'étaient approchées. Il y avait Marie, Madeleine, Marthe et Ancilla, l'amie de Procula. Marie prit tendrement la tête de Jésus sur ses genoux et se mit à pleurer de nouveau. Madeleine posa son visage sur la poitrine inerte et murmura :

— Il est mort… Je n'entends pas son cœur.

Pendant ce temps, on arrachait l'unique clou qui tenait les deux pieds. Ce qui étonna Joseph d'Arimathie, c'est que le corps n'avait pas cette raideur que la mort inflige à ses victimes peu de temps après leur dernier souffle. Mais il n'en parla pas. Madeleine avait fait la même constatation et savait que c'était l'effet du breuvage qu'elle avait apporté au supplicié.

— Nous allons le déposer dans un caveau qui m'appartient[36], dit Joseph. Vous ne pouvez pas venir. Vous ferez sa toilette dimanche à la première heure du jour.

Tout en parlant, ils enveloppèrent le corps dans un linceul de lin et, prenant chacun une extrémité, disparurent dans la nuit épaisse. Mais Marie et Madeleine, dans un état d'extrême détresse, n'obéirent pas et les suivirent de loin.

Les deux hommes marchaient sous une lune qui venait de se lever. Quelques étoiles brillaient, dont l'une particulièrement lumineuse que Joseph remarqua :

– Tu as vu ? C'est l'étoile qui est née l'année de la naissance de Jésus !

Nicomède l'observa longuement. Un nuage passa très vite, la cacha ; puis elle réapparut, plus brillante encore.

– Je ne sais pas si c'est la même, mais elle signifie quelque chose.

– C'est l'œil de Dieu braqué sur nous !

Joseph frissonna. Il lui sembla que l'étoile clignotait comme pour lui signifier qu'il faisait un acte d'une très grande importance.

– Dépêchons-nous ! dit Nicodème.

– J'ai l'impression qu'une voix me parle au tréfonds de mon être, reprit Joseph. Et qu'elle me dit que l'avenir du royaume de Dieu promis par Jésus dépend de nous.

– Nous ne faisons que notre devoir. Jésus ne doit pas être jeté dans une fosse commune comme un vulgaire voleur.

Ils arrivèrent au tombeau, dont l'ouverture était obstruée par une pierre plate munie d'un anneau pour la déplacer. Joseph et Nicodème déposèrent doucement le corps de Jésus sur un tapis d'herbes et poussèrent la pierre. Elle était très lourde et ils eurent beaucoup de mal à la faire rouler. Enfin, quand ce fut fait, ils allumèrent une torche de résine qu'ils accrochèrent à l'intérieur dans une anfractuosité de la paroi mal équarrie.

Ils soulevèrent Jésus avec délicatesse, comme s'ils redoutaient de lui faire mal, et le déposèrent dans le caveau, sur une table de pierre taillée à même la roche. Ils découvrirent la face du supplicié. À la lueur changeante de la torche, Joseph vit que le visage de Jésus n'avait pas l'aspect terne et gris de la mort. Dieu faisait ainsi un ultime miracle, montrant aux hommes qu'il n'avait pas abandonné le Messie. Joseph lança un regard intrigué à son compagnon, puis posa sa tête sur la poitrine de Jésus. Son visage s'éclaira, se marqua de terreur et la joie prit le dessus.

— Son cœur bat, je te dis !

— Tu crois que ?... demanda Nicodème, tremblant d'émotion et posant à son tour la tête sur la poitrine de Jésus.

Son visage se referma.

— Moi, je n'entends rien ! Il est bien mort, hélas.

— Ce qui paraît étrange, poursuivit Joseph, c'est qu'un corps devient raide très peu de temps après la mort et celui de Jésus reste souple, on peut déplacer ses bras, comme s'il dormait.

Il écouta de nouveau et confirma :

— Moi, j'entends son cœur ! Je te dis que Jésus est ressuscité.

— Tu crois que c'est le breuvage de Marie de Magdala ? On dit qu'il plonge dans un profond sommeil qui ressemble à la mort. Mais c'est la première fois que...

Tout en parlant, Nicodème posa son oreille sur la poitrine de Jésus, puis se redressa vivement.

— J'ai entendu, moi aussi ! Il est vivant !

— Laissons son visage découvert pour ne pas gêner sa respiration[37].

– Il faut soigner ses plaies, dit Nicodème en sortant des bandelettes d'un sac.

Ils nettoyèrent les blessures aux poignets, aux pieds et au flanc, puis Nicodème appliqua une pommade. Les pansements terminés, ils échangèrent un regard satisfait.

– Il est temps de partir, constata Joseph. Nous allons pousser la pierre et surtout ne rien dire de ce que nous avons observé.

– Mais s'il est vivant, nous ne pouvons pas…

– Ne t'occupe pas de cela, Nicomède. J'ai tout prévu.

Ils éteignirent la torche et sortirent. Ils voulurent déplacer la grosse pierre, mais elle leur sembla soudainement trop lourde. Deux légionnaires portant une torche arrivèrent par le sentier. Joseph s'étonna.

– Que voulez-vous ? Nous avons l'autorisation de Pilate.

– C'est lui qui nous envoie. Nous devons veiller pour que personne ne s'approche.

– Aidez-nous à refermer le caveau.

Les deux légionnaires, jeunes et vigoureux, déplacèrent la pierre plate devant l'entrée et prirent position de chaque côté. Joseph et Nicodème leur donnèrent une bourse à chacun. Joseph souffla quelques mots à l'oreille de celui qui était proche de lui, avant de s'éloigner. Leur mission n'était pas achevée, mais ils ne pouvaient plus rien pour Jésus pendant les deux jours de la Pâque. Sortie de l'ombre, une femme fit irruption devant eux.

– Marie de Magdala, que fais-tu ici ? Tu sais que c'est interdit…

– L'avez-vous allongé pour qu'il soit bien !

– Oui.

Ils pensèrent tous les deux à l'impression qu'ils avaient eue.

— As-tu écouté sa poitrine ? demanda la femme.

Les deux hommes échangèrent un regard dans la nuit qui ne laissait qu'un peu de lumière à leurs yeux.

— Non, dit Joseph. Nous n'avons pas écouté sa poitrine.

— Avez-vous vu le légionnaire enfoncer la lame dans le corps de Jésus ? A-t-elle glissé sous la peau, sans pénétrer à l'intérieur ?

— Nous n'avons pas fait attention. On avait hâte de quitter ce lieu horrible.

— Bon, répondit Madeleine, ne dites à personne que j'étais là.

À Jérusalem, les festivités de la Pâque commençaient. L'orage de l'après-midi avait détrempé les rues et apporté une bonne épaisseur de boue. Une intense odeur de pourriture alourdissait l'air. Mais la peur de l'apocalypse passée, chacun voulait prendre du bon temps et les auberges ne désemplissaient pas. Les lieux de plaisir, dans la ville basse, étaient bondés d'une foule assoiffée et désireuse de dépenser l'argent économisé pour cette escapade annuelle. Même les plus pauvres avaient quelques pièces à échanger contre du vin, des côtelettes d'agneau grillées et des prostituées dont le commerce était florissant durant cette semaine consacrée à la prière. La fête religieuse était pour beaucoup la fête tout court, et une fois les offrandes et les prières rituelles prononcées, conscients d'avoir rempli leur devoir, ils n'avaient qu'une envie : profiter de leur séjour en ville avant de retourner au fond de leurs campagnes où pendant une année entière ils pousseraient l'araire derrière un vieil âne et se contenteraient de repas de lentilles et de fèves.

Mais chacun sentait que la fête de Pâque était différente des précédentes. Il planait quelque chose qui retenait, comme une menace, comme un regret. La mort de Jésus avait révolté ses nombreux partisans. L'air était plein d'aiguilles acérées. Des groupes s'affrontaient sur les places et dans les rues. Un mot de trop, un coup d'œil suffisaient à déclencher une rixe qui devenait aussitôt générale. Pilate avait dépêché ses légionnaires. Caïapha avait donné des ordres à ses gardes pour maintenir le calme, mais tous avaient beaucoup à faire. La mort de Jésus gâtait les réjouissances.

Dans le palais illuminé d'Hérode, tout était prêt pour la fête. Après la stupeur, le tétrarque retrouvait ses certitudes. Jésus disparu, il allait s'occuper du reste de la famille, ce qui serait beaucoup plus simple ; il régnerait ainsi de longues années sans être inquiété.

– Tu vas te rendre à Rome, le conseilla Hérodiade. Tu vas demander audience à Tibère. Il est temps de s'occuper des prêtres et de Pilate. Je serai avec toi parce que tu n'as pas toujours la parole assez ferme !

Plus de trois cents convives étaient attendus. Hérodiade s'occupait de tout et réservait à son époux un spectacle inattendu. De véritables gladiateurs allaient s'affronter jusqu'à la mort. Le vainqueur devrait arracher le cœur de son adversaire et l'offrir, sanguinolent, au tétrarque, grand amateur de réjouissances macabres.

Madeleine avait passé le vendredi et le samedi en compagnie des autres femmes, dans une maison proche du tombeau de Jésus, qui appartenait à Joseph d'Arimathie. Le dimanche matin, elle sortit avant le lever du jour. Avec Marie, elles avaient acheté, la veille, les parfums et tout le nécessaire à l'embaumement du corps. Mais Madeleine n'avait pas pu attendre les autres. Quelque chose la poussait à partir, comme une voix qui l'appelait.

Elle marchait lentement car elle appréhendait de découvrir une horrible vérité. Le vent frais fouettait son visage. Elle avait vu les soldats romains pousser la grosse pierre devant l'entrée du tombeau. Cela l'avait tracassée. Elle savait que Joseph et Nicomède avaient tout prévu, ils avaient largement payé les légionnaires qui montaient la garde pour effectuer certaines opérations, mais elle connaissait la vénalité de ces hommes et doutait de leur fidélité.

Bientôt, le jour blanchirait le ciel à l'horizon et dessinerait les contours du mont des Oliviers. Le Golgotha restait dans l'obscurité sur la droite. Elle frissonnait car le vent était glacé. Au début du chemin, une silhouette se dressa devant elle.

– Marie, que fais-tu là ?

Jamais la mère de Jésus n'avait paru aussi digne, empreinte d'une majesté qu'elle ne connaissait qu'au maître lui-même.

– J'ai apporté ce qu'il faut pour sa toilette ! dit Marie en montrant un gros sac rempli à ras bord. Je ne sais pas comment nous allons pousser la pierre.

– J'ai de quoi payer les gardes, répondit Madeleine qui hâtait le pas.

Marie marchait devant, d'un pas sûr. Madeleine hésitait.

– Tu veux faire sa toilette ? Tu sais que c'est interdit !

– Je sais, mais je ne peux le laisser ainsi. C'est mon fils, et Dieu me pardonnera cette entrave aux règles.

– Je comprends, murmura Madeleine.

Elles sentaient que la journée qui venait serait superbe, une de ces journées de printemps annonçant l'été. Un peu de brume se levait au-dessus des grandes herbes et des taillis. À mesure qu'elles approchaient du but, Madeleine allait avec moins d'assurance.

Elles arrivèrent au tombeau. Marie poussa un cri. Madeleine recula de quelques pas, elle-même épouvantée. La pierre avait été déplacée. Les deux Romains en faction, qui s'étaient endormis, se redressèrent vivement.

– Que s'est-il passé ? demanda Madeleine en reprenant ses esprits. Qui a déplacé la pierre ?

– Nous n'avons rien vu. Nous nous sommes endormis et puis…

Madeleine ne les crut pas. Quelqu'un les avait payés pour récupérer le corps de Jésus. À moins que…

– Viens, dit Marie, nous ne pouvons pas rester là, on va nous accuser d'avoir ourdi un complot.

Marie partit sur le chemin en pente. Madeleine hésitait à la suivre. Elle se frotta les yeux, et revint vers les gardes, sortant une bourse de sa poche.

– Que s'est-il passé ? Il faut que je sache.

Elle fit tinter l'or dans sa main.

– Nous n'en savons rien…

Elle tendit les pièces au premier garde.

– C'est le jardinier. Il s'appelle Philogène[38]. Il avait peur que la foule piétine ses légumes. Alors, il a demandé à emporter Jésus et l'a enterré un peu plus loin, au bord de cette rivière. Il y avait avec lui un autre homme pour l'aider. Il s'appelait Aram.

Madeleine sursauta.

– Aram ! Tu dis bien Aram ?

– Oui. Il a dit que Jésus lui avait montré le chemin de Dieu et que c'était un honneur pour lui de s'occuper de son corps.

– Dis-moi où ils l'ont enterré ?

– En bas, fit le légionnaire en tendant la main. Tu suis ce sentier et tu arriveras au bord du ruisseau.

Madeleine se rendit près de la rivière et chercha sur le sol des traces de terre remuée. Le jour s'était levé. Un homme se tenait assis au pied d'un olivier. Elle crut que c'était le jardinier car il avait le visage rasé. L'homme était vêtu d'une robe de lin blanc ; ses cheveux courts indiquaient qu'il appartenait à la caste impure de ceux qui maniaient le fumier. Il appela la jeune femme par son nom.

– Madeleine !

Elle se mit à trembler de tous ses membres. Le sol se dérobait sous ses pieds. Cette voix, la jeune femme l'aurait reconnue entre mille. C'était bien la sienne, celle du visiteur de Magdala à qui elle avait essuyé les pieds avec ses cheveux, le sauveur de Lazare, Jésus dont elle reconnaissait tout à coup les traits du visage si différents sans la barbe et les cheveux longs.

Ses lèvres bougèrent ; mais aucun son ne sortit de sa bouche.

L'homme lui tendit les bras, elle aperçut les bandelettes qui entouraient ses poignets. Il était là, devant elle, celui qu'on avait crucifié. Le miracle avait bien eu lieu ! Il était donc vivant, ressuscité sans doute ou peut-être jamais mort, mais l'essentiel, c'est qu'il était là, devant elle. Madeleine se prosterna à ses pieds. Jésus la releva et la regarda un long moment puis lui ordonna :

– Va, annonce la bonne nouvelle !

Notes

1. Joseph reste le grand absent du Nouveau Testament. On sait très peu de choses sur le « père » de Jésus. Il apparaît uniquement dans les Évangiles lorsqu'il épouse Marie enceinte de Jésus, pendant la fuite en Égypte, puis lors d'un voyage à Jérusalem, alors que Jésus a douze ans.

Qui est Joseph ? Il est cité par Matthieu (1, 18) puis par Luc (2, 4). On le dit descendant de David, mais rien n'est moins sûr. À la crucifixion de Jésus, Marie était présente, mais Joseph absent. On suppose qu'il est mort. La tradition en a fait un vieillard parce que cela simplifiait ses relations chastes avec son épouse Marie. On peut en douter, compte tenu du fait que Jésus a eu quatre frères et deux sœurs. On imagine mal qu'un vieillard soit « charpentier », terme qui désignait à cette époque un constructeur de maisons. Il est peu probable que cet homme, à quatre-vingts ans, ait pu manier les poutres et les pierres nécessaires à l'édification de bâtiments. J'ai pensé que la mort de cet homme, qui, contrairement à ce que dit la tradition, était encore jeune, ne pouvait être due qu'à un accident.

2. Salomé est la jeune sœur de Jésus. Marc (6, 3) cite les frères et sœurs de Jésus : « Jacques, Joset, Jude et Simon », puis il mentionne deux sœurs, mais ne les nomme pas.

On a supposé que ces frères et sœurs seraient nés d'un premier mariage de Joseph, mais dans ce cas, pourquoi Luc (4, 22) reprend le texte de Marc, mais en supprime le passage concernant les frères et sœurs de Jésus ? On a pensé que ses frères et sœurs seraient les enfants d'un premier mariage de Joseph et non de Marie. Saint Paul lui-même, quand il relate son premier voyage à Jérusalem, raconte qu'il a rencontré Pierre avec qui il a passé une quinzaine de jours, puis il précise : « Mais je ne vis aucun des autres apôtres, si ce n'est Jacques, frère du seigneur. » (Galate, 1, 19.)

La volonté de masquer les frères et sœurs de Jésus, considérant que le Messie, d'essence divine, ne pouvait avoir une fratrie humaine, a persisté au fil des siècles. On a dit aussi qu'ils seraient les enfants d'une « autre Marie », épouse de Clopas, frère de Joseph (Jean, 19, 25). Cette Marie aurait eu six enfants, Jacques, Joset, Jude, Simon et deux filles, dont Salomé. C'est cette même Marie, femme de Clopas, qui assiste à l'enterrement de Jésus, et appelée « l'autre Marie » par Matthieu (27, 61). Il est étrange que la propre mère de Jésus ne soit pas présente à cet instant si important !

L'historien et érudit James Tabor, qui a passé une partie de sa vie à étudier l'histoire de Jésus à travers les Évangiles, les textes anciens et les fouilles archéologiques, suppose que Marie, mère de Jésus, et Marie, femme de Clopas, sont la même personne. Soit Marie de Clopas a été inventée pour masquer la fratrie de Jésus, soit les deux femmes n'en font qu'une et, à la mort de Joseph, la mère de Jésus aurait épousé un frère de celui-ci comme le prévoit la loi juive. Ainsi, les enfants de Marie, les frères et sœurs de Jésus, ne seraient pas ceux de Joseph mort accidentellement, mais de son frère Clopas.

3. La tradition veut que Marie et Joseph soient les descendants de David. Luc énumère les différents ancêtres des « parents » de Jésus et précise bien qu'il peut se revendiquer de cette filiation par sa mère, laissant sous-entendre que Joseph n'est pas son véritable père. Voir note 18.

4. La conception de Jésus hors mariage a toujours été une question bien difficile pour les théologiens et les auteurs des Évangiles. Matthieu parle « d'immoralité sexuelle » de Marie, mais d'autres femmes ont pratiqué cette « immoralité » dans la lignée davidienne. Quatre des ancêtres de Marie sont épinglées pour leurs mœurs légères : la courtisane Rabhab, Tamar qui devint prostituée et séduisit son beau-père, Ruth,

la Moabite qui séduisit Booz, Bethsabée, femme mariée qui coucha avec le roi David. Ainsi Matthieu indique-t-il que juger ces femmes revient à ne pas considérer le projet de Dieu dans son ensemble, dont Marie fait partie intégrante.

5. Nazareth, dérivé de l'hébreu *netser*, signifie rameau. Dans les manuscrits de la mer Morte écrits avant la période de Jésus, le prophète Isaïe (11, 1) dit que le Messie viendra du « rameau » de David. Des descendants de David – notamment la famille de Marie – se seraient installés dans ce village, formant une importante communauté. On mesure par là l'importance de chaque détail indiquant à ses contemporains que Jésus est bien le Messie, le « roi d'Israël » annoncé par les anciens, descendant de David.

6. On a beaucoup écrit sur Marie-Madeleine et il est bien difficile de démêler le vrai du faux. Je ne vais pas entrer dans les détails, j'y reviendrai plus loin. J'ai pris le parti que Madeleine est Marie de Béthanie, sœur de Lazare que Jésus a ramené à la vie. (Gerald Messadié, *L'Homme qui devint Dieu.*)

7. La tradition veut que Joseph soit un charpentier. Ce mot en hébreu ne désigne pas exactement, comme en français, celui qui travaille le bois, mais un « constructeur ». Joseph était probablement un constructeur de maisons, un entrepreneur en bâtiment pour « parler moderne », qui travaillait le bois pour les charpentes, mais aussi la pierre pour élever les murs.

On sait très peu de choses sur cet homme. Gerald Messadié en fait un prêtre et un lettré parlant le grec et le latin. Il aurait instruit Jésus dès son plus jeune âge.

La loi juive punissait de lapidation toute femme tombant enceinte hors mariage, péché considéré comme aussi grave que l'adultère. Joseph, descendant de David, donc cousin lointain de Marie, aurait épousé la jeune femme pour lui éviter ce châtiment sous le prétexte qu'on ne lapide pas une descendante de David.

8. Jokanaan était un prophète ami de Jésus. Emprisonné par Hérode, il a été mis à mort sur l'ordre d'Hérodiade, son épouse. La fille de celle-ci aurait dansé nue devant Jokanaan avant qu'on lui tranche la tête.

On a accusé les Romains d'être à l'origine de ce meurtre, mais il n'en est rien. Hérode, en tant que tétrarque de Galilée et de Judée, avait le pouvoir de justice sur ces régions et n'avait aucune « permission » à demander à l'envahisseur. De même, la condamnation de Jokanaan pouvait se faire sans l'avis des prêtres, même si cela ne favorisait pas les relations entre Hérode et le Temple.

9. Selon Luc (2, 7) Marie enfanta « son fils premier né ». On voit mal pourquoi Luc – ou celui qui a rédigé l'Évangile – parlerait ainsi de la naissance de Jésus, s'il était le seul et l'unique enfant de Marie.

Le fait que Marie ait eu d'autres enfants après Jésus est inacceptable pour les catholiques, qui se fondent sur le dogme de la virginité perpétuelle, pourtant nulle part affirmée dans le Nouveau Testament (Pierre-Antoine Bernheim, *Jacques, frère de Jésus*), et aucunement mentionnée dans les croyances des premiers chrétiens. Le théologien Épiphane l'évoque pour la première fois en 374. Il faut ensuite attendre 553 pour que cette « virginité perpétuelle » de Marie soit édictée au deuxième concile de Constantinople, puis au concile de Latran en 649. James Tabor précise que ce concept n'a jamais été défini « comme engageant l'infaillibilité du magister ecclésiastique par l'Église catholique romaine ».

Enfin, comment interpréter les paroles de Jésus sur la croix un peu avant sa mort ? Quand il dit à Marie « Femme, voici ton fils », puis au « disciple qu'il aimait », c'est-à-dire Jacques : « Voilà ta mère ! »

10. Plusieurs textes font allusion à « Jésus, fils de Pantera » (voir Peter Schäfer, *Jesus in the Talmud*). Dans ces textes du Ier siècle, qui ont pour cadre la Galilée, cette appellation n'a aucune volonté de nuire.

En 1859 est découverte dans un cimetière romain à Bingerbrück une stèle gravée au nom de Tiberius Julius Abdes Pantera. Ce soldat romain, originaire de Sidon, était un Sémite. Il avait obtenu la nationalité romaine et servit pendant quarante années dans l'armée conquérante. À la naissance de Jésus, sa garnison se trouvait dans la région de Nazareth. Alors que Jésus avait une dizaine d'années, elle fut transférée en Germanie où Pantera mourut en service et où on a retrouvé sa tombe.

Ce qui paraît étrange, c'est que Jésus serait allé à Sidon à plusieurs reprises selon Luc (6, 17) et Marc (7, 24-30). « Il entra dans une maison, nous dit Marc, et il ne voulait pas qu'on le sache, mais il ne put rester ignoré. » Curieuse coïncidence ! Jésus se rend à Sidon plusieurs fois, entre dans une maison dont il connaît sûrement les habitants. Est-ce pour visiter sa famille paternelle ?

11. Il s'agit de Marie de Clopas (voir la note 2).

12. Marie et Élisabeth, la mère de Jean Baptiste, étaient cousines. Élisabeth se serait cachée dans une grotte de la colline Tzuba pour fuir Hérode le Grand. Ensuite Marie, enceinte, chassée par son père, aurait trouvé refuge chez sa cousine pendant trois mois, après la naissance de Jean qui avait six mois de plus que Jésus (Luc 1, 5-56).

13. Certains érudits pensent que Joseph était prêtre à Nazareth. Cette affirmation a été reprise par Gerald Messadié dans son magistral roman *L'Homme qui devint Dieu.*

14. Il n'est pas impossible que Marie fût vierge à la naissance de Jésus. Les médecins consultés affirment que des jeux amoureux poussés peuvent conduire à un léger déchirement de l'hymen, suffisant pour permettre le passage du sperme, qui ensuite se reconstitue.

15. L'expression « le disciple que Jésus aimait » revient souvent dans les Évangiles. Elle désigne le jeune frère de Jésus, mais les évangélistes, qui avaient décidé que Jésus ne pouvait avoir de frère humain puisqu'il était d'essence

divine, préféraient cette périphrase à un terme plus précis : « Jacques, le frère préféré de Jésus ».

16. Judas faisait partie des zélotes, qui tentaient de réunir les Juifs contre les envahisseurs romains. Ce courant de pensée, extrêmement radical, avait des ramifications jusqu'au Temple.

17. Comme Joseph, Marie apparaît très peu dans les Évangiles. On la voit au début de la vie de Jésus, puis à la fin. On sait cependant qu'elle était considérée comme une princesse davidienne. Sa famille, à l'origine aisée, a été ruinée par Hérode et Marie a connu une jeunesse difficile qui n'a en rien entamé sa détermination.

Dans la Bible, le nombre symbolique de 40 désigne l'accomplissement. On le retrouve dans tous les événements importants. Pendant le déluge, il a plu quarante jours ; le peuple juif a erré quarante ans dans le désert ; le roi David a régné pendant quarante années. Matthieu indique en énumérant la généalogie de Jésus que Marie, à la quarantième génération, marque la fin des temps et le début du royaume nouveau.

18. Marie était descendante de David par une branche parallèle à celle de Joseph. Ce dernier, bien que n'étant pas le père biologique de Jésus, était selon Matthieu et Luc descendant de Salomon, fils de David. Marie appartiendrait à la lignée de Nathan, jeune frère de Salomon qui s'était allié à la tribu des Juda dont le titre de roi était transmis à ses seuls membres. Celui de grand prêtre revenait à la tribu des Aaron, héritiers du frère de Moïse, dont descendrait aussi Marie. Ainsi, Jésus réunissait-il les deux Messies attendus, le roi et le prophète.

19. Les avis divergent sur les dates. Je me suis rangé à celui de l'érudit américain James Tabor qui situe la crucifixion le jeudi 4 avril, alors que Gerald Messadié, lui, pense qu'elle s'est déroulée une semaine plus tard, le 11 avril.

20. Les historiens s'accordent à dire que le dernier repas de Jésus n'a pas eu lieu le jeudi comme le veut la tradition

chrétienne, mais le mercredi. L'erreur vient de là. La semaine où Jésus est mort comportait deux sabbats, le vendredi 5 et le samedi 6 avril (15 et 16 nissan). Matthieu le précise quand il évoque la visite de deux femmes à la tombe de Jésus le dimanche matin après « les sabbats » (28, 1). Ce pluriel est significatif. De même, Jean affirme que la Cène a eu lieu le mercredi soir et que les prêtres présentent Jésus à Pilate le jeudi matin.

21. À quel endroit de Jérusalem se trouvait la maison où Jésus a pris son dernier repas ? Le « cénacle » ou la « chambre haute », que l'on fait visiter de nos jours sur le mont de Sion aux touristes, date du temps des croisades. Il est peu probable, selon des érudits comme James Tabor et Daniel Marguerat, que la maison proposée par Joseph d'Arimathie se trouvât là. On pense qu'elle était dans la ville basse, près du mont de Sion, avant que les croisés ne la situent ailleurs.

22. Jésus savait-il que Judas le trahissait ? Simon le Lépreux, Procula, Joseph d'Arimathie et tous les puissants de Jérusalem entretenaient des nuées d'espions, si bien que rien ne pouvait rester très longtemps secret. On ne comprend donc pas pourquoi Jésus, informé de la visite de Judas à Caïapha, annonce-t-il l'endroit où il va se rendre après le dîner. Peut-être avait-il l'intention d'aller ailleurs et qu'il s'agissait d'une diversion pour tromper ceux qui voulaient l'arrêter, ou alors acceptait-il la trahison de Judas !

Rien n'est clair et les éléments manquent. Les Évangiles nous montrent un Jésus qui ne fait rien pour arrêter le funeste projet de Judas. Jésus était-il certain d'être sauvé par un miracle de dernière minute, dévoilant au monde sa nature de Messie et de fils de Dieu ?

23. Marc (14, 49) précise : « C'est pour que les Écritures s'accomplissent. » Judas serait-il l'instrument de Dieu, destiné à effacer le corps charnel de Jésus pour ne laisser la place qu'à l'être divin ? La mort du corps de Jésus était-elle « programmée » et Judas était-il l'instrument de cette mort ? « Ce que tu as à faire, fais-le vite ! » lui dit Jésus (Jean 13, 27). Dans l'Évangile de Judas, écrit vers 150, Judas, disciple

privilégié par Jésus, a reçu du maître un enseignement ésotérique. Je cite Daniel Marguerat dans *Vie et destin de Jésus de Nazareth* : « Le sauveur spirituel demande à Judas de faire mourir sa dimension corporelle, afin de libérer l'essence divine en lui qui rejoindra le ciel. »

24. On assiste là à ce qui sera l'Eucharistie. Je n'ai pas repris les termes habituels : « Buvez, ceci est mon sang, mangez, ceci est mon corps. » Ces propos sont rapportés par saint Paul qui n'a pas connu Jésus vivant. Il est peu probable que ce dernier ait comparé le vin à son sang puisque la loi juive interdit d'ingérer du sang, quelle qu'en soit la nature.

Malgré cela, le symbole reste très fort et prend tout son sens dans la liturgie chrétienne. « Boire » le sang de Jésus, « manger » sa chair, c'est s'identifier à lui, à son message et marcher dans sa foi, vers son royaume !

25. L'Église orthodoxe a fait de Procula une sainte, car elle a été la première chrétienne en dehors du cercle rapproché de Jésus.

26. Les condamnations capitales étaient uniquement ordonnées par Pilate et son administration romaine. Le Temple gardait cependant le droit de flagellation dans les procès religieux, mais qui se limitait à vingt coups de fouet.

27. On ne connaît pas les noms des deux condamnés crucifiés en même temps que Jésus. Je leur en ai inventé pour la facilité du récit.

L'écrivain du Ier siècle Flavius Joseph parle de *lestai*, condamnés ordinaires, ce qui est peu probable. Il s'agissait sans doute plutôt de deux disciples de Jésus, crucifiés pour l'exemple.

28. Durant les premiers siècles du christianisme, un courant dissident prétendait que Simon de Cyrène avait été crucifié à la place de Jésus. On trouve des récits attestant cette croyance dans le deuxième traité gnostique du Grand Seth.

29. Le mont du Crâne est le nom donné au Golgotha qui, par sa forme, rappelle un crâne humain.

30. Les Évangiles canoniques ne parlent pas – ou très peu – de l'enfance de Jésus. On trouve des récits dans les apocryphes. Par contre, le Protévangile de Jacques et l'Évangile de l'enfance selon Thomas en parlent longuement. On voit Jésus pilote d'un vaisseau céleste, Jésus descendant aux Enfers, multipliant les miracles, protégeant ses parents pendant la fuite en Égypte alors qu'il était encore un nourrisson. Bref, rien de très intéressant.

31. Comme Jésus le lui avait demandé, Jacques a dirigé la première communauté chrétienne, qui s'est inscrite dans un courant du judaïsme, fidèle à la loi de Moïse. Ce n'est que plus tard, sous l'influence de Paul, que les premiers chrétiens se sont séparés de la synagogue, pour former une religion à part, toujours d'actualité.

32. On parle de trente pièces d'argent (Matthieu), ce qui est très peu, mais cette modeste récompense a été retenue par les évangélistes pour insister sur la fourberie de Judas, capable de vendre son maître pour une somme dérisoire. La réalité échappera toujours à l'historien qui ne dispose que de textes engagés. La nécessité théologique a fait de l'apôtre le plus proche spirituellement de Jésus un traître immonde. Lire à ce propos l'excellent livre de Gerald Messadié, *Judas, le bien-aimé.*

33. Les historiens émettent beaucoup de doutes sur le personnage de Judas. Les Actes des Apôtres (1, 18) indiquent que Judas a acheté un champ avec l'argent de sa trahison puis qu'il est « tombé, s'est rompu par le milieu du corps et toutes ses entrailles se sont répandues ». Le champ de Judas existe encore et se nomme Akeldama.

Matthieu cite une autre mort de Judas : « Après avoir appris la condamnation de Jésus, pris de remords, il rapporta les pièces d'argent aux grands prêtres en disant : "J'ai péché en livrant un sang innocent." Alors, il se retira en jetant l'argent et alla se pendre. » (Matthieu 27, 5.)

Comme nous ne savons rien sur la mort, ni même sur l'existence réelle de Judas, je me suis permis d'imaginer une fin différente, plus en phase avec la Passion de Jésus.

34. Selon Marc (15, 25-33), Jésus est resté sur la croix de neuf heures du matin à trois heures de l'après-midi. Ce cri, repris par tous les évangélistes, signifie : « Mon Dieu, pourquoi m'as-tu abandonné ? »

Serait-ce la preuve qu'il croyait que Dieu ferait un miracle pour le sauver et expliquerait son comportement avec Judas ? Malgré les Évangiles qui relatent cet épisode, les historiens ne sont pas certains que cela se soit passé de la sorte.

35. La mort par crucifixion survenait souvent après plusieurs jours, quand le supplicié épuisé ne pouvait plus pousser sur ses jambes pour libérer la cage thoracique du poids du corps et respirer. On hâtait sa fin en brisant ses jambes. Alors, le corps pesait de tout son poids sur les bras, ce qui comprimait les poumons et entraînait l'asphyxie.

36. Selon Matthieu, la tombe appartenait à Joseph d'Arimathie (27, 60) : « Joseph déposa le corps dans une sépulture neuve, qu'il s'était fait tailler dans le rocher. » Cette affirmation ne trouve aucun écho chez les autres évangélistes. Jean se borne à écrire (19, 41) : « Il y avait un jardin dans les lieux où Jésus avait été crucifié, et dans le jardin, un sépulcre neuf, où personne encore n'avait été mis. »

37. On plaquait sur le visage des morts un tissu assez épais, le *sudarium*, qui avait pour fonction d'absorber la sueur. Ce qui ne fut pas accompli dans le cas de Jésus. Pourquoi ? Encore un mystère.

38. Tertullien, un auteur chrétien du IIIe siècle, rapporte que le jardinier aurait déplacé le corps pour éviter que la foule ne vienne piétiner ses légumes. Dans un texte médiéval, *Toledor Yeshu*, le jardinier aurait enterré Jésus près d'un ruisseau. Un document copte du VIe siècle indique le nom de ce jardinier : Philogène. Dans *Le Livre de la résurrection du Christ*, l'apôtre Barthélemy (1, 6-7) écrit que ce jardinier avait l'intention de donner une sépulture honorable à Jésus, mais à minuit, quand il vint chercher le corps, la tombe était encerclée par les anges, et il assista ainsi au retour de Jésus parmi les vivants.

DU MÊME AUTEUR *(suite)*

*Les Colères du ciel et de la terre**, Robert Laffont, 2005.
- *La Montagne brisée**
- *Le Dernier Orage**

Les Âmes volées, Fayard, 2006.
*Juste un coin de ciel bleu**, Robert Laffont, 2006.
*La Peste noire**, XO Éditions.
- *La Conjuration des lys**, 2006.
- *Le Roi chiffonnier**, 2007.
- Réédition en un seul volume, coll. Cléa, 2022.

*Nous irons cueillir les étoiles**, Robert Laffont, 2007.
*Et l'été reviendra**, Robert Laffont, 2008.
*La Malédiction des louves**, Robert Laffont, 2008.
*Les Enfants de l'hiver**, XO Éditions, 2009.
*Les Secrets de la forêt**, Robert Laffont, 2010.
*La Maison des Houches**, Belfond, 2010.
Le Cri du goéland, Belfond, 2011.
Le Chant du papillon, Belfond, 2011.
La Tour de Malvent, Belfond, 2012.
Le Rebelle des sentiers de Lune, Belfond, 2013.
Un violon sur la mer, XO Éditions, 2013.
La Mémoire au cœur, Belfond, 2014.
Les Vents de la liberté, XO Éditions, 2015.
*L'Enfant de la Loire**, Belfond, 2016.
La Tour de Malvent, Presses de la Cité, 2016.
Chante rossignol, Presses de la Cité, 2017.
L'Année de la pluie, Belfond, 2017.
La Belle Main, Presses de la Cité, 2018.
Elle voulait voir la mer, XO Éditions, 2018.
*La Garçonne**, Presses de la Cité, 2019.
Naufrage, Belfond, 2019.
*Le Testament d'Adrien**, Presses de la Cité, 2020.
La Prisonnière du roi, Presses de la Cité, 2021.
Tête de lune, Presses de la Cité, 2021.

* Titres disponibles chez Pocket.

Composition et mise en pages
Nord Compo à Villeneuve-d'Ascq

Impression réalisée par CPI FIRMIN-DIDOT
Mesnil-sur-l'Estrée (Eure), en avril 2023

N° d'édition : 5002/03 - N° d'impression : 174818
Dépôt légal : septembre 2022

Imprimé en France